너 안의
열일곱

내 안의 열일곱

2007년 1월 30일 초판 1쇄 발행. 2014년 10월 20일 초판 6쇄 발행. 김종휘가 짓고, 한송이가 그림을 그렸으며, 도서출판 샨티에서 이홍용과 박정은이 기획 편집하여 펴냈습니다. 본문 교정은 박선희가 하고, 표지 및 본문 디자인은 디자인 비따가 하였으며, 반지현이 마케팅을 합니다. 제판은 한국커뮤니케이션(주), 인쇄는 영프린팅, 제본은 쌍용제책에서 각각 하였습니다. 출판사 등록일 및 등록번호는 2003. 2. 6. 제10-2567호이고, 주소는 서울시 마포구 성산동 628-5, 전화는 (02) 3143-6360, 팩스는 (02) 338-6360, 이메일은 shantibooks@naver.com입니다. 이 책의 ISBN은 978-89-91075-35-1 03800이고, 정가는 14,000원입니다.

이 도서의 국립중앙도서관 출판시도서목록(CIP)은 서지정보유통지원시스템 홈페이지(http://seoji.nl.go.kr)와 국가자료공동목록시스템(http://www.nl.go.kr/kolisnet)에서 이용하실 수 있습니다.(CIP제어번호: CIP2011001232)

네 앞의 열일곱

김종휘 지음

【산티】

차 례

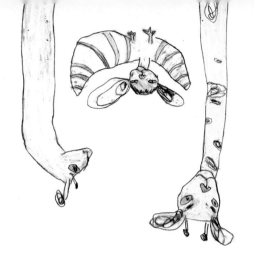

★

어떻게 하다 보니 나는 한때 교사가 되어 있었다. 돌아보니 그때 행복했다. 그것은 나라에서 주는 교사 자격증 없이도 될 수 있는 이상한 교사였다. 어떤 면에서는 국가에서 발급하는 자격증보다 훨씬 더 근본적이고 더 다양한 자격을 요구하는 교사이기도 했다. 언젠가 아이로 태어나서 인생을 시작했고 지금도 자신의 내면에 한 명의 아이가 살아 숨 쉬고 있는 어른이라면 각자 지금 서 있는 그 자리에서 누구나 될 수 있는 특별한 교사였다.

생애의 몇 년간 그 역할을 제대로 경험한다면 미로 같고 안개 같고 미해결 사건 같은 자신의 과거와 현재를 해맑은 지혜의 눈으로 투시하게 되고, 그래서 자기 인생의 전환점을 맞이하게 되는 교사의 자리가 있다. 앞으로 남은 날들을 어떻게 살아가고 싶은지 자기 안의 깊숙한 곳으로부터 조용하게 그러나 열정적으로 결심하게 부추기는 교사의 체험이 있다. 나는 그런 교사가 되어 내 안의 열일곱을 다시 만났다.

그렇게 교사가 된다면, 전국 어디서나 닮은꼴로 지어지는 사각형 교실과, 학년마다 똑같이 배포되는 교과서와, 교실마다 비슷한 규모로 무리지어 있는 수십 명 학생들과, 성적 순위를 매기면 끝나는 동일한 평가 업무에서 벗어날 수 있다. 동시에 안정적인 평생 고용과 고정적인 월급과 규칙적인 퇴근 시간과 꿀 같은 방학 휴가와 사회적인 존경의 눈길은 깨끗이 포기해야 한다.

그렇게 교사가 된다면, 한 명 한 명의 학생이 전부 다른 무늬와 빛깔과 향기로 다가와서 마주치기만 해도 정신이 어질어질해진다. 아무데서나 즉흥적인 수업이 이뤄지고 길을 걷는 도중에도 교실이 형성되기 때문에 몸이 고단해진다. 아이들이 키득거리며 보는 만화와 즐겨듣는 노래와 비싼 돈을 주고 산 휴대폰이 그때그때 알아서 교과서 노릇을 하는 바람에 마음이 산만해진다.

내 생애 삼십대 중반의 어느 날 나는 그런 교사가 되었다. 2년 동안 교사의 자리에서 여러 아이들을 만났다. 예정에 없던 일이었다. 꿈조차 꿔보지 못한 일이었다. 내 학창 시절 16년 동안 학생의 자리에서 만났던 수많은 선생님 중 그 누구에게든 다시 찾아가 인사한 적이 한 번도 없는 내가 교사가 된 것이다. 내가 교사가 되었다니 내 자신에게도 딱히 설명할 길이 따로 없었다.

교사를 그만둔 지금도 나는 나를 교사라고 착각하고 있다. 무슨 일을 하든 교사의 감성으로 임하는 내 자신을 발견하게 된다. 어느 작가는 시인이 되거나 농부가 되라고 했지만 나는 무작정 한 번쯤은 교사가 되어보라고 말하고 싶다. 나이를 먹는다고 날로 어른이 되는 것이 아니라는 사실을, 아이들을 통해 속속들이 되새기는 자기 자신과의 낯 뜨거운 대면이 바로 교사가 되는 그 만남들에 있었기 때문이다.

하자작업장학교^{http://school.haja.net}. 영등포 7가에 있고 규모가 작은 비인가 대안 학교다. 그곳에서 나는 교사가 되었다. 이 대안 학교는 그보다 먼저 문을 연 하자센터^{www.haja.net}라는 보금자리에서 태어났다. 서울시가 연세대학교에 위탁 경영을 맡긴 하자센터는 대중 매체에 자주 소개되곤 하는데, 문화계와 교육계 등 폭넓은 분야에 걸쳐 다양한 관점에서 칭찬과 비판을 같이 받는 문제의 장이다.

어쨌거나 나에게 하자센터는 나이 서른을 넘겨서 만난 평생의 직장 같은 곳이었다. 수시로 역할과 위치를 바꾸면서 다양한 인생 경험을 두루 체험하는 평생의 학습장이 되어준 곳이다. 예나 지금이나 나에게 하자센터는 한국 사회에는 도무지 존재할 것 같지 않은 곳이다. 좌절의 수술실이고 실패의 파티장이며 꿈의 재활용 센터 같은 곳. 이런 곳이라면 어쩌면 세계에서 유일할지도 모르겠다.

하자센터는 "하고 싶은 것 하면서 먹고 살자"는 슬로건을 내건 당돌한 사람들의 실험으로 출발했다. 하고 싶은 것을 하려면 하기 싫은 것도 즐겁게 해야 하고 진짜 삶을 살려면 돈의 노예에서 벗어나야 한다는 이치를 알고 실천하는 공동체다. 또한 하자센터는 형형색색의 디자인으로 시도 때도 없이 공간을 바꾸고 또 바꾸면서 '하자 투어'라는 방문자 동행 프로그램을 운영하는 작업장이다. 한마디로 하자센터는 과거로 돌아가서 미래의 해법을 탐구하는 이상한 시간 여행이다.

그곳에서 몇 년간 기획부장 일을 하다가 좀 쉬려고 했을 때 하자센터의 대표인 조한혜정 선생은 나에게 하자작업장학교의 교사가 되어보라고 했다. 쉬엄쉬엄 해도 될 것 같은 만만한 생각이 들어서 하겠다고 대답했다. 그렇게 어느 날부터 교사가 되었다. 해보니 몸과 마음은 힘든데 삶은 개운해졌다. 지나고 보니 내 속이 알차게 영글어 있었다.

　물론 당시에는 하루하루가 냉탕과 온탕을 번갈아 들어가는 것 같았다. 널뛰기를 하듯 높게 날아오른 다음 곧바로 추락해서 엉덩방아를 찧는 것 같은 어리둥절한 상태의 연속이었다. 현기증, 우울증, 몸살, 짜증, 분노, 체념, 무력감, 권태, 분열감 등. 내 앞에 출연했던 아이들 한 명 한 명마다 나의 감정을 들쑤셨고 온갖 희한한 방식으로 나의 곱아든 인생 역사를 낱낱이 파헤쳤다.

　그렇게 산산이 해체된 '나'라고 하는 거푸집을 물끄러미 바라볼 때면 각오나 사명감 같은 것도 없으면서 교사가 되어 얼치기로 고생하는 내 자신이 가엾게 느껴지곤 했다. 그런 나를 가만가만 일으켜 세우다보면 덜컥 교사가 되어버린 그 우연 속의 의미를 하나씩 깨닫기도 했다. 마치 오래 전에 받아두었다가 그대로 장롱 위에 올려둔 선물더미를 뒤늦게 하나하나 뜯어보는 기분이었다.

★

교사가 된다는 것, 그것은 아이였다가 어른이 된다는 뜻이었다. 아이가 자라면 몸은 어른이 되지만 제 안의 아이는 영글지 못해서 여전히 옹알거리며 숨어 지내는 것이 대개의 성장 과정이다. 이 점에서 교사가 된다는 것은 그 아이를 다시 불러내 어기차게 성숙시키는, 인생의 터닝 포인트를 만드는 일이었다. 말 그대로 선생先生의 이치를 깨닫고 선생의 본성으로 다시 돌아가는 것이다.

우리는 누구나 태어나는 순간부터 이미 누군가의 선생이 되는 운명을 살아가게 되는 것 같다. 그렇지만 누구나 선생이 되어 사는 것은 아니다. 어떤 개념을 쓰고 어떤 교수법을 중시하든, 티처든 멘토든 코치든 매니저든 어드바이저든, 누군가 한 명의 후생後生을 찾아가서 그 이름을 간절하게, 조용하게 부르는 순간에서야 비로소 선생의 본성으로 돌아갈 수 있는 것 같다.

일반 학교든 특수 학교든 대안 학교든 사교육 학원이든, 직장이든 시민 단체든 동아리든 이 세상 어디에서든, 살아있는 동안 우리는 누구나 아이의 세계를 벼려 어른의 세계로 익어가기 위해 누군가의 선생이 되어야 하는 것인지도 모르겠다. 내 짧은 경험으로 돌아볼 때 제 피붙이가 아닌 청소년 후생 한 명을 동료나 친구처럼 사귀고 있다면 그가 누구든 무엇을 하든 나는 그를 선생이자 교사라고 부를 것이다.

교사로 지냈던 2년 동안 나는 30명의 아이들과 담임의 연을 맺었다. 책에 등장하는 15명의 주인공 중에서 14명은 그렇게 담임을 맡았던 아이들이다.(아이들 이름은 모두 가명을 썼다.) 나머지 한 명은 담임을 맡지 않은 서너 명의 학생들과 겪은 일을 조합해서 창조한 가상의 인물이다. 물론 마지막 장에 한꺼번에 묶어둔 또 다른 아이들의 이야기를 포함해서 이 책에 등장하는 모든 인물은 나의 가슴에 남겨진 이미지와 이야기들의 자동 첨삭 과정을 거친 것이다.

★

원고를 절반 정도 쓰고 나서 앞머리 글을 쓴다. 탈고를 하고 맨 앞으로 돌아와서 전체를 관망하는 자리에 미리 가보고 싶었기 때문이다. 그렇게 썼던 절반의 글을 돌아보니 머쓱하다. 아직 절반 이상의 이야기를 남겨두고 있는데도 기억의 호출이란 언제나 현시점의 연출을 통해 각색과 편집을 동반한다는 사실을 거듭 확인했다. 미화되고 또 미화된 이 이야기가 그저 단편 소설처럼 읽혀도 좋겠다는 위안을 한다.

다만 이 책을 읽는 독자들이 지금 서 있는 바로 그 자리에서 자신도 교사가 될 수 있다거나 교사가 되어도 좋겠다거나 또는 교사가 될 수밖에 없다거나 하는 어떤 운명 같은 단서를 흐릿하게 감지할 수 있다면 좋겠다. 작지만 놀라운 발견 때문에 새어나오는 탄성이나 또는 열망하는 존재와 손끝만 닿아도 온몸이 짜릿해지는 흥분

같은 것을 예감할 수 있다면 더 바랄 것이 없겠다.

그런 사례가 늘어나서 삶의 모든 현장에서 열심히 사는 어른들이 교사 자격증 없이 자신의 삶에서 우러나온 경험과 이야기로 저마다 교사의 본성을 되찾는 사회가 된다면 꿈같은 일이 벌어질 것이다. 벽이 없는 학교, 네트워크 학교처럼 마을과 사회 전체가 곧 학교나 다름없다면, 그곳에서는 모든 청소년이 저마다 자기 자신이 되는 맞춤형 학습과 성장의 기쁨을 누릴 것이다. 그런 세상이라면 교사 자격증을 가지고 학교 안에서 교육을 실천하는 교사들도 같이 행복해질 것이다.

나는 내 인생의 별이 되어준 30명의 아이들에게도, 지금은 모두들 의젓한 청년이 되어 제 인생의 스타로 살아가고 있을 그들에게도 같은 말을 전하고 싶다. 너희가 걸어가는 그 모든 삶의 길에서 너희 각자의 경험과 이야기를 가지고 교사가 되라고, 교사 자격증 없이 각자의 인생 자격증을 가지고 그 자리에서 교사가 되라고, 너희 같은 교사를 기다리는 십대 청소년을 언제 어느 곳에서든 반드시 만나게 될 것이라고, 그 한 명 한 명의 학생 이름을 따뜻하게 불러주라고.

★

네가 있어서 나는 교사가 되었다.
고맙게도 너는 나의 학생이 되어주었구나.
태어나는 순간 우리는 모두 누군가의 선생이 되어 있단다.
너도 곧 그렇게 교사 되기의 길찾기를 시작할 테지.
태어나서 자라나며 누군가의 학생으로 살아가다가
다시금 누군가의 교사가 되는 것.
그 끈을 잡고 인생을 한 바퀴 순환할 때
내 안의 아이가 살팍지게 자라서
비로소 어른 되기의 길찾기를 시작하게 된단다.
그때가 언제 오느냐고 염려하지 않아도 된다.
그때가 되면 네가 알 수밖에 없겠지.
그때에 너는 너의 학생과 재밌는 일들을 많이 하겠구나.
무엇을 하든 즐겁게 하되 알아야 할 것이 있단다.

교사와 학생이 서로를 발견하는 것.
선생과 후생이 서로를 돌봐주는 것.

이 도리를 알려준 너희에게
다시 그 도리를 선물로 보낸다.
나의 별이었던 너희 때문에
나는 내 안의 무수한 열일곱을 만났다.
덕분에 행복했다.

한때 너희의 교사였던
휘

● 유리

유리는 성실했고 과제도 꼬박꼬박 해왔으며 지각하거나 딴청을 피우는 일도 없었다. 문제는 그렇게 보낸 두 학기 동안 유리가 먼저 질문을 한 적이 한 번도 없다는 점이었다. 질문이 없다는 것은 학습이 이루어지지 않는다는 뜻이다. 나는 그 사실을 깨닫고 망연자실했다.

정말 내가 예쁜가요?

★

미디어가 기획하고 남녀노소가 추종하는 얼짱과 몸짱의 시대에 예쁘다는 것은 무엇일까? 예쁘다는 말 위에 아름답다는 말을 사뿐히 올려놓고 정신적 가치나 내면적 요인을 강조하는 이야기는 누구에게나 익숙한 계몽이다. 나는 최소한 내가 만나는 아이들 앞에서라도 그런 뻔한 말은 하고 싶지 않았다. 자칫하면 "넌 아름답잖니?" 하는 말이 "넌 예쁘지 않아" 하는 말로 들릴 수도 있기 때문이었다.

아이들 감각에서 예쁘다는 말과 아름답다는 말의 차이는 좋아한다는 말과 사랑한다는 말의 차이와 같았다. 아이들에게 예쁘다는 말은 아름다움을 포함하되 거기에 자극적인 요소들을 듬뿍 얹은 달콤한 크림 같은 느낌의 언어다. 좋아한다는 말 역시 아이들에게는 사랑의 뜻을 일부 포함하되 무겁고 진지한 분위기 대신 발랄하고 톡톡 튀는 감정을 중시하는 느낌이다. 이 때문에 아이들은 예쁘다는 말과 좋아한다는 말을 즐겨 썼다.

열여덟 살 유리는 나에게 예쁘다는 것이 무엇인지 돌아보게 해준 특별한 여자아이였다. 처음으로 웃게 된 그날 전까지 유리는 언제나 화가 나 있거나 삐친 사람처럼 보여서 밉상이었다. 춤을 추기 전까지는 자신의 표현처럼 그저 '뚱뗑이'에 불과했다. 관심 가는 일에 적극적으로 나서기 전까지는 역시 자신의 말대로 '멍청해 보이는' 아이였다. 그리고 자신이 가지고 있는 재능을 발견하고 사람들에게 기쁘게 나눠주기 전까지는 총체적인 '못난이'였다.

유리와 만나서 한 해를 보낼 때까지 나는 유리를 그저 두루뭉술한 아이라고만 여겼다. 유리 자신은 물론이고 담임을 맡은 나도 그런 첫인상을 당연하게 여기고 있었다. 자신이 예쁘지 않다는 것을 잘 아는 유리에게 스스로를 긍정하게 하기보다는 차라리 하나라도 잘할 수 있는 뭔가를 찾아서 능력을 기르는 편이 상책이라고 생각하고 있었다.

★

유리와 함께 보낸 1년 동안 우리는 패션 디자이너의 길을 둘러싸고 꽤나 지루한 시간을 보내야 했다. 유리는 입학 인터뷰를 할 때 거듭 캐묻자 마지못한 듯 "패션 디자이너가 되면 좋을 것 같아요" 하고 말한 적이 있었다. 나는 지푸라기를 잡는 심정으로 그 말을 철석같이 믿어버렸다. 그때부터 유리에게 패션 디자인과 관련된 프로젝트를 제안했고 패션업계의 멘토를 소개해 주었으며 같이 패션 현장을 찾아다녔다.

모든 일이 순조롭게 진행되는 것 같았다. 유리는 성실했고 과제도 꼬박꼬박 해왔으며 지각하거나 딴청을 피우는 일도 없었다. 문제는 그렇게 보낸 두 학기 동안 유리가 먼저 질문을 한 적이 한 번도 없다는 점이었다. 질문이 없다는 것은 학습이 이루어지지 않는다는 뜻이다. 나는 그 사실을 깨닫고 망연자실했다. 밑 빠진 독에 물을 붓는 게 아닌가 싶었고, 그냥 시간만 때우는 게 아닐까 걱정이 들었다.

두 번째 학기의 인턴십을 마치고 유리가 학교로 돌아왔을 때 멘토는 학교까지 동행해서 관찰담을 들려주었다. 멘토는 독학으로 이름을 날린 여성 스타일리스트였고 패션 회사의 CEO이기도 했다. "유리는 다 좋은데 이상하네요. 하나를 시키면 딱 하나만 해요. 이렇게 하라고 하면 딱 그렇게만 해요. 다르게 할 법도 한데 절대 안 그러네요." 유리는 시키는 일은 곧잘 하는데 자신의 가능성을 믿고 도전하지 않는 것 같다고 했다.

　유리가 쓴 인턴십 프로젝트 평가서와 일지를 살펴보면서 나는 지난 1년의 관찰을 재구성해 보았다. 그러고 보니 유리의 말과 글 어디에서도 감정이 엿보이지 않았다. 언제 누구와 무엇을 했다는 기록은 있지만 유리 자신의 존재감이 나타나 있지 않았다. 투명 인간 같았다. 그제서야 나는 유리의 생김새와 옷차림과 몸가짐을 다시 보기 시작했다.

　몸매가 뚱뚱하다. 눈짓이나 입모양 등 얼굴 표정이 작다. 웃는 경우가 좀처럼 없다. 재미있는 상황에서도 살짝 입꼬리만 올리고 끝난다. 팔짓이나 발걸음이 소극적이다. 앉아 있을 때 허리를 쭉 펴거나 어깨를 활짝 펴지 않는다. 이름을 부르면 깜짝깜짝 놀란다. 화를 내거나 큰소리를 낸 적이 없다. 제 또래가 좋아하는 옷은 안 입고 어린애 같은 옷만 입는다. 그리고 통이 큰 긴 바지만 입고 다닌다.…… 그랬다. 유리는 늘 긴 바지만 입고 다녔다.

★

생각을 고쳐먹은 나는 정면 승부를 걸기로 했다. 딱히 아이디어가 떠오르지 않던 어느 일요일이었다. 무턱대고 유리를 불러내서 함께 동대문 패션몰에 갔다. 어리둥절해하는 유리에게 "패션 디자이너가 되려면 자신부터 잘 꾸며야 한다"는 말만 되풀이했고, 1층부터 층층이 훑고 다니면서 미리 생각해 둔 치마를 찾고 있었다. "유리야, 입어봐." 원색의 짧은 길이에 과감한 주름이나 대담한 무늬가 들어간 치마를 주로 권했다. 영문도 모른 채 따라다니기에 바빴던 유리는 매번 뒷걸음질 치기 일쑤였다.

대여섯 군데의 매장을 돌아보고 나서야 유리는 내가 골라준 치마를 입고 거울 앞에 섰다. 얼마나 쑥스러워하던지 신분에 걸맞지 않은 옷을 입고 어쩔 줄 모르는 하녀처럼 어색한 부동자세로 무표정하게 서 있었다. 나는 유리에게 돌아보라고 말했다. 유리는 시키는 대로 천천히 돌아서면서 거울 속의 자신을 쳐다보았다.

"유리, 예쁘네."

반응이 없었다. 유리는 오직 거울을 뚫어지게 쳐다볼 뿐이었다. 계속 바람을 잡자 유리는 피식 웃는 것 같더니 바로 탈의실에 들어가 버렸다. 이내 긴 바지로 갈아입고 나온 유리는 "안 어울려요"라고 말했다. 그래도 나는 치마를 샀고 유리 손에 쥐어줬다. 패션몰을 빠져나오면서 나는 했던 말을 또 했다. "내가 볼 때는 예쁘던데." "네가 어려서 패션을 모르는 거야." "유리 몸매가 볼륨이 있어서 치마를 입으면 예쁘다니까." 말이 없던 유리는 헤어질 때가 되어서야 한마디를 했다.

"정말요?"

★

내가 초등학교를 다니던 시절에는 좋아하는 아이의 책상 서랍에 뭔가를 몰래 넣어두는 유행이 있었다. 쉬는 시간이 끝나고 책상 밑 서랍에 가만히 손을 찔러본 순간 무언가 잡혔다. 가슴이 콩콩 뛰었다. 내가 좋아하는 여자아이의 선물이기를 바라면서 꺼내보았다. 그러나 그것은 나를 좋아했던, 유난히 통통한 여자아이의 생일 초대 카드였다. 나는 생일 파티에 가지 않았다. 내 생일 때 나는 그 아이를 초대하지 않았는데도 그 아이는 내 책상 서랍에 생일 축하 카드를 넣어주었다.

그렇게 그 애는 내 책상 서랍에 끊임없이 뭔가를 넣어두고는 했다. 사탕, 초콜릿, 낙엽, 엽서, 연필 등. 한 번쯤 고맙다고 따뜻한 말이라도 했어야 했는데 나는 한 번도 그러지 않았던 것 같다. 내 관심은 오직 내가 좋아하던 삐쩍 마른 여자아이에게만 쏠려 있었다. 그러나 내가 좋아하던 아이는 내 책상 속에 자신의 생일 초대 카드를 넣어두지 않았다. 그 아이 책상 속에 내 생일 초대 카드를 넣어

됐지만 그 아이는 내 생일에도 오지 않았다.

고등학생 시절 나는 교회 고등부의 회장이었다. 교회 권사님이 자기 딸과 나를 짝지어 주자고 했다면서 어머니가 말을 전해주었을 때 나는 펄쩍 뛰었다. 그 아이는 같은 고등부에 다니는 또래였다. 도수 높은 뿔테 안경을 썼고 무엇보다 뚱뚱했다. 나중에 어머니가 전해주기를 그 아이는 나를 위해 기도하겠다고 말했단다. 나는 매주 교회에서 그 아이를 만났지만 아는 척도 하지 않고 지나쳤다.

대학생일 때였다. 키가 크고 삐쩍 말랐던 여대생을 향한 나의 첫사랑 고백이 남산타워 꼭대기에서 말도 꺼내기도 전에 어이없는 실패를 겪고 난 뒤였다. 그 무렵 나는 같은 교회에서 성악을 전공하는 여대생의 고백을 받았다. 키가 작고 통통한 여자였다. 그는 나 때문에 애를 태웠다. 나는 싫다는 말도 좋다는 말도 하지 않은 채 어정쩡한 관계로 제법 긴 시간을 보냈다. 그 사이에 그는 지쳤고 어느 날 "좋은 사람 만나라"는 이별의 편지를 남기고 자취를 감췄다.

돌아보면 나를 좋아한 여자아이들은 대체로 통통했고 한결같이 나에게 잘해주었다. 내가 쌀쌀맞게 굴어도 그들은 친절했다. 반면 내가 일방적으로 좋아했던 삐쩍 마른 여자아이들에 대한 기억은 달랐다. 내가 잘해준 것들만 생각나지 그 아이들이 나에게 잘해준 것은 도통 생각이 나질 않는다. 결혼을 한 뒤였다. 교회 고등부 시절 나를 위해 기도하겠다던 아이에게 전화가 왔다. 결혼 소식을 들었다면서 "이제는 네 아내가 너를 위해 기도해 주면 되겠다"며 부드럽게 속삭여주었다.

유리를 알고 나서, 무엇보다 유리에 대한 태도를 바꾸면서 나는 내 기억 속의 뚱뚱한 여자아이들을 다시 떠올렸다. 뒤늦은 감정의 재발견이었지만 그 시절 나는 왜 뚱뚱한 아이들을 싫어했는지 궁금했다. 지금 생각하면 뚱뚱하게 보였던 아이들도 실은 뚱뚱한 게 아니었다. 이제 돌아보면 그들의 건강미와 탄력과 에너지는 매력적이었을 뿐 아니라 고운 마음씨까지 금상첨화였건만, 눈에 뭐가 씌어서 두 눈을 꾹 감고 본 게 아니라면 그토록 아름다운 아이들의 예쁜 짓을 몰라봤을 리가 없지 싶다.

★

유리가 기적처럼 변화를 보이기 시작한 건 퍼포먼스 프로젝트를 시작한 다음이었다. 연극을 전공한 여성 작업자가 강사를 맡았다. 나는 강사에게 유리를 데리고 목욕탕 같은 곳에 다녀와 달라고 부탁했다. 서로 알몸을 보고 보이는 대로 칭찬을 해달라는 말과 함께. 해서 알몸의 유리가 알몸의 그에게 어떤 말을 들었는지는 모

"너, 네가 예쁜 거 잘 알지?" "에이, 아니에요."

"너, 즐기는 거지?" "에이, 아니에요."

"네 어린이 제자들이 그러더라." "정말요?"

르겠다. 유리는 퍼포먼스 프로젝트를 하겠다고 말했고, 그때부터 하루가 다르게 달라지기 시작했다.

나는 웃는 유리를 처음 보았다. 무대 위에 오른 유리는 광대 퍼포먼스를 선보이면서 바보의 박장대소부터 소녀의 수줍은 미소까지 갖가지 웃는 표정을 지어보였다. 무대 경험이 쌓이자 무대 아래에서 나를 대할 때에도 자연스럽게 환한 미소를 지었다. 그런 순간이면 그렇게 예뻐 보일 수가 없었다. 아니 유리는 정말 예쁜 아이였다. 웃지 않았기 때문에, 내가 웃게 할 생각을 못했기 때문에 감쪽같이 몰랐을 뿐이었다.

유리는 춤을 추었다. 리듬 댄스와 보디 퍼커션이 뒤섞인 간단하고 신나는 몸놀림이었다. 무엇보다 유리가 춤추는 순간을 즐기고 있으며 그런 자신을 사랑하고 있다는 사실을 보여줄 때 참 예뻐 보였다. 유리는 파워 넘치는 예쁜 몸매를 가지고 있었다. 자신의 몸을 긍정하고 자유롭게 춤을 추기 전까지만 해도 유리는 '뚱땡이'였다. 춤을 추자 유리의 몸사위는 흑인 여성 댄서의 탱탱한 몸매처럼 섹시하게 보였다.

퍼포먼스를 같이 하는 학생들 사이에서 유리는 어느새 리더가 되어 있었다. 먼저 아이디어를 내놓았고 동료의 의견에 적극적으로 반응했다. 인상적이었던 광경은 유리가 자신의 몸과 외모에 대한 이미지가 어떻게 변화되었는지 동료 학생들 앞에서 발표할 때의 모습이었다. 그 어떤 유능한 강사보다도 매혹적인 이미지와 말로 이야기를 이끌어나갔다.

유리는 자신의 경험을 사람들에게 나누어주었다. 대안 학교가 속한 청소년문화센터에서 초등학생을 대상으로 여러 가지 워크숍을 진행할 때였다. 유리는 퍼포먼스 워크숍을 이끄는 가장 나이 어린 강사가 되었다. 어린이들 속에 둘러싸인 채 재미있는 말과 몸짓을 어찌나 태연스레 잘하던지, 나는 게시판에 남긴 유리의 강사 일지를 보면서 생생한 교습 방법론을 학습할 정도였다. 그만큼 유리는 탁월한 교사의 재능을 발휘하고 있었다.

돌아보면 유리의 변화가 영화처럼 극적으로 다가오지만 당시로 돌아가면 지루한 일일 드라마 같은 연속이었다. 유리의 웃음도, 춤도, 주도성도, 나눔도 그렇게 천천히 하나씩 싹을 틔우고 키를 더하며 꽃을 피웠다. 비약이란 없었다. 유리와 함께 목욕탕에 갔고 프로젝트를 하면서 다양한 도움을 준 강사가 있었기에 가능한 일이었다. 나는 유리를 눈여겨 지켜보는 관찰에 충실하면 되었다. 사소한 변화를 발견할 때마다 "유리, 예쁘네"라고 말해주면 그만이었다.

퍼포먼스 프로젝트를 맡은 강사의 말을 빌리면 유리는 대단한 에너지를 가진 아이라고 했다. 미디어가 양산하는 미인형 배우는 넘치는 추세지만 폭넓은 캐릭터를 소화하기에 한계가 분명하다고 했다. 이에 반해서 유리처럼 자신 안에서 못난이와 예쁜이를 전부 끄집어낼 수 있는 사람은 드물다고 했다. 관건은 그것을 즐겁게 받아들이는 것인데 유리는 타고난 캐릭터에다 그것을 자각하는 매우 특별한 경우라고 했다.

유리는 1년 동안 퍼포먼스 프로젝트에 참여했고 대안 학교를 수료한 다음 대학 진학을 위해 입시 공부에 전념했다. 유리의 나이 스무 살 때였다. 비록 패션 디자이너의 꿈은 멀어졌지만 유리는 자신이 얼마나 예쁜 사람인지 알게 되었다. 그렇게 예쁜 자신의 에너지를 마음껏 발산하고 나눠줄 수 있는 다양한 모험을 준비중이라서 유리의 꿈은 훨씬 많아진 셈이다. 이제는 유리가 무엇을 하든 상관없다. 그것은 자신을 사랑하기 때문에 하는 일일 것이다.

나는 유리의 유년기 이야기에 대해서 아는 게 별로 없다. 유리가 어렸을 때 자신의 외모에 대해 어떤 자아 개념을 가지게 되었는지, 가까운 주변에서 어떤 말을 들었는지 거의 알지 못한다. 나는 뚱뚱한 유리와 예쁜 유리에 대해서만 알고 있다. 그리고 내 자신이 유리를 처음 보았을 때 얼마나 그릇된 첫인상을 가졌는지, 그 때문에 얼마나 잘못된 태도로 유리를 대했는지 분명하게 알게 되었을 뿐이다.

나는 눈을 감고 유리를 바라본 꼴이었다. 눈을 감고 보면, 보고 싶은 예쁜 것들만 골라내서 결국은 존재하지 않는 허상을 만들어내게 된다. 반면 두 눈을 크게 뜨고 보면 있는 그대로 세월 따라 변해가는 예쁜 모습을 알게 된다. 유리의 예쁜 모습을 보지 못한 것은, 그 웃음과 춤과 주도성과 나눔의 실체를 발견하지 못한 것은, 어린 시절처럼 여전히 눈을 감고 유리를 보았기 때문이다.

눈을 뜨고 다시 유리를 보았을 때 나의 잘못된 태도를 알았다. 나는 유리가 뚱뚱해서 예쁘지 않다고 생각했다. 그것이 단점인 세상에서 단점을 붙잡고 늘어지느니 다른 요소를 장점으로 개발시키자고 다짐했다. 그렇게 대하는 동안 설사 유리가 다른 장점을 키웠다 해도 유리의 마음에 자리 잡은 부정적인 자아는 더욱 강화되었을 것이고 영원히 콤플렉스로 남았을 터였다. 그렇게 되었다면 새로운 장점은 유리의 단점을 잠시 동안 감추는 액세서리에 불과했을 것이다.

★

학교를 수료한 뒤로는 유리를 보는 일이 뜸해졌다. 물론 가끔 보게 되더라도 여전히 뚱뚱한 모습이다. 아무래도 유리의 체형은 후천적인 요인이 아니라 유전적인 원인이 크지 싶다. 그러나 유리는 더 이상 스스로를 향해 '난 뚱뗑이잖아' 하거나 '난 못난이잖아' 하며 움츠린 모습이 아니다. 유리는 자신의 예쁜 자아를 찾았다. 나아가 스스로 웃고 춤추고 주도하고 나눠줄 때 그 예쁜 에너지가 더욱 풍성해진다는 사실을 잘 알고 있는 총명한 청년이었다.

그렇게 변하기까지 곁에서 해준 이야기는 "넌 이게 단점인데 그 단점이 장점이 되기도 하거든" 하면서 단점의 재발견이 주는 즐거움을 몸소 느낄 수 있게 하는 격려밖에 없었다. 만약 내가 초기에 했듯이 "넌 이게 단점이니까 이것보다는 저걸 장점으로 만들어봐" 했더라면 큰일 날 뻔했다. 거듭 말하지만 유리가 용기를 내서 그것을 성취했다 해도 상처를 치유하는 것이 아니라 더욱 깊숙이 숨기는 것에 지나지 않았을 것이기 때문이다.

유리를 생각할 때마다 원래부터 미운 사람은 없다는 것을 새삼 깨닫게 된다. 자신을 사랑하지 못하고 타인의 시선으로 자신을 부정할 때 스스로 미운 사람이 될 뿐이다. 마찬가지로 본래부터 예쁜 사람은 없는 법이다. 자신의 단점이 바로 장점이 될 수 있다는 것을 알게 될 때 사람은 누구든지 스스로 예쁜 사람이 된다. 유리는 대입 공부를 하는 틈틈이 센터에 나와서 어린이 대상의 퍼포먼스 방학 워크숍을 진행한다. 오가다 마주치기라도 하면 서로 툭 툭 말을 주고받는다.

"너, 네가 예쁜 거 잘 알지?"

"에이, 아니에요."

"너, 즐기는 거지?"

"에이, 아니에요."

"네 어린이 제자들이 그러더라."

"정말요?"

유리의 나이가 서른쯤 되면 그때 근사한 곳에 같이 가서 유리에 게 부드럽게 속삭여주고 싶은 말이 하나 있다. 너는 정말 예쁜 아이 였노라고, 그리고 진짜 아름다운 사람이라고. 그 말을 해줄 때까지 계속 웃고 춤추고 적극적이고 나눔을 실천하는 예쁜 사람으로 나이 를 먹었으면 좋겠다. 그래야 내 어린 시절 통통했던 여자아이들에 게 말하지 못했던, 그때는 철부지라서 눈을 활짝 뜨고 보지 못했던 예쁨과 아름다움에 대해 유리에게 마음껏 이야기를 해줄 수 있을 테 니까. 곁에서 그것을 지켜보는 기쁨이 얼마나 큰지도 함께 말이다.

'갈수록 더 예뻐져라, 유리야.'

'내가 더 잘할게요. 나 예뻐요?'

서연이의 사랑은 그것이 깨질까봐 한시도 걱정을 놓지 않는 한숨의 연속이었다. 서연이의

연애는 관계를 단단히 붙들어 매어두고 확인하는 감시였다. 서연이의 사전에 유쾌한 사랑

이나 즐기는 연애는 없었다.

떠날까봐
두려우니까

★

대안 학교가 터 잡고 있는 청소년문화센터에는 학교와 연계된 다섯 개의 스튜디오가 있었다. 이들 스튜디오는 대안 학교 학생들의 종일 작업은 물론이고 일반 고등학교 학생들의 방과 후 활동도 같이 운영했다. 그 중 아이들에게 인기가 높았던 대중 음악 스튜디오에는 서연이라는 여자아이가 있었다. 대중 음악 스튜디오가 생길 때부터 출입한 서연이는 뒤늦게 고등학교를 자퇴하고 대안 학교에 들어왔다.

노래를 잘 불렀고 기타 연주 솜씨도 제법이었던 서연이는 무엇보다 개성이 톡톡 살아있었다. 그런 서연이가 어느 날 펑크 밴드에 가담하더니 리더인 남자아이와 연애를 시작했다. 남자아이는 작곡과 보컬을 주도했고 서연이는 코러스를 맡았다. 서연이는 그저 남자아이가 시키는 대로 하는 것 같았다. 아니 그런 자신의 모습을 즐기는 것 같았다.

그러다 의구심이 생긴 건 허망한 눈빛으로 담배를 피우는 서연이를 보면서였다. 연습이나 공연을 하느라 남자아이와 붙어다니는 동안에는 절대 볼 수 없는 표정이었다. 좀 지나치다 싶을 만큼 앳된 소녀처럼 애교를 부리던 서연이가 그럴 때면 그렇게 나이 들어 보일 수 없었다. 삐삐처럼 머리를 묶고 폴짝폴짝 뛰는 펑크 밴드의 개성 넘치던 여자아이가 아니었다.

건물 2층에 있는 야외 흡연실에 갈 때마다 혼자 담배 피우는 서연이와 마주치는 일이 잦아졌다. 흡연실에서 만나면 아주 잠깐 작위적으로 앳된 소녀의 미소를 지어보이는 서연이. 마치 무대에서 퇴출당한 늙은 배우처럼 생기도 의지도 없어 보였다. 담임으로서 바라만 보고 있기에는 너무 처량해 보였다. 나는 어설픈 정신과 의사나 초보 심리 상담가가 되기로 작정하고 파고들기 시작했다.

거의 매일 서연이와 마주 앉아서 서연이의 일과와 밴드 활동을 낱낱이 인터뷰했다. 오늘은 무슨 곡을 연주했니? 그건 서연이가 작곡한 거니? 너도 보컬을 하지 그래? 너 작곡한 것 많잖아? 멤버들에게 그걸 연주하자고 해보면 어때? 학교 끝나고 뭘 하니? 집에서 기타 연습 좀 하니? 예전에 서연이가 혼자 기타 연주하면서 노래 부를 때 근사했는데 솔로도 같이 하면 좋지 않니?

"서연이 남자친구 말인데……"

학교 사람들은 거의 터놓고 알고 있던 둘의 관계를 나는 한참 뒤에서야 생뚱맞은 질문으로 처음 입에 올렸다. 이 말을 꺼낸 때는 일대 일 인터뷰를 통해 서연이의 내면을 좀더 이해했다고 생각한 뒤였다. 서연이는 초등학생일 때 부모의 이혼을 겪었고 그것이 자신의 미숙한 행동 때문이라고 믿고 있었다. 서연이는 열아홉 살이 된 그때까지도 엄마와 아빠 집을 번갈아 다니면서 애교를 부리고 있었다.

'내가 더 잘할게요. 나 예뻐요?'

서연이의 사랑은 그것이 깨질까봐 한시도 걱정을 놓지 않는 한숨의 연속이었다. 서연이의 연애는 관계를 단단히 붙들어 매어두고 확인하는 감시였다. 서연이의 사전에 유쾌한 사랑이나 즐기는 연애는 없었다. 그럼에도 나는 한 달 남짓 인터뷰를 하는 동안 서연이의 연애를 모른 척했다. 서연이가 스스로 충분히 만족할 수 있는 아이가 되기를 바라면서 부러 음악 이야기만 했다.

남자아이에 대해서는 다른 학생들에게 귀동냥을 했다. 아이들 말이 남자아이는 작곡 실력이 뛰어났고 카리스마로 밴드를 통솔하는 독재자란다. 서연이는 늘 그 아이를 자랑하고 다닌다고 했다. 서연이는 마치 엄마와 아빠에게 그랬듯이 남자아이의 마음에 들 만한 것만 생각하고 행동하는 것 같았다. 그것만이 자신의 힘으로 막지 못했던 부모의 이별을 되풀이하지 않는 길이라고 믿는 것이 틀림없었다.

"끝난걸요."

고심 끝에 서연이의 남자 친구에 대해 조심스럽게 물어보았지만 공교롭게도 헤어진 직후였다. 그제서야 서연이의 허망한 눈빛을 알 것 같았다. 2층 흡연실에서 혼자 담배를 피우며 허공을 바라보는 넋 빠진 순간을 포함해서 서연이는 갈수록 희뿌연 안개 속으로 점점이 사라지고 있었다. 그럴수록 나는 더 악착같이 서연이를 붙들고 음악 이야기를 했다. 하지만 서연이의 마음을 돌리기에는 역부족이었다.

★

학기가 바뀌자 서연이는 새로운 밴드 활동을 시작했다. 혹시나 싶어서 밴드에 있는 남자아이 셋을 유심히 살펴보았지만 사귀는 것 같지는 않았다. 그런데도 서연이의 얼굴에는 다시 앳된 소녀의 미소가 어른거렸다. 말수도 많아졌다. 수소문을 해보니 역시나 또 다른 남자아이와 연애를 하고 있었다. 이번에는 전과 다르게 카리스마라고는 전혀 없는 순둥이 아이였다.

둘이 팔짱을 끼고 돌아다닐 때 보면 서연이는 꼭 누나 같았다. 나는 뜸들이지 않고 곧장 물어보았다. 서연이는 눈을 반짝이며 대답했다. "걔 너무 귀엽죠?" 약간 비만이라고 해야 할 평범한 아이였다. 서연이는 남자아이한테서 귀여움을 찾아내기로 작정했기 때문에 열심히 귀여워하는 것 같았다. 남자아이에게 잘해주기로 결심을 했기 때문에 잘해주고 있는 것처럼 보였다.

서연이의 두 번째 연애 기간 동안 가벼운 입씨름이 계속되었다. "서연아, 걔가 뭐가 좋냐?" 그러면 "귀엽잖아요"라는 똑같은 대답이 돌아왔다. "걔가 너한테 뭘 잘해주니?" 하면 "내 말을 얼마나 잘 듣는데요" 하는 엇나간 대답이 돌아왔다. 서연이는 자기보다 덩치가 큰 남동생이나 아들 한 명을 양육하는 셈이었다. 서연이는 너무나 진지하게 그 역할에 몰입하고 있었다.

그럴수록 남자아이는 서연이에게 점점 더 의존적인 상태가 되었다. 한시라도 서연이가 곁에 없으면 안 될 것처럼 행동했다. 서연이는 개인 시간이라곤 애초부터 없었다는 듯이 굴었다. 먹을 것을 사다주고 물을 떠다주고 휴지로 입을 닦아주었다. 늦었다며 귀가를 종용하고 지하철역에 데려가고 아침에는 지하철역에서 기다렸다가 같이 왔다. 서연이는 늘 남자아이를 달고 다녔다.

예상했던 대로 서연이의 두 번째 연애도 종착점에 달했다. 다시

"걔가 뭐가 좋냐?"

"귀엽잖아요."

"걔가 너한테 뭘 잘해주니?"

"내 말을 얼마나 잘 듣는데요."

한 번 정서적인 탈진에 이른 서연이는 한층 심각한 상태였다. 온힘을 쏟아 걱정하며 매달렸던 연애는 서연이에게 한줌 재로 남았다. 그조차 바람에 날려 먼지처럼 사방으로 흩어지고 말았을 때 서연이는 아무 생각도 하지 않고 어떤 감정도 느끼지 못하는 허깨비처럼 그냥 학교를 다니고 있었다.

　나는 서연이와 진행하던 인터뷰를 중단했다. 더는 해줄 수 있는 일이 없다고 생각했다. 그 대신 선물을 준비했다. 클래식 기타. 서연이가 자력으로 사기에는 다소 값비싼 기타였다. 나는 의도적으로 대중 음악 스튜디오에 찾아가서 아이들이 잔뜩 모여 있을 때를 골라 선물을 건넸다. 서연이는 아이들의 환호성과 부러움 속에서 선물을 받았다. 그러고는 예의 미소를 한 번 지어보였을 뿐이었다. 선물의 효과는 그날 하루도 유지되지 못했다.

나의 첫 연애는 스무 살 무렵이었다. 사실 연애랄 것도 없는 예고된 실패작이었지만, 고백을 하기 위해 여자와 같이 탔던 남산 케이블카와 투덜투덜 걸어 내려온 동행길을 잊기는 힘들 것 같다. 그날 남산타워 꼭대기에 올라갔을 때 설레는 마음을 다스리느라 뜸을 들였던 나보다 선수를 친 쪽은 여자였다. "난 사랑을 할 수 없는 사람이에요." 이것이 그가 한 말이었다. 나보다 한 살이 많았던 여자는 마치 남동생을 타이르는 듯한 말투로 자신이 살아온 이야기를 들려주었다.

가슴에 고이 품어간 대사는 아예 꺼낼 생각도 하지 못했다. 그의 말을 듣는 순간 내 마음은 굳게 닫혀버리고 말았다. 우리는 한 시간 넘게 남산을 걸어 내려오면서 메마른 이야기만 나눴던 것 같다. 장충단공원을 빠져나와서 막 헤어지려는 순간 분식집 간판이 보였다. 나는 "만두 먹을래요?" 하고 말했다. 같이 만두를 먹었고 만두 한 개가 남았을 때 "이거 내가 먹을까요?" 하고 물어보았다. 그게 전부였고 그것으로 끝이었다.

이상하게도 그날 이후 여자는 나에게 잘해주기 시작했다. 아르바이트 월급을 탔다며 레스토랑에 데리고 가서 비싼 음식을 사주었다. 내 생일에는 노란 장미 한 다발을 들고 집 앞에 와서 건네주었다. 그런 일이 잦아지자 나는 여자에게 말했다. "나한테 미안해하지 말아요. 나한테 잘해주지 않아도 돼요." 이 말을 몇 번 더 강하게 전달하자 여자는 정말로 나에게 잘해주지 않았다. 곁에서 멀어졌다. 나는 마음이 편했다. 일요일마다 교회에서 마주쳤지만 눈인사만 나누고 끝이었다.

그 뒤로 15년쯤 지났을까? 그에게 불쑥 전화가 왔다. 결혼을 했고 아이 엄마가 되어 있었다. 함박눈이 내린 뒤라 몹시 질척했던 겨울 밤 홍대 앞 어느 카페에서 여자를 만났다. 대화는 지난 세월의 갖가지 추억담을 거슬러 올라가서 서성이다가 잦아들었다. 그는 침묵 속에서 귀걸이 한 개를 건네주었다. 곧 이민을 간다고, 귀걸이는 예전에 내게 주려고 샀던 것이라고, 나를 좋아했는데 방법이 서툴렀던 것 같다면서 여자는 환하게 웃고 있었다. 갑자기 옛날 그곳이 생각났다.

"그 분식집 기억나니?"

코끼리분식집. 여자도 이름을 기억하고 있었다. 그 기억만큼이나 분명했던 점은 우리 모두 두려워하고 있었다는 사실이다. 사랑을 고백하면 거절할까봐, 사랑을 하면 그가 나를 떠날까봐, 아무 근거 없이 겁부터 집어먹고 처음 한두 마디의 말에 모든 걸 걸고서, 여차하면 마음의 문을 닫을걸 채비부터 하는 것. 그래도 여자는 남산타워에서 내려온 뒤부터 바로 마음을 열고 유연하게 행동했지만 나는 아니었다.

좋아해서 나에게 잘해준 것인데, 마음을 그냥 받으면 되는데, 그럴 필요 없다고 거절하는 아이가 아직도 내 안에 웅크리고 있었다. "난 사랑을 할 수 없는 사람이에요" 했던 여자의 말은 "난 당신을

좋아하는데 사랑하는 게 두려워요"라는 고백이었다는 사실을
15년이 지난 그날 그 자리에서 알았다. 나 역시 그를 좋아하는 마음이 컸는데 거절당할까봐 두려워서 꽁꽁 얼어붙어 있었던 것이라고, 그렇게 말하고 싶었지만 끝내 말하지 못했다. 그래도 그는 알고있을 것이다.

"고맙다."

"선물?"

"불러줘서."

"나도 고마워."

★

서연이는 스무 살이 되던 해에 대안 학교를 그만두었다. 그 뒤에도연애를 했는지는 모르겠다. 다만 서연이가 노래를 부르지 않고 있다는 소식은 듣고 있었다. 나는 다시 기타를 치며 노래를 부르는 서연이를 상상하면서, 바로 그날 무대 위에서 스스로 완전한 존재라는 것을 알게 되리라고 애써 위안하고 있었다. 그러던 11월 중순이었다. 서연이에게 이메일이 왔다. 어머니의 재혼 파티를 준비한다고 했다.

학교 건물에 있는 실내 공연장에서 재혼 파티가 열리는 날이었다. 객석 중앙에는 서연이의 어머니와 서연이가 아저씨라고 부르는 남자 어른이 나란히 앉아 있었다. 객석의 바깥선과 무대에는 수십 개의 촛불이 동그라미 모양의 테두리를 그리며 어둠을 밝히고 있었다. 이윽고 서연이가 무대로 걸어 나왔다. 내가 선물한 기타를 들고 있었다. 의자에 앉고, 기타를 잡고, 정면을 응시하고, 잠시 객석을 둘러본 서연이는 기타를 연주하면서 마이크에 대고 천천히 말했다.

"아저씨, 엄마 행복하게 해주세요. 눈에서 눈물 나거나 속상해서 마음 아파하는 일이 없었으면 좋겠어요. 엄마가 마음 아파하면 나도 아파요."

서연이는 먼저 아저씨에게 또박또박 말을 건넸고 노래를 불렀다. 아저씨에게 축하의 마음을 전하는 노래였다. 그것은 나에게 보내주는 감사의 마음이기도 했다. 내가 선물한 기타를 연주하면서 서연이는 뒤늦게 엄마와 아빠의 이혼을 받아들이고 있었다. 엄마에게는 엄마의 인생이 있으며 자신이 아니라도 엄마의 또 다른 행복이 있을 수 있다는 사실을 받아들이고 있었다. 엄마에게도 자신에게도 과거의 불행에 집착하는 삶이 아니라 이제부터는 현재의 행복을 즐기자고 자축하고 있었다.

"엄마, 어렸을 때부터 난 아프다는 말, 힘들다는 말 하지 않았지만, 나 이제부터라도 아프면 아프다고, 힘들면 힘들다고 말할 거예요. 엄마 앞에서는 약한 딸로 남고 싶어요."

재혼 파티가 끝난 뒤에 들어보니 서연이는 아빠 집에서 살고 있다고 했다. 엄마와 아저씨는 같이 살자고 여러 차례 말했지만 자신은 아빠와 사는 게 더 편하다고 말했단다. 아빠에게는 아직 자신이 필요하다는 생각을 갖고 있었다. 그러나 서연이는 아빠에게도 아빠의 인생이 있으며 아빠의 또 다른 사랑이 나타나면 진심으로 축하해 줄 만큼 성숙한 청년이 되어 있었다. 그날 무대에 오른 서연이를 보면 알 수 있었다.

★

서연이를 앉혀놓고 연기했던 정신과 의사와 심리 상담가 노릇은 더 이상 필요가 없어졌다. 아니 그것은 처음부터 필요가 없었다. 서연이에게는 자신의 성장통을 지켜보는 사람이 곁에 있으면 족했던 것이다. 서연이의 치유는 나의 분석과 상담이 아니라 자신의 지지부진한 연애사를 완성하면서 노래와 연주를 통해 스스로 이루어내고 있었다. 서연이는 서연이답게 서연이의 사랑을 회복하고 있었던 것이다.

나는 초기에는 내가 아는 심리적 분석틀이나 정신과적 개념을 가지고 서연이의 지난 시간을 추측하고 현재를 읽어내려고 했지만 그것은 작은 수단이나 빌미에 불과했다. 그런 도움을 빌려서 관계의 어떤 틈이 열리고 나면 정말 중요한 것은 함께 일상을 호흡하고 시간을 보내는 일이었다. 난 그렇게까지는 못했기 때문에, 사실 자신이 없었기에, 어느 선에서 멈춰 섰고 그저 서연이 주위에서 적당한 반원을 그리며 서연이를 지켜보는 일에 충실하려고 했던 것 같다.

이제 나는 "모든 사람은 각자 완전한 존재이며 자신의 인생을 위한 모든 잠재력을 자신 안에 다 가지고 있다"는 말을 믿는다. 그것은 그 사람이 자유로운 상태로 자기에 대한 믿음을 체험할 때 하나둘 꽃을 피우게 된다. 그것을 막는 것이 두려움이다. 서연이를 보니, 두려움이란 정직하게 두려워하는 일을 거듭하는 어느 순간에 불꽃처럼 타오르다가 알아서 사라지는 것 같았다. 그런 다음 거짓말처럼 자기 자신을 되찾고 스스로를 사랑하게 되는 것 같았다.

도식대로 이해하면 서연이는 어린 시절 부모의 이혼을 겪으면서 자신을 탓하는 버릇이 생겼다. 그 두려운 마음은 안간힘을 써서 사랑할 상대를 찾아낸 다음 자신을 축소하고 소멸시키는 연애로 나타났다. 사랑의 이름으로 한 번은 종속되어서 불행해지고 한 번은 종속시키면서 불행해지는 것이 서연이의 연애였다. 떠날까봐 두려워서, 깨질까봐 두려워서, 잊힐까 두려워서, 두려움이 두려워서 그런 생각만 하다가 그것부터 실현하는 연애였다.

사연은 다르지만 내 안에도 그런 아이가 있었다. 거절당하는 것이 두려워서 작은 꼬투리라도 찾아내서 먼저 거절해야 마음이 편했던 아이. 그 아이도 두려웠던 것이다. 다행히도 거절하고 등을 돌린 그 아이를 멀리서나마 오랜 시간을 지켜봐 주다가 이 땅을 떠나기 전에 마음의 선물을 건네준 여자가 있었다. 그 때문에 내 안의 아이는 얇은 막에 불과한 두려움을 한 꺼풀 벗어던질 수 있었다. "난 사랑할 수 없는 사람이에요"라는 말을 제대로 알아듣게 알려준 여자.

나는 그에게 잘해준 것이 없었지만 그나마 서연이에게는 잘한 것이 있었다 싶어 다행스럽다. 줄곧 지켜보며 곁에 있는 일 오직 그것뿐이었다. 서연이의 연애 때문에 속은 끓었을지언정 대놓고 그 말을 하지 않았던 것이 얼마나 잘한 일인지 모르겠다. 서연이는 요즘 아르바이트를 하면서 밤이면 대중 음악 스튜디오에 나온다. 노래를 작곡하고 기타를 연습하면서 싱어 송 라이터로 활동할 준비를 하고 있다. TV에 나오는 가수가 아니라 파티에서 축하 노래를 불러주는 사람이 되겠다고 한다.

서연이의 노래를 듣는 모든 사람들이 자신의 사랑을 가로막고 있는 두려움에서 훌훌 벗어나며 새처럼 자유롭게 날아가는 광경을 그

려본다. 서연이의 노래는 왜곡된 사랑 때문에 멍들고 자신의 존재감을 상실한 사람들에게 묘한 연민의 위로를 선사할 것이다. 그런 이들 곁에서 따뜻한 햇살처럼 스며드는 서연이의 노래가 얼마나 놀라운 기적을 만들어내는지 느끼게 해줄 것이다. 그것은 제아무리 훌륭한 정신과 의사나 심리 상담가도 결코 전할 수 없는 아름다운 이야기일 것이다.

● 재명

열여섯 살에 불과한 자그맣고 귀여운 재명이는 늘씬 얻어맞는 일에 이골이 난 아이였다. 교사나 경찰이 패면 온몸으로 맞는 아이였다. 비명을 지르면서 눈물을 흘리면서 싹싹 빌면서 맞고 또 맞는 아이였다.…… 재명이는 자신에게 말을 걸어오는 어른의 눈을 웬만해서는 마주보는 법이 없었다.

너는 잠만
자는구나

★

새해 새 학기 첫날이었다. 열여섯 살 재명이가 내 반으로 배정을 받고 '햇빛 밝은 방'에 들어온 첫날이기도 했다. 활기차게 인사를 건네자 재명이는 말없이 고개를 숙여 꾸벅 답례를 했다. 그때 직감으로 알았다. '이 아이는 속에 똘똘 뭉친 울분으로 가득 차 있구나.' 그때의 첫인상이 아직도 생생하다. 재명이는 한 번도 나를 똑바로 바라보지 않았다. 마지못해 대답을 할 때면 시선을 비스듬히 바닥에 내려놓고 있었다.

그날 이후 재명이는 '햇빛 밝은 방'으로 등교를 했다. 20분에서 30분 정도 지각하는 날이 많았지만 결석은 하지 않았다. 태도는 아이답지 않을 정도로 조용했다. 아니 그보다는 마치 기운 없는 노인처럼 언제나 맥이 빠져 보였다. 옷도 칙칙한 색깔의 것들만 간단히 걸쳐 입는 것 같아서 '귀차니스트일까? 페인일까?' 하는 생각도 해보았다. 그러나 정작 고민은 다른 데에 있었다.

'햇빛 밝은 방'은 대안 학교의 교실 중에서 햇살이 가장 푸진 방이었다. 한쪽 벽면이 전부 유리창이어서 커튼을 쳐두지 않으면 아침부터 저녁까지 한나절 내내 햇살 잔치가 벌어진다. 나는 '햇빛 밝은 방'의 콘셉트를 이렇게 정해두고 있었다. 햇살을 받으며 활기차게 온몸을 깨우는 방, 서로를 햇살처럼 눈부시게 바라보는 방, 시시각각 변하는 햇살의 빛깔과 무늬처럼 끊임없이 새로운 변화가 일어나는 방.

그런 '햇빛 밝은 방'에 찾아온 재명이는 등교 첫날만 빼고 연일 잠을 잤다. 등교하면 교실에 와서 잠을 잤고 일과가 끝나면 일어나서 집에 갔다. 어떤 날은 너무 푹 자고 있어서 흔들어 깨워야 겨우 일어났다. 재명이는 그렇게 첫 학기를 보냈다. 돌아보면 한 학기 동안 재명이와 나는 함께 한 것이 아무것도 없었다. 잠자는 일로 첫 학기를 보낸 재명이의 학교 생활에 대해 어떤 평가서를 써야 할지 난감했다.

"재명이 왔니?"

"안녕하세요?"

"재명아, 일어나자."

"……예."

"안녕히 계세요."

"재명이 잘 가라."

곰곰이 생각하면 같이 한 일이 아주 없는 것은 아니었다. 재명이와 나는 그렇게 세 가지 종류의 대사를 첫 학기 동안 매일같이 주고받았다. 등교해서 나누는 말, 간혹 일어나지 못해서 깨울 때 나누는 말, 집으로 돌아갈 때 나누는 말. 이 세 가지 대화만큼은 하루 세 끼 밥을 먹듯이 빼먹지 않고 나눴다. 처음에는 그것 말고는 할 수 있는 일이 달리 없지 싶었고 나중에는 습관처럼 했던 것 같다.

나는 첫 학기를 보내면서 다른 궁리를 하기도 했다. '뒹굴며 배우는 멍석방'으로 재명이를 보낼까? 혹시라도 멍석 위에서 깊은 잠에 빠져 깨어나지 못할까봐 그만두었다. '우주로 통하는 골방'으로 보낼까? 행여나 어느 우주로 가버려서 다시는 돌아오지 않을까 싶어 역시 그만두었다. 대안 학교에 있는 교실 중에서 재명이의 낮잠에 가장 잘 어울리는 방은 아무리 생각해도 '햇빛 밝은 방'이 분명했다.

★

또래에 비해 키가 작고 마른 체구의 재명이에 대해 어머니는 몇 가지 정보를 주었다. 초등학교 시절에는 전교 학생회장을 했다, 중학교에 가면서 문제가 생겼다, 담임이 재명이를 심하게 때렸다, 그때부터 엇나가더니 이른바 '비행' 학생들과 어울렸다, 고민 끝에 재명이를 외국에 보내기도 했으나 불안이 멎지를 않았다, 수소문 끝에 이곳 학교로 데려왔다는 줄거리였다.

나중에 재명이의 영상물을 보고 알았지만, 열여섯 살에 불과한 자그맣고 귀여운 재명이는 늘씬 얻어맞는 일에 이골이 난 아이였다. 교사나 경찰이 패면 온몸으로 맞는 아이였다. 비명을 지르면서 눈물을 흘리면서 싹싹 빌면서 맞고 또 맞는 아이였다. 그렇게 얼마나 맞았던 것일까? 재명이는 자신에게 말을 걸어오는 어른의 눈을 웬만해서는 마주보는 법이 없었다.

그러나 나는 재명이가 겪었던 몹쓸 경험을 첫 학기에는 세세하게 알지 못했다. 대충 짐작만 하고 있었다. 게다가 재명이는 '햇빛 밝은 방에 와서 내가 준비한 학습 프로젝트에 관심을 보이기는커녕 규칙적으로 열심히 잠을 잤다. 그 결과 재명이를 향한 내 의욕은 한 풀 두풀 꺾이기 시작했고 급기야는 뿌리째 뽑히기 직전이었다. 두 손을 들고 포기하고 싶은 순간들을 간신히 넘긴 건 순전히 이상한 기분 때문이었다.

하루에 두 번이나 세 번 정도 재명이와 나눴던 간단한 인사말은 별다른 일이 없는데도 우리 사이를 기이하게 이어놓는 주기도문 같은 묘한 효력을 발휘했다. "재명이 왔니?" 하면 "안녕하세요?" 하는 말이 들려야 하루가 시작되었다. "안녕히 계세요" 하면 "그래, 재명이 잘 가라" 해야 하루가 마무리되었던 것이다.

재명이가 온 첫 학기는 내가 담임을 맡은 열 명 남짓한 아이들과 아침 등교라는 씨름을 벌이던 때였다. 재명이의 30분 지각은 지각도 아니었다. 점심 무렵을 지나서야 나타나는 아이, 아예 등교하지 않는 아이, 나왔다가 홀쩍 사라지는 아이가 하루에 한 명씩은 꼭 있었다. 대부분 밤에 잠을 자지 않아서 생긴 늦잠 버릇이라서 나는 '햇빛 밝은 방'의 신선한 아침 햇살을 어떻게든 되찾아주고 싶었다.

하지만 "날씨가 너무 좋아서 학교 오던 길에 여의도 공원에 가서 앉아 있다가 왔다"는 아이들의 해명을 듣고 나면 할 말이 없어졌다. 그 대신 매일 저녁 아이들에게 이메일을 보냈다. "내일 아침에는 일찍 일어나자"고 한껏 격려를 했다. 아침에는 모닝콜을 했다. "어디쯤 왔니?"가 나의 대사였다. 전화를 안 받으면 부모는 이미 집을 나갔으며 혼자 계속 잔다는 뜻이라서 '언제쯤 오려나?' 시계를 보는 것이 일과였다.

반면 재명이는 대단히 규칙적인 리듬을 지키고 있었다. 그 즈음이 되면 잤고 그 즈음이 되면 일어났다. '햇빛 밝은 방'의 한쪽 벽면에 놓인 빨간 색깔의 기다란 나무 의자가 재명이의 전용 침대였다. 그런 재명이를 볼 때마다 '도대체 저 아이를 어째야 하나?' 싶어 한숨을 쉬었지만, 잠자는 재명이를 보고 있노라면 기묘한 안정감이 생겨서 담요를 덮어주기도 했다.

날마다 아침 등교라는 난리를 치르고 나면 내 얼굴은 굳어졌다. 마음은 산만하게 헝클어져서 가쁘게 숨을 몰아쉬는 상태가 되곤 했다. 그렇게 불안감이 들어찰 때마다 내 눈길은 저절로 재명이를 향하고 있었다. 어김없이 때를 맞춰 자고 일어나는 재명이를 물끄러미 지켜보았다. 그러면 신기하게도 안도감이 솟아났다. 초보 교사의 제멋대로인 바이오리듬에 재명이는 그렇게 균형감을 잡아주고 있었다.

★

두 번째 학기에 만난 재명이의 눈빛은 달라져 있었다. 재명이는 "영상을 해보고 싶어요"라고 말했다. 영상 스튜디오로 가서 담당 교사와 동료들을 만난 재명이는 거짓말처럼 낮잠을 자지 않았다. 하고 싶은 일이 생기자 마치 재명이가 아닌 다른 아이처럼 생기가 넘쳤다. 혹시나 쌍둥이 형이나 동생이 대신 학교에 나온 것은 아닐까 싶을 만큼.

열정이 바닥에 곤두박질쳤던 나는 쾌재를 부르면서 다시 열심을 냈다. "재명아, 네가 겪어본 너의 이야기를 영상으로 보여주렴." 틈만 나면 같은 이야기를 조금 더 멋있게 전달하는 것이 내 일이었다. "너의 이야기가 아니면 아무리 흉내를 잘 내도 사람들은 그것이 가짜라는 것을 금방 알게 된다." 이런 우려를 전하기도 하면서 틈만 나면 수다를 떨었다.

재명이는 '햇빛 밝은 방'보다는 영상 스튜디오에서 살았다. 정말 하고 싶은 게 생긴 아이는 캠코더 작동법이나 편집 기술 따위는 순식간에 학습해 버리는 마술을 선보였다. 초보자 수준이지만 재명이의 학습은 눈부셨다. 얼마나 급했던지 재명이는 밤을 새워서라도 작동법과 편집법을 익혀 바로 영상을 찍고 싶어했다. 영상 스튜디오의 동료 학생들은 물론 편집 작업자와 교사들 모두 그런 재명이를 좋아했다.

나는 기뻤다. 첫 학기에 줄곧 잠만 자더니 그때 비축한 에너지를 맘껏 쓰는 것 같았다. 그렇게 3주 가량 활기차게 작업을 하던 재명이는 어느 날 말없이 사라졌다. 휴대폰도 받지 않았다. 영상 작업의 새로운 요령을 익힐 때마다 은근히 자랑을 하던 때가 엊그제였는데, 무슨 일이 생긴 것일까? 재명이는 잠적한 지 일주일이 지나서야 '햇빛 밝은 방의 내 책상 앞에 와서 부동자세를 취했다. 나는 의자에 앉으라고 했다.

"재명아, 무슨 일 있었니?"

"죄송합니다."

화도 났고 궁금하기도 했지만 재명이는 머리를 숙인 채 똑같은 말만 반복했다. "죄송합니다." 일체 설명하려고 하지 않았다. 두 손을 들고 말았다. 재명이는 첫 학기 첫 날의 모습처럼 시선을 바닥에 꽂아두고 있었다. 이럴 때 교사가 끝까지 질문을 던지며 물고 늘어지면 서로 막다른 골목에 내몰려서 파경을 맞는 수가 있다. 더 캐물을 수 없었다.

그 일이 있고 나서 재명이는 다시 영상 스튜디오를 들락거리며 작업에 열중했다. 잠시 지나가는 소낙비려니 했다. 하지만 재명이는 거듭 사라졌다. 그때마다 재명이와 나 사이에는 매번 같은 장면이 펼쳐졌다. 재명이는 '햇빛 밝은 방'의 내 책상 앞에 서 있거나 앉아 있었다. "재명아, 무슨 일 있었니?" 묻고 "죄송합니다" 대답했다. 재명이가 다녔다는 중학교의 담임은 이럴 때마다 매질을 했던 것일까 궁금하기도 했다.

어쨌든 사정을 말할 수 없다니 어쩌겠는가. 캐묻지 않는 것이 깜냥이자 상책이었다. 솔직히 이런 막다른 길에서 어떻게 해야 좋을

지 아무런 대책이 없었다. 잠적했던 재명이가 학교에 다시 나타날 때마다 꼬박꼬박 내 앞에 와서 "죄송합니다"라고 말해주는 염치를 고맙게 생각해야 했다. 잠자고 일어나는 것처럼 재명이는 잠적하고 돌아오는 일도 규칙적이었다. 나는 완전히 그로기 상태였다.

★

두 번째 학기 발표회가 있던 날, 재명이가 대안 학교에 온 지 한 해를 채우는 날이었다. 순서가 되자 재명이는 교사와 동료 학생들 그리고 여러 학부모 앞에서 자신의 영상 작품을 발표했다. 나는 입이 벌어져서 다물 수가 없었다. 재명이의 영상에는 중학교 친구들이 나왔다. 그 학교에서 '비행' 학생으로 낙인 찍혀 교사에게 얻어 터지며 사는 아이들이었다.

영상에는 재명이의 그 시절 풍경이 암시적으로 드러나고 있었다. 학교에 정붙이지 못한 아이들끼리 놀러 다니고, 술 마시고 공원에서 시비가 붙으면 주먹질을 하고, 경찰서에 끌려가고 다시 학교로 넘겨져서 늘씬 얻어맞고, 다시 학교 밖으로 튕겨 나오는 나날. 재명이는 그들이 누구인가를 보여주기 위해 카메라를 들고 친구들의 집을 일일이 방문하며 영상을 만들었다.

마지막 장면은 늦은 밤 어느 공원에서 재명이가 친구들과 헤어지는 모습이었다. "잘 가라." 멋쩍게 인사하는 재명이의 친구들은 카메라 앞에서 서서히 어둠 속으로 멀어지고 있었다. 마지막 장면은 돌아서서 팔을 흔들어주는 친구 한 명 한 명이 점점으로 사라져서 전혀 안 보일 때까지 롱 컷으로 이어지고 있었다. 그렇게 재명이는 자신이 어떤 사람인가를 처음으로 보여주었다.

★

술 좀 그만 마셔라. 외박 좀 줄여라. 담배만이라도 끊어라. 대학은 졸업이라도 해라. 교회에 가서 예배만이라도 보아라. 이십대 시절 나에게 어머니가 했던 말들이다. 대개는 그 앞에 "제발"이라는 말이 붙어 있었다. 나는 어머니의 간곡한 바람을 한 번도 수용하지 않았다. 어머니는 막내아들 앞에서 백전백패였다. 내가 구치소에 있을 때 면회를 온 어머니는 10분 동안 딱 한 마디를 했다.

"회개하거라."

나는 회개하지 않았다. 어머니가 건네준 성경을 읽으라는 것인데 그마저 하지 않았다. 언제부턴가 어머니는 더 이상 주문을 하지 않았다. 반평생 하숙을 치며 살아온 어머니는 내가 이십대 중반이던

"재명이 왔니?" "안녕하세요?"

"재명아, 일어나자." "……예."

"안녕히 계세요." "재명이 잘 가라."

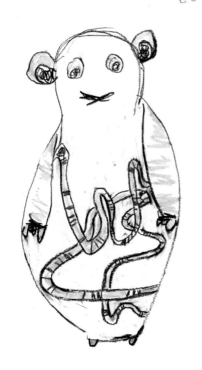

어느 날 저녁 예배를 드리러 집을 나섰다. 그 틈에 나는 하숙생들과 평상에 앉아서 맥주를 마셨다. 두 시간쯤 흐른 뒤였다. 대문에 인기척이 나자 하숙생끼리 마시는 것처럼 시치미를 떼고 나는 방에 들어가 있었다. 그때 어머니가 말했다.

"종휘는 왜 빼놓고 마셔?"

하숙생들은 내 이름을 부르며 나오라고 법석을 부렸다. 어머니의 큰 웃음소리도 같이 들려왔다. 하지만 나는 방에서 나가지 못했다. 사회 운동이 전부라고 믿었던 이십대 시절 나는 어머니가 바라는 최소한의 것들에 대해 진지하게 생각하지 않았다. 그저 내 갈 길을 간다고 여겼고 어머니의 눈물은 불가피하다고 치부했다. 이십대 시절의 나는 내가 어리다고 결코 생각하지 않았다.

구치소에서 나온 뒤에 만난 사촌형은 한심하다는 듯이 나를 보며 이야기를 했다. 친구가 있었다, 아버지는 뼈 빠지게 일하는데 아들은 역사를 바꾸겠다고 감옥에 갔다, 그래서 사촌형이 가서 한마디 해줬다는 게다.

"씨팔! 넌 안중근처럼 교과서에 이름을 남겨라! 난 이름 없이 부모가 벽에 똥칠할 때까지 모시고 살게!"

그때도 나는 무덤덤했다. 사촌형은 대학을 가지 않았고 장사를 하면서 열심히 돈을 벌고 있었다.

내 나이 스물아홉 살일 때 어머니는 담도암에 걸렸다. 나는 어머니 생애의 마지막 6개월 동안 고목에 붙은 매미처럼 어머니 곁에서 떠나지 않았다. "회개하거라." 그 말이 떠올라서 다급하게 어머니 간병을 자처했던 것이다. 암 재발로 병원에 재차 입원했을 때 침대에 누운 어머니는 나를 올려다보면서 힘겹게 말했다. "너는 나를 위해서 할 일을 다 했다." 어머니는 그해 겨울 눈을 감았고 나는 어머니가 구치소에 와서 했던 말을 떠올리고 울었다.

재명이의 영상 발표가 끝나자 사람들은 축하 일색이었다. 재명이의 표정도 무척 밝았다. 재명이의 잦은 잠적은 촬영 때문에 중학교 친구들과 밤샘하느라 빚어진 일이었다. 재명이는 사정을 설명하는 대신 영상으로 보여주고 싶었던 것이다. 재명이는 그런 아이였다. 나는 다시 한 번 의욕에 불타오르면서 재명이의 세 번째 학기에 큰 기대를 걸고 있었다.

'이제는 모든 것이 잘 되겠구나' 하며 마음을 놓았을 때였다. 재명이는 다시 잠적했다. 학교 스타가 된 재명이는 다음 학기에도 엇비슷했다. 공동 작업을 약속한 동료들에게 피해를 주었고 원성을 샀다. 재명이는 잠적을 반복하면서 한 학기를 보냈다. 나는 천당과 지옥을 오르락내리락했다. 아예 재명이 생각을 하지 말아야지 하면서도 자꾸 생각이 났다.

새 학기에 만난 재명이는 두 번째 영상 작품을 만들겠다고 했다. 내심 미심쩍어 했는데 놀랍게도 재명이는 그 학기에 개근을 했다. 두 번째 만든 영상을 보니 안목이 부쩍 커져 있었다. 드디어 길고 긴 터널 끝에서 희망을 보는 순간이었다.

그러나 열여덟 살이 되던 첫 학기에 재명이는 중학교 친구들과 사고를 치고 경찰에 잡혀갔다.

경찰서 유치장에서 재명이를 면회하던 날, 재명이도 나도 억장이 무너졌다. 나는 뻔한 질문만 던지고 있었다. "밥 먹었니? 잠은 잘 잤어? 괜찮아?" 그러다가 "재명아, 나 보면서 말해" 해야 재명이는 겨우 눈을 들어 나를 보았지만 이내 시선을 돌리고 고개를 숙여버렸다. 나는 재명이가 아직도 길고 긴 잠을 자고 있는 것일까 생각했다. 잠깐 깨어났다가 다시 잠에 빠지고 다시 잠깐 깨어나고 또다시 잠에 빠지고.

재명이는 어머니와 상의한 끝에 열아홉 살이 되던 해에 외국어와 영상 공부를 위해 해외로 나갔다. 아주 가끔 어쩌다가 학교 게시판에 남기는 재명이의 타향살이 소감문을 볼 때면 재명이의 긴 잠이 서서히 끝나고 있는 것은 아닐까, 이번에는 정말 긴 터널을 빠져나오는 게 아닐까 하고 생각했다. 이메일을 통 보내지 않던 재명이가 딱 한 번 이메일을 보내왔다.

　"요즘은 많이 지쳤다고 느껴지는 시기에요. 뚝 까고 말해서 이곳에 더 이상 내가 성장할 수 있게 도와줄 그런 멘토 같은 사람이 없다고 느껴요. 솔직히 더 건방진 말로 이젠 여기서 볼 건 다 보았다는 생각들이 자주 들어요. 이걸 보면 내가 아직도 덜 성장했나보다 하는 생각이 드네요."

★

잠에 취해 뻗어 있는 재명이는 아무것도 하는 게 없다고, 처음에는 그렇게 생각했었다. 기대와 실망을 밥 먹듯 한 뒤에야 나는 재명이가 잠을 자면서 무언가를 하고 있었다는 사실을 알았다. '햇빛 밝은 방'의 빨간 의자에 누워서, 중학교 친구들과 길거리를 쏘다니면서, 사고를 치고 경찰서 유치장에 갇혀서, 외국에서 외로움과 씨름하면서, 그렇게 여러 형태의 잠을 자는 동안 재명이는 자신의 허물을 벗고 또 벗고 있었다.

　나도 어머니 앞에서 참으로 오래 잠을 잤다. 그 잠에서 깨어나 열심히 활동하는 지금의 모습을 생전의 어머니께 보여드리지 못했다고 후회도 했다. 그러나 재명이를 만난 이후에 나는 어머니에 대해 다른 기억을 떠올리기 시작했다. 어머니가 나에게 했던 질타의 말들은 기나긴 잠에 취한 나를 무작정 깨우기보다는 내가 잠을 자면서 많은 것을 하도록 지켜봐준 돌봄의 흔적처럼 되살아났다. 어머니의 눈물과 한숨과 잔소리는 매번 무력했지만 내가 긴 잠에서 깨어나는 그 순간까지 나에게 보내는 끝없는 관심과 애정의 신호로 작동하고 있었던 것이다.

만약 교실에서 잠만 자는 재명이 같은 아이를 또 만난다면 나는 이제 어떻게 할지 마음을 정했다. 잠만 자는 게 아니라는 것, 악몽이라도 꿈을 꾸는 것이 필요하다는 것, 그렇게 허물을 벗고 있으며 허물은 성장의 다른 이름이라는 것, 인생에는 많은 잠이 있다는 것, 억지로 깨우지 않아도 된다는 것, 이런 생각을 하면서 나를 달랠 것이다. 부모들이 제 아이의 잠을 못 참고 얼마나 자주 흔들어 깨워 놓는지 상기하면서 학교에 와서 잠자는 아이를 보면 깨우지 않기로 했다.

재명이도 나처럼 긴 잠을 잤고 서서히 깨어나고 있는 것이다. 잠만 자는 아이는 아무것도 하는 게 없다고 잘못 생각하는 부모가 아니라면, 조금만 더 기다려줄 수 있는 교사라면, 그런 조용한 돌봄

가운데서 아이는 스스로 깨어난다. 처음에는 조금, 다음에는 조금 더, 그리고 나중에는 아주 오랜 시간 깨어 있다.

그리고 자신의 긴 잠에 대해 이야기할 것이다. 재명이처럼 나처럼. 그것이 성장이다.

● 두희

시무룩하던 두희가 갑자기 훌쩍거리기 시작했다. 눈물이 양 볼을 타고 흘러내리더니 울먹이는 소리가 났고 이어 어깨를 들썩이며 펑펑 울었다. 느닷없었다.…… 십대 여자아이가 남자 어른 옆에서 엉엉 우는 5분은 생각보다 길고 난처했다. 인기척 없는 운동장 한복판에서 무의식적으로 주변을 살피던 나는 한마디 말을 했다.

"너 우니?"

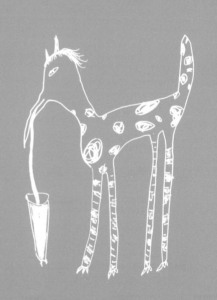

그냥 울고 싶었어요

★

내가 있던 대안 학교는 여름 방학을 조금 일찍 시작했다. 여느 학교의 여름 방학과 다른 풍경은 또 있다. 아이들은 방학중에도 곧잘 학교에 나왔다. 각자 기획한 방학 프로젝트를 진행하면서 나름대로 의미 있는 시간을 보내곤 했다. 그 덕분에 교사도 방학중에 학교에 나오지만 학생의 요청을 받고 자문해 주는 일을 빼면 적당한 거리를 유지한 채 비교적 호젓한 시간을 보내는 편이다. 그런 여름날 어느 오후였다.

학교 운동장 복판에는 아름드리 느티나무 한 그루가 있다. 나무 아래에는 벤치가 있고 나는 거기 앉아 있었다. 책장을 넘기면서 자판기 커피를 마시고 있었다. 그때 뚜벅뚜벅 걸음소리가 들렸고 두희가 옆에 와서 앉았다. 두희는 내가 담임을 맡은 열일곱 살 여자아이였다. "안녕" 인사를 건넸지만 말이 없었다. 두희는 단지 벤치의 빈자리가 필요했을 뿐이라는 듯 털썩 주저앉았다.

잠깐의 정적이 지났다. 시무룩하던 두희가 갑자기 훌쩍거리기 시작했다. 눈물이 양 볼을 타고 흘러내리더니 울먹이는 소리가 났고 이어 어깨를 들썩이며 펑펑 울었다. 느닷없었다. 5분쯤 흘렀을까. 우는 까닭을 알 길이 없는 나는 허둥대고 있었다. 이유가 궁금했지만 이럴 때 어떻게 해야 하는지 몰랐다. 나는 서럽게 우는 두희 옆에서 어떤 행동도 하지 못한 채 그저 조마조마해 하기만 했다.

아는 사람이 걸어왔고 옆에 앉았고 갑자기 울어버리는 난데없는 상황에서 침착할 수 있는 사람은 별로 없을 것이다. 지하철 역사 벤치 같은 곳에서 비슷한 장면이 펼쳐졌다면 행인들이 이상한 눈길로 쳐다보았을 것이다. 십대 여자아이가 남자 어른 옆에서 엉엉 우는 5분은 생각보다 길고 난처했다. 인기척 없는 운동장 한복판에서 무의식적으로 주변을 살피던 나는 한마디 말을 했다.

"너 우니?"

바보 같은 말이었다. 두희가 우는 5분 동안 내가 한 말은 무심결에 꺼낸 그 말이 고작이었다. 대꾸라도 해주지 않았다면 그때 나는 정말 바보가 되고 말았을 것이다. 두희는 울면서도 질문 같지 않은 질문에 두어 번 고개를 끄덕여주었다. '그래요, 나 울고 있어요'라고. 당연한 반응을 확인하고 나자 어이없게 할 일이 끝난 사람처럼 나는 아무 생각도 나지 않았다.

정지된 장면 속에 한참을 머문 것 같았다. 울음이 잦아들었다. 두 손으로 눈가를 훔치고 꾹꾹 누르고 비비던 두희가 천천히 고개를 들었다. 퉁퉁 부어오른 눈으로 나를 쳐다보는 두희의 두 눈과 정면으로 마주쳤다. 멀뚱멀뚱 쳐다보는 큼지막한 눈 때문에 순간 얼굴이 화끈거렸다. '나, 너한테 할 말 없거든' 하는, '왜 날 빤히 쳐다보니?' 하는 어리둥절한 속말이 나올 뻔했다.

"왜 말 안 해요?"

"울어서 기다렸지."

두희는 첫 말을 질문으로 건넸다. 나는 얼떨결에 둘러대고 말았다. 그러나 결과적으로 짧게 오간 그 한 번의 문답 때문에 나는 두희의 믿음직한 파트너가 될 수 있었다. 두희는 잠시 생각에 잠기더니 금세 편안한 표정이 되었다. 우리는 어느새 대화를 나누고 있었다. 묻지 않는데도 두희는 알아서 말을 했다. "응, 그랬구나" 맞장구를 치거나 "정말이니?" 하고 되물어보기만 했는데도 내 역할은 충분했다.

어린 시절 나는 눈물을 흘리거나 소리 내서 울면 반드시 어머니의 추궁을 들었다. 그럴 때마다 나는 왜 우는지 꼭 설명을 했다. 어머니는 간혹 호탕하게 웃어주기도 했다. 하지만 내 말이 어이없게 들렸을 때가 태반이어서 따끔하게 혼을 내는 경우가 훨씬 많았다. 어머니가 수긍하지 않을수록 나는 서러워서 더 크게 울었다. 그러다가 궁지에 몰린 동물처럼 울먹이는 소리를 삼키면서 잠들면 끝이 났던 것 같다.

"왜 울어?"

어머니는 단호했다. "울면서 말하지 마. 울음 딱 그치고 차근차근 말해봐." 간신히 울음을 그치고 설명을 해보지만 내 눈물은 어머니 앞에만 가면 늘 보잘것없는 것이 되어 있었다. 그 뒤로는 어지간해서는 울지 않았다. 울음에 관한 한 일찍부터 어머니의 엄한 태도를 내면에 각인한 것이다. 눈물에는 반드시 이유가 있어야 한다는 것, 그것은 하찮은 이유여서는 안 되고 매우 심각해야 한다는 것.

대안 학교의 교사가 된 뒤에 나는 가끔 우는 아이를 본다. 그럴 때면 나도 모르게 어머니처럼 질문을 던진다. "왜 우니?" 말을 못하면 기다렸다가 이유를 묻고 대답을 들어야 직성이 풀렸다. 울고 있는 아이의 감정보다는 아이의 대답을 분석하는 일이 우선이었다. "울 만한 이유가 아니네, 그치?" 하고 울음을 멈추게 하려고 열중하는 교사가 나였다.

나는 아이의 눈물이나 울음과 대화하는 법을 몰랐다. 그해 여름 느티나무 아래 벤치에서 두희의 울음을 만나기 전까지 그랬다. 두희의 울음은 그 자체로 간곡한 감정의 표현이자 충만한 대화의 시작이었다. 두희가 쏟아낸 5분 동안의 울음 때문에 나는 비로소 그것을 알게 되었다. 그조차 두희가 내 곁에 와서 울어주었기 때문에 가능한 일이었다. 두희는 그렇게 불쑥 나를 자신의 울음에 초대해 준 것이다.

두희는 울음을 그치고서 물었다. "왜 말 안 해요?" 어린 시절의 나 같았던 것일까? 어른 앞에서, 특히 담임 앞에서 눈물을 보였는데도 이유를 묻지 않은 것이 이상했던 것일까? 실은 내가 당황한 나머지 바보 같은 기분이 되어 아무 말도 못했다는 사실은 모른 채 말이다. "울어서 기다렸지"라는 말을 돌아보면 지금도 내 자신이 기특하다. 그 말 때문에 나는 두고두고 두희의 울음을 내 것처럼 간직할 수 있게 되었다.

생각해 보면 자명한 이치다. 세상의 어느 아이도 '나 지금부터 이런저런 이유 때문에 울기 시작할래요' 하고 예고한 다음에 울지 않는다. 울음은 복받친 감정이 소용돌이를 일으키며 불현듯 터져 나온다. 자신도 모르게 우는 것이다. 이때 우연히 곁에 있었다고 하자. 그때는 가만히 있어주면 족하다. 스스로 눈물을 멈출 때까지. 대화란 울음을 들어주는 것이니까.

두희의 눈물을 만나고 나서야 나는 우는 아이를 보고도 이유를 묻지 않게 되었다. 교사로서 뭔가를 해야 한다는, 십중팔구 울음을 그치게 해야 한다는 강박에 사로잡혀 전전긍긍하지 않아도 좋다는 사실을 알게 되었다. 단 5분이라도 충분히 울고 스스로 진정할 때까지 '왜 우니?' 같은 질문은 쓸데없는 짓이다. 이유는 몰라도 괜찮다. 그런 질문은 울음이 이미 충분히 말하고 있는 것을 무안하게 만들 뿐이다.

한 번도 울어본 적이 없는 사람처럼 자문해 본다. 울음이란 무엇일까? 그것은 '나는 지금 몹시 슬픕니다'라고 말해준다. 이 말 앞에서 꼬치꼬치 이유를 묻고 그것이 자신의 기준에서 타당한지 판단하는 것, 이런 태도는 아무래도 오랜 가부장제가 낳은 남성적 감수성에 뿌리를 두고 있는 게 아닌가 싶다. 내가 떠올릴 수 있는 가장

"왜 말 안 해요?"

"울어서 기다렸지."

나이든 남자의 눈물로 거슬러 가보자. 그곳에는 결코 보여준 적은 없으나 아마도 그때 울었겠지 추측되는 할아버지의 눈물이 어른거린다.

이를테면 TV 드라마 〈전원일기〉의 할아버지 최불암 같은 눈물이다. 드라마에서 할머니 김혜자의 눈물은 쉽게 이미지가 떠오른다. 반면 아무리 되살려보려고 해도 최불암의 눈물은 좀체 기억나지 않는다. 등을 돌리고 구부정한 어깨를 잠깐 들썩였던 장면이 있었던 것도 같다. 눈물이지 싶었는데 어느새 흔적도 없이 굳은 얼굴로 돌아와 아무렇지 않다는 듯 딴청을 피우는 이미지.

그렇듯 할아버지 세대가 보여준 눈물은 '결코 보여서는 안 되는 눈물'이었다. 전쟁과 가난을 견뎌낸 할아버지의 눈물은 그랬다. 이에 비해 사오십대의 중년이 된 아버지의 눈물은 조금 다르지 싶다. 소주 한 잔 걸치고 밤늦게 들어와 아내 앞에서 흰소리를 섞어가며 모를 이야기만 하다가 한 줄기 내비치는 눈물. 그러나 얼른 눈물을 훔치고 무안해한다. 아내가 물어볼라치면 '아냐, 아무것도……' 하는 눈물이다.

아버지 세대의 눈물은 '보이려는 순간 감춰버리는 눈물'이었다. 눈부신 경제 성장의 틈바구니에 끼어서 경쟁의 회오리바람에 휩쓸리다가 울 틈도 없이 말라버린 눈물이 아버지 세대의 눈물이다.

반면 나와 같은 삼사십대 남자의 눈물은 또 다르다. 조금은 말랑해진 것도 같다. 이를테면 사랑하는 여자가 앞에 있을 때 세상의 종말이라도 만난 듯 온몸을 허물며 꺼이꺼이 게워내는 소설 주인공의 드라마 같은 눈물이 있다.

마치 '난 지금까지 잘못 살았어!' 하는 참회의 눈물과 같다. 하지만 이 눈물도 공식 사회에서는 내보이는 법이 없다. 직장이나 모임에서는 물론이고 이십대 시절 사회 운동을 했던 때로 돌아가 보아도 그렇게 울어본 적은 드물다. 그 시절의 울음은 분노 때문에, 분노가 솟구치는 데도 할 수 있는 것이 없다는 무기력감 때문에, 그런 사내들끼리 어깨를 맞잡고 분통을 터뜨리다가 왈칵 쏟아내는 눈물에 가까웠다.

'결코 보여선 안 되는 눈물'과 '보이려는 순간 감춰버리는 눈물'을 지나 삼사십대 남자에 이르면 '분위기 가려서 가끔 온몸으로 우는 눈물'로 변해 있다. 할아버지와 아버지와 아들에 걸쳐 누적된 흐르지 못한 나머지 모든 눈물은 내 세대에 와서 영화 〈박하사탕〉의 설경구가 외치듯 가끔 '나 돌아갈래!' 하고 생각지도 못한 순간에 벌컥 터져 나온다. 그러나 그런 눈물도 그날 만난 두희의 울음과는 달랐다.

할아버지와 아버지와 아들의 눈물에는 언제나 이유가 있어야 했다. 그것도 매우 심각한 이유라는 자기 확신이 필요했다. 그렇지 않은데 울거나 눈물을 보이면 바보 같은 짓이다. 나는 어머니가 가르친 남자의 도리를 포함해서 사회적 학습을 통해 성인 남자의 눈물을 익히며 자랐다. 그렇게 어른이 된 나에게 두희의 느닷없는 방문과 알 수 없는 울음은 참 난해한 경험이었다.

★

대안 학교에 입학한 두희가 담임으로 배정된 나를 처음 만나러 왔을 때였다. 나는 얼굴에 무엇이 묻었나 싶어서 그때도 잠시 어리둥절해했다. 살갗이 유달리 하얗고 눈이 몹시 컸던 두희가 코앞에서 나를 뚫어지게 쳐다보았기 때문이었다. 두희의 두 눈은 망망대해 같아서 마주보고 있노라면 초현실적인 기분이 들었다. 두희의 두 눈만 보면 나는 어느새 바다 속에 떠 있는 작은 두 개의 섬이 되어 있었다.

제법 열린 감성을 가졌노라 자처하던 나는 두희를 처음 본 그날부터 내심 주춤하고 있었다. 영화 〈킬빌〉에 나오는 일본 여고생 스타일의 옷차림을 하고 있던 두희. 〈소녀 검객 아즈미 대혈전〉에 나오는 아즈미의 생김새를 지닌 두희. 가부키 배우처럼 새하얀 피부에 순정 만화의 주인공처럼 엄청나게 큰 눈동자를 가진 두희는 내가 선호하는 이미지가 아니었다. 실존감이라고는 도무지 갖고 있지 않은 가상의 캐릭터 같았다.

게다가 느티나무 벤치에서 두희의 울음을 만나기 전까지 나는 담임이었지만 두희와 그다지 특별한 관계랄 것을 맺은 적이 없었다. 두희는 별천지 세계의 존재처럼 나에게 불시착했다가 홀연히 사라진 아이였다. 해외에서 날아온 관광 엽서처럼 불쑥 내 신경을 파고든 경우는 몇 번 더 있었던 것 같다. 허나 내 발로 두희의 바다에 풍덩 뛰어든 적은 없었다. 그 깊고 푸른 두 눈에서 출렁이던 바다가 얼마나 많은 이야기를 전해주고 있었는지 돌아볼수록 까마득한 기분이 든다.

실제로 두희는 말없이 내 책상으로 다가와서 곁에 앉거나 선 채로 주변을 서성이며 나에게 관심을 보여주곤 했었다. 생각해 보니 그런 적이 꽤 있었다. 그때마다 나는 두희의 눈동자가 걸어오는 이야기에 무심했다. 어쩌다가 눈이라도 마주치면 머쓱하게 한번 씨익 웃어주는 게 내가 한 전부였다. 두희의 이미지에 대한 바보 같은 선입견 때문에 나는 내가 두희에게 해줄 수 있는 것이 없다고 일찍 단정하고서 정말 아무것도 안 했다. 두희의 두 눈동자가 조용히 껌뻑껌뻑 말해주는 그 많은 사연을 나는 못 알아들은 척했던 것이다.

두희의 눈물을 접한 이후라도 나는 곧장 적극적인 행동에 나서야 했다. 두희는 그 다음 학기에 학교 생활을 정리했다. 한 번도 뛰어든 적이 없던 그 바다에 막 몸을 담그려 하기 시작했을 때 두희는 휴학을 했고 다시는 학교로 돌아오지 않았다. 그 무렵을 생각하면 안타깝고 미안한 마음이 커진다. 만화와 패션 디자인과 액세서리 판매에 관심을 보인 두희에게 나는 확신을 가지고 딱 부러지게 맞춤형 프로젝트를 제안한 것이 하나도 없었다.

학교를 그만둔 두희는 홍대 앞에 자취방을 구하고 아르바이트와 만화 공부를 병행했다. 가끔 거리에서 마주치면 우리는 서로 환하게 웃으며 지나쳤다. 어떤 날은 진하게 화장을 해서 두희를 처음 보았던 그날의 감정이 되살아나기도 했다. 하지만 두희를 조금은 더 알 것 같았다. 두희라면 자신의 정직한 눈물로 딱딱한 세상을 부드럽게 녹이면서 자기 방식대로 하나둘 열심히 헤쳐 나아갈 것 같다는 막연한 믿음이 나도 모르게 내 안에서 조금씩 싹을 피우고 있었다.

★

아직도 나는 두희의 그날 울음에 대해, 특히 이유에 대해 많은 것을 모르고 있다. 5분의 울음이 지나고 간 뒤 두희의 이야기를 열심히 들었지만 거의 알아듣지 못했다. 그냥 고개만 끄덕였을 뿐이다. 머릿속에서는 여러 의문이 들끓어서 잠시도 나를 내버려두지 않았다. '그것이 울 만한 일인가?' 혹은 '그렇게 서럽게 울 만한 일인가?' 혹은 '나한테 갑자기 와서 엉엉 울어야 했던 일인가?' 하는 어리석은 물음표들.

그렇긴 하나 그날 그곳에서 나는 두희의 울음에 온전히 참여했고 변화를 경험했다. 당황해서 이유를 물을 겨를이 없었고, 덕분에 곁에서 쏟아지는 울음을 그냥 들을 수 있었고, 그리하여 가만히 자리를 지켜줄 수 있었다. 두희가 나를 선택해서, 내가 있는 자리로 와서, 갑자기 우는 바람에 깨달음을 얻었다. 이것이 내가 기억하고 있는 그날의 전말이다.

누군가 다가와서 울기 시작하면 스스로 멈출 때까지 조용히 울음에 귀 기울이라는 것, 나에게 온 울음은 그것으로 이미 이야기를 시작한 것이고 그때의 대화는 가만히 자리를 지키고 있으면 지속된다는 것, 울음이 끝나고 나서도 물을 필요가 없다는 것, 울음을 가지고 온 사람이 때가 되면 두런두런 이야기보따리를 풀어놓는다는 것을 알았다.

그리고 울음 뒤의 이야기가 울음의 이유까지 꼭 설명하는 것일 필요는 없다는 것, 특히 들어주는 사람을 충분히 납득시킬 만한 이유가 아니어도 된다는 것, 이것이 내가 아는 울음에 관한 5분 동안의 진실이다. 복받친 감정이 솟구쳐 터져 나오고 뒤엉킨 속을 비워내고 천천히 마음을 가라앉히고 스스로를 돌보며 울음에 대해 이야기하는 것, 이 자연스러운 과정에 동반자가 필요하다면 그는 그냥 곁에 있으면 된다.

불행한 일은 할아버지와 아버지와 아들의 일부이자 전체인 나는 그 5분의 울음을 시원하게 울어보지 못했다는 사실이다. 더 불행한 일은 두희를 만난 뒤에도 내 속에 있을 5분의 울음에 대해 이유를 따지면서 울지 못하게 틀어막는 또 다른 내가 여전히 버티고 있다는 점이다. 5분의 울음은 언제나 내 안에서 울고 있고 바깥의 나는 그것을 틀어막는다. 밖으로 소리 나지 못하도록. 더욱이 누군가를 곁에 두고 울지 못하도록.

이제 나에게 중요한 것은 그냥 우는 것이고 그때 옆에 있을 누군가이다. 울고 싶을 때, 이유 없이, 이유는 상관없이, 그냥 우는 것, 그때 곁에 있으면 좋을 한 사람. 남자 어른이 되어서 혼자 울거나 참는 데 선수가 되어버린 바람에 나는 그 울음과 누군가를 잃어버렸다. 나는 과연 두희처럼 운동장 벤치에 아는 사람이 있으면 훌쩍 다가가서 울 수 있을까? 만약 두희를 만나서 울음을 터뜨리면 두희는 뭐라고 할까?

"눈물이 많이 나와요?"

두희라면 틀림없이 이유는 묻지 않을 것이다. 고개를 파묻고 꺼이꺼이 우는 내 등허리에 대고 그렇게 토닥여줄 것 같다. 아마 나는 엉엉 울 것이다. 다 울고 나서 그럴듯한 이유를 대지 못한다 해도 두희는 이상하게 생각하지 않을 것이다. 그럼 나는 속으로 이렇게 중얼거릴 것이다. '그래, 울음이 나오는데 이유가 뭐람. 아무렴, 나이나 성별은 상관없지. 울고 싶을 때 울고 나서 행복해지면 돼. 5분이면 되잖아.'

★

두희를 떠나보내고 나는 다시 어지간한 남자 어른의 감성으로 돌아와 산다. 그러나 속에서 애잔한 무엇이 잠깐 출렁거리기라도 하면 나는 의식적으로 그날 그 자리로 돌아가서 두희의 큼지막한 두 눈을 바라보려고 노력한다.

"울고 싶으면 그냥 우세요."

울컥 눈물이 나올 것 같은데 이유부터 찾게 되고 이유가 마땅치 않으면 눈물을 참는 무의식적인 행동이 조금이라도 느껴지면 주문처럼 두희의 이름을 불러본다. 그때마다 나오려는 울음을 가로막는 자기 검열과 방어의 빙벽을 한 순간에 녹여버리는 두희의 눈물을 만난다.

그러고 나면 내 안에 고여 출렁이던 울음이 흘러나갈 수 있게 내 마음의 문이 저절로 활짝 열리는 체험을 하게 된다. 그래, 울고 싶을 때 그냥 울면 된다. 내 울음의 이유를 군이 설명하지 않아도 되는 누군가 곁에 있다면 바로 그 사람이 친구다. 두희는 울음을 통해 누군가를 친구로 삼는 순식간의 비법도 가르쳐준 셈이다. 그냥 곁에 있으면 되는 아주 손쉬운 방법인데 사람들이 좀처럼 쓰지 않는 비법이다.

그 비법을 자주 사용하면 한 가지를 더 알게 된다. 울음을 통해 뭔가 진짜를 배우는 때는, TV 드라마나 영화나 책도 도움이 되지만, 그보다는 옆에서 울음의 진짜 소리와 들썩이는 진짜 어깨와 슬픈 냄새를 풍기는 진짜 체취와 서럽게 뛰는 진짜 심장의 박동을 내 것처럼 느끼게 하는 누군가의 울음과 함께 하는 순간이다. 그리고 더 진짜를 배우게 되는 때는 누군가를 곁에 두고 내가 직접 눈물을 흘리며 우는 순간이다.

자신의 내면에 고여 있는 5분의 눈물을 바깥으로 꺼내놓고 흘러나오는 울음을 따라 내 몸과 마음이 출렁이는 순간들을 낱낱이 체험하게 될 때, 나는 잊었던 나를 되찾고 진짜 내가 된다. 어디 5분

뿐일까? 내가 내 안에서 꺼내야 할 울음은 평생 마신 물보다 많을지 모른다. 그런 마음의 눈으로 세상을 살다보면 눈물은 훨씬 더 많이 필요해질 것이다. 그런 울음을 울자. 그만큼 나도 세상도 더 촉촉해질 테니까.

"두희야, 지금은 누구 곁에서 울고 있니?"

● 형섭

"내가 원해서 하는 것 같지가 않아요."

이 말을 했을 때처럼 형섭이가 자신 없어하는 것을 본 적이 없었다. 형섭이의 "이상한 걸요"와 나의 "뭐가 이상하니?"가 한동안 엎치락뒤치락하던 어느 날이었다. 형섭이는 평소와 달리 풀죽은 목소리로 독백처럼 말을 흘렸다.…… 그날 형섭이의 모습은 마지막으로 보내는 위험 신호처럼 다가왔다.

딴죽 걸고 딴짓합니다

★

교사의 자리가 얼마나 대단한 권력인지 나는 제대로 알고 있지 못했다. 스스로 탈권력 지향적인 교사라는 자신감이 확고했기 때문에 더 자각하지 못했던 것 같다. 아이를 훌륭하게 가르치겠다는 일념으로 혹은 민주 시민의 자질을 길러준다는 취지로 자신의 가치관을 주입하면서도 그것을 권력 남용으로 알지 못하는 교사들을 나는 정말 끔찍하게 생각했었다.

그렇듯 아이를 자율적인 개인으로 믿고 스스로 날도록 날개를 펴는 일을 돕겠다고 자처하면서도 은연중에 교사의 권력을 사용한 교사가 나였다. 특히 내가 원하는 때에 원하는 방식으로 날개를 펴게끔 유도한 교사가 바로 나였다. 교사가 권력을 써야만 하는 불가피한 상황에 대해 여전히 고민을 한다. 결론은 지금도 모호하지만 이제는 두 가지를 구분할 수 있다. 교사가 옳다고 믿는 바를 아이에게 부드러운 음성으로 설명하고 멈추는 것과, 교사의 생각대로 아이가 따라오도록 은근히 권력을 사용하는 것.

형섭이는 나의 집요한 권력 의지를 성찰하게 이끈 아이였다. 입학해서 졸업할 때까지 나는 줄곧 형섭이의 담임이었다. 열일곱 살에 만나서 학교를 졸업한 뒤로 1년이 지날 때까지 무려 4년 가깝게 붙어 지냈다. 그 시간 동안 나의 일거수일투족에 민감하게 반응한 형섭이의 언행을 통해서 나는 교사의 권력이 언제든 사랑이란 이름을 앞세운 독특한 형태의 지배로 바뀔 수 있다는 점을 알았다.

형섭이는 자기 관심사가 뚜렷한 아이였다. 그것이 자주 바뀐다는 점만 빼고 말이다. 물론 그조차 호기심이 많은 아이에게는 자연스러운 일일 텐데, 내 말을 듣고 난 형섭이가 매번 "이상한 걸요"라고 되받는 모습이 나에겐 처음부터 은근히 거슬렸다. 게다가 나는 처음부터 줄곧 형섭이의 욕구를 관찰한 뒤에 맞춤형 학습 프로젝트를 준비해서 제안을 한다고 하는데도 번번이 "이상한 걸요"라는 반응을 접하게 되자 신경질이 났다. 그렇게 알게 모르게 짜증이 쌓여가고 있었다.

이를테면 이런 식이다. 형섭이가 힙합, 특히 래핑에 관심을 보여서 멋진 랩을 들려주고 곡을 만들어보라고 권하면 형섭이는 "디제잉 할 건데요" 한다. 형섭이가 공동 기획에 재미를 보여서 팀을 만들어주면 조금 참여하고는 어느 날 "난 개인 작업이 좋아요"라고 말하고는 뒤로 빠진다. 등교 시간이 연일 늦어져서 아침에 일찍 나오라고 하면 "난 밤에 혼자 일하는 게 좋은데 꼭 아침에 나올 필요가 있나요?" 반문한다.

형섭이의 반론은 논리적이었다. 무턱대고 반대한 적이 없었다. 형섭이는 언제나 내 생각을 듣고 나서 자기 주관으로 걸러본 다음 "이상한 걸요"라고 순직하게 말했다. 속도가 빨랐을 뿐이었다. 그럴 때마다 형섭이의 이야기를 경청하고 태도를 바꿔서 도움을 줄 수도 있었다. 그런데 그렇게 하지 않은 것은 형섭이의 판단이 성급해서 결국은 시간 낭비에 불과할 것이라는 나의 오만이 늘 앞질러갔기 때문이다.

나는 형섭이의 생각보다 나의 판단을 우위에 두고 있었다. '담임인 나는 형섭이를 위해서 형섭이 자신보다 더 많은 것을 해줄 수 있다'는 믿음이 내 의식과 무의식에 걸쳐 깊게 자리 잡고 있었다. 겉으로는 전혀 그렇게 보이지 않게 단도리를 하면서도 내 마음 한 켠에는 그런 아집이 분명 존재했다. 형섭이를 관찰하면 할수록, 형섭이와 대화하는 시간이 많아질수록, 특히 형섭이가 곤란한 문제에 직면해서 나의 도움으로 해결하는 일이 늘어날수록 나는 나의 판단을 신뢰했다.

★

내가 일한 대안 학교에서는 한 한기가 끝날 때마다 한바탕 난리가 벌어진다. 학생들 스스로 학기 초에 약속한 학점을 이수하기 위해서 학기 말이 되면 교사들을 붙들고 집중 학습을 하기 때문이다. 학기 초에는 적잖은 학생들이 이것저것 프로젝트를 신청하고 많은 학점을 계획하지만, 학기 말에 이르면 부실한 관리 실태를 고스란히 드러내고는 어쩔 줄 몰라했다.

형섭이도 학기 초에 관심이 가는 프로젝트를 꽤나 많이 신청한 상태였다. 그 많은 학점을 모두 이수하겠노라고 호언장담도 했었다. 그러나 자기 나름의 사정에 의해 계획을 바꾸기 다반사였고 개인 작업이 더 중요하다고 생각이 바뀌었다면서 공동 프로젝트는 거의 전부 방치하고 있었다. 그런데도 형섭이는 다른 학생들처럼 조급한 기색을 내보이지 않았다. 도리어 이상하리만치 침착했다.

"이상한 걸요."

"뭐가?"

"학점 꼭 따야 해요?"

학점 이수는 학생의 필요에 의해서 자발적으로 이루어져야 하는
것인데 중간에 다른 계획이 생겨서 필요가 없어진 자신으로서는 무
의미하다는 논리였다. 그랬다. 학점 이수는 자기 주도적 학습의 한
형태였다. 스스로 신청한 학점이라도 책임을 지는 방식에는 학점을
포기하는 경우도 있을 수 있었다. 그런데 나는 그만 불끈해서 형섭
이에게 학기 초의 상황을 상기시켰다. 말렸는데도 형섭이가 하고 싶
다고 잘할 수 있다고 주장하면서 그 많은 프로젝트의 학점을 신청했
었다는 사실을 일일이 확인해 주었다. 형섭이는 아랑곳하지 않았다.

나는 약속했던 것을 책임지라고 몰아세웠다. 형섭이의 약속을 믿
고 준비한 담임과 그 많은 프로젝트 작업자들에게 "너는 무책임
한 학생으로 남을 것"이라고 질책했다. "이런 식이면 담임은 물
론 다른 교사들도 앞으로는 네 말을 믿고 같이 하기 어렵겠다"는 경
고도 했다. 그것은 교사로서 함부로 해서는 안 되는 일종의 협박이
었다.

형섭이는 그제서야 움찔했다. 내 말은 형섭이라는 사람에 대한 냉
혹한 평가를 담고 있었다. 형섭이가 얼마나 형편없는 사람으로 보
일지에 대해 형섭이의 두려움을 자극했다. 형섭이는 "그럼 어떻게
하면 되나요?" 하고 기어들어가는 목소리로 대꾸했다. 나는 그 순

간을 놓치지 않고 내가 계획한 방향대로 형섭이의 고삐를 바짝 잡아당겼다. 얼핏 보면 이런 상황에서 학생의 책임 있는 행동을 촉구하고 바로잡아주는 것이 교사의 역할일 수도 있겠지만, 나만이 아는 내 마음의 목소리는 형섭이에게 결코 그렇게 순수하지 않았다.

형섭이가 "이상한 걸요" 할 때마다 그런 식으로 형섭이의 주장을 꺾었다. 돌아보면 나는 단 한 번도 형섭이가 주장하는 사정이나 속마음을 진정으로 헤아리지 않았던 것 같다. 특히 형섭이의 논리를 제대로 듣고 형섭이의 입장에서 재구성해 보려고 하지 않았던 것 같다. 이성적으로야 그런 인식을 갖기도 했지만 그것이 얼마나 간절한 것인가를 형섭이의 자리에서 느껴보지 못한 것이다. 그 대신 내가 원하는 방향대로, 그것이 형섭이를 위한 것이라는 내 믿음대로, 형섭이를 목적지까지 최단 기간 안에 끌고 가는 데에만 신경을 썼다.

★

2남 2녀의 막내로 자란 나는 지금까지 내가 원하는 길로만 걸어왔지 싶다. 아니 정말 원하는 길인지 모를 때가 훨씬 많았지만 직관을 따라 수시로 방향을 바꾸며 걸어왔다. 그때마다 가족은 "여기로 가야 해" 하는 통제나 간섭을 하지 않았다. 연로한 부모와 열 살 안

밖으로 나이가 많은 누나들과 형은 나에게 진로나 성적이나 취미에 대해서 권한 것도 금한 것도 없었다.

덕분에 나는 진로에 관한 한 여전히 몸 따로 마음 따로 엇박자 행보를 반복하며 성장했다. 초등학생일 때는 선교사와 군인과 의사를 꿈꾸었다. 중학생일 때는 미술가와 축구 선수를, 고등학생일 때는 그냥 누나들과 형처럼 이과를 선택했다. 반면에 나는 초등학생 때는 미술에서 두각을 나타낸 어린이였다. 중학생 때는 학교 공부를 잘하는 우등생이었다. 고등학생 때는 진로에 대한 열렬한 소원이 없어서 틈만 나면 소설과 시를 열심히 읽으며 소일했다.

대학생이 될 때는 문득 농부가 되어야지 하고는 관련 학과로 진학했다. 허나 사회과학 서적만 읽고 사회 운동에 골몰하느라 학과 공부는 완전히 뒷전이었다. 게다가 그 무렵의 나는 집에 와서는 완전히 다른 사람으로 살았다. 사회 운동권에서 금기시했던 팝송을 좋아했고, 야한 연애 소설 습작을 했으며, 오지 여행가로 살아가는 공상에 사로잡혀 지냈다. 지금 생각해도 그 시절의 나를 종잡을 수가 없다.

분명한 점은 명쾌하게 설명하기 힘든 그런 여러 갈래의 길들을 경유해서 지금의 내가 되었다는 사실이다. 바깥에서 보기에는 오락가락하고 갈팡질팡하는 모습일 수 있다. 하지만 내가 나를 느낄 때 그것은 하나로 통합되어 있는 세계의 복합적인 흔적들이었다. 부모와 가족은 몇 가지 잣대를 가지고 나의 그런 세계를 바깥에서 함부로 이름 짓거나 잘라내지 않은 현명한 사람들이었다.

"네가 뭘 하는지 하나도 모르겠다."

한가롭게 물끄러미 나를 바라보던 어머니는 종종 그런 말을 던졌다. 어렸을 때부터 나는 일관된 이미지로 이해되는 존재가 아니었던 모양이다. 중요한 사실은 내가 이런저런 길 앞에서 서성일 때마다 어머니가 이 길이나 저 길을 가라고 강요하거나 유도하지 않았다는 점이다. 어머니는 안전한 울타리가 되어주었을 뿐이다. 반평생을 반신불수의 장애인으로 산 아버지는 더 했다.

내가 한 시간이면 너끈히 다녀올 산보를 아버지는 반나절 내내 한 발 한 발 열심히 걷고 또 걸어 다녀오곤 하셨다. 내가 도와주면 될 것을 아버지는 스스로 상체에 들러붙은 마비된 오른팔을 하루에 백번 씩 펴고 또 폈다. 내가 대충 훔치면 될 일인데도 아버지는 바닥에 엉덩이를 끌고 다니며 손바닥으로 방청소를 열심히 하고 또 했다. 그때마다 아버지의 이마에 맺힌 땀방울과 아버지의 입에서 새어 나오던 안간힘 소리를 잊을 수 없다.

그 아버지는 어린 나에게 이런 말을 했다. "이럴 땐 이걸 열심히 하고 저럴 땐 저걸 열심히 하면 돼." 당시에는 무슨 뜻인지 몰랐으

"이상한 걸요."

"뭐가?"

"학점 꼭 따야 해요?"

나 나는 아버지 말대로 살았다. 남들에게 딱 부러지게 설명하기 힘들었을 뿐이지 무엇을 하든 대충 하는 법 없이 열심히 몰입해서 했다. 아버지 역시 어머니처럼 내가 뭘 하는지 이해할 수 없는 경우가 많았겠지만, 그때그때 무엇을 하든 열심히 하는 내 모습에 격려와 용기를 보내주었다.

★

"내가 원해서 하는 것 같지가 않아요."

이 말을 했을 때처럼 형섭이가 자신 없어하는 것을 본 적이 없었다. 형섭이의 "이상한 걸요"와 나의 "뭐가 이상하니?"가 한동안 엎치락뒤치락하던 어느 날이었다. 형섭이는 평소와 달리 풀죽은 목소리로 독백처럼 말을 흘렸다. 자기 주도적 학습이 모토인 대안 학교에서 형섭이가 느끼는 그런 기분을 더는 이상하게 치부할 수 없었다. 게다가 그날 형섭이의 모습은 마지막으로 보내는 위험 신호처럼 다가왔다.

처음 형섭이를 만났을 때부터였다. 나는 형섭이가 보여준 호기심 많고 활달한 성격에 이끌렸다. 내가 맡은 남자아이들 중에서 특히 형섭이를 멋진 아이로 성장시키고 싶은 마음이 컸다. 그런 욕심이 앞선 나머지 정작 소중히 다뤄야 했을 형섭이의 자기 주도적인 존재감을 무시했던 것이다. 그때마다 형섭이는 자신이 주도하고 싶다는 태도를 내비쳤지만 번번이 그것을 꺾고 내가 제시한 것을 끈질기게 관철시켰다.

그날 나는 형섭이의 담임을 맡은 뒤 처음으로 형섭이의 이야기를 끝까지 온전하게 들었다. 이미 들은 이야기인데도 내 마음에서 울림의 크기와 질감이 전혀 달랐다. 형섭이는 자신이 먼저 제안하기를 좋아하는 아이였다. 그럴 듯한 제안을 받더라도 문제 제기를 하고서야 수용하는 아이였다. 한마디로 형섭이는 관심사 자체보다는 사람과 관계를 맺는 과정에서 자신의 자존감을 중요하게 느끼고 그것에 먼저 반응하는 아이였다.

나는 그런 형섭이에게 한눈팔지 말고 내가 가리키는 달만 쳐다보라고 강요한 꼴이었다. 달을 가리키는 내 손가락을 보면서 형섭이는 하고 싶은 말이 얼마나 많았을까? 형섭이가 자신의 손가락을 쭉 펴서 가리키면 내가 그것을 바라봐주기를 얼마나 기다렸을까? 나에게서 자기 주도적인 관계의 존재감을 맛보고 싶어했던 아이에게 스스로 주도할 수 있는 기회를 번번이 박탈하고는 도리어 관계의 책임을 훈계한 셈이었다. 내 생각을 잠시 내려놓자 다른 사실들이 한꺼번에 몰려들었다.

그 중에서 가장 큰 자각은 형섭이가 얼마나 무던한 아이였는지 문득 깨닫게 된 점이었다. 담임으로서 내가 할 일은 형섭이가 무엇을 하든 자신이 원해서 스스로 하는 일이 되게끔 형섭이의 자기 주도적 시나리오를 보충해 주는 것이면 충분했다. 형섭이가 시작하게 하고 형섭이가 진행하는 것을 지켜보면 되었다. 그러다가 작은 도움을 요청할 때 동반자로서 함께 해주는 교사가 바로 형섭이가 찾는 담임이었다.

교사가 동료처럼 다가오길 바라는 아이에게 교사 자신의 판단과 권능을 앞세우며 지배하려고 할 때 아이가 내지르는 비명, 그것이 바로 형섭이의 딴죽이고 딴짓이었다. 이 점에서 나는 형섭이에게 친구의 얼굴을 했으나 실은 권력의 광채로 다가간 교사였다. 아이가 교사에게 느끼는 유대감의 질은 교사의 신념이나 선의에 의해서 결정되지 않는다. 그것은 아이와 소통하는 방식에서 판가름 난다는 점을 나는 제대로 모르고 있었다.

★

그날 이후 나는 지나온 나의 길들을 돌아보는 시간이 많아졌다. 작은 대안 학교의 교사, 문화평론가, 방송 진행자, 예술단 경영자, 한 여자의 남편, 중년의 나이 등 나를 형성하고 있는 여러 모습을 돌아보고는 새삼 놀랐다. 계획을 해서 그렇게 된 것이 하나도 없다는 사실을 확인했기 때문이었다. 지금의 나는 그때까지 걸어가 본 길들에서 펼친 무수한 딴죽과 딴짓에서 비롯된 산물이었다.

누나들과 형도 말하길 내가 지금 이렇게 살고 있으리라고는 전혀 상상하지 못했다고 한다. 너 언제 팝송을 들었다니? 네가 그때 그렇게 긴 글을 썼다는 걸 왜 난 하나도 모르고 있었을까? 그래 맞아, 종휘가 그림을 잘 그렸었지? 네가 우리들 중에서 공부를 제일 못했는데 제일 신나게 사는 걸 보면 신통방통하다! 돌아가신 부모님도 이런 너를 봤어야 하는데……

그랬다. 나는 내가 가는 길이 어떤 길인지 모른 채 참 여러 길로 겁 없이 들어섰다. 일단 가보고 나서야, 더욱이 애초에 가겠노라 했던 길에서 한참이나 벗어난 뒤에야 그 길이 무엇을 뜻하는지 깨닫는 방식으로 살아왔던 것 같다. 다행히도 걸어간 모든 길에서 소득을 얻었다. 그때는 몰랐더라도 나중에 보면 그때 가본 그 길에서 얻은 경험 덕을 톡톡히 보는 때가 많았다. 아버지의 말대로 어느 길에서든 열심히 했기 때문이라고 생각한다.

누나들과 형의 말을 종합해 보면 과거의 나는 어느 길을 가고 있든 늘 헤매고 있는 모습으로 비춰진 적이 많았다고 한다. 그런 관찰에 따르면 내가 자라온 과정은 "여러 길을 가보았다"고 하는 것보다는 "자주 길을 잃었다"고 하는 편이 정확할지 모르겠다. 길을 잃는 것, 그것이 나의 길찾기였구나 하는 생각이 들면 형섭이를 떠올리지 않을 수가 없다. 형섭이의 길을 찾아주겠노라 덤벼들던 나의 무지한 자기 확신을 외면할 수가 없다.

★

형섭이의 딴죽과 딴짓은 내가 형섭이와 함께 보낸 마지막 1년 동안에는 자취를 감추었다. 그 시기에 우리는 한 동네에서 자란 선후배나 동료처럼 편하게 지냈다. 이런 변화는 전적으로 형섭이의 태도에서 비롯되었다. 어느 날부터 형섭이는 "이상한 걸요"라는 말을 하지 않았다. 그 대신 형섭이는 무엇이든 먼저 행동으로 보여준 다음에 말을 했다. 말도 "이거 잘했는지 봐줄래요?" 하는 식의 의견을 구하는 것이었다.

언제 어떤 계기를 통해서, 특히 그 중에서도 나의 어떤 언행이 형섭이의 변화에 영향을 준 것일까 궁금해서 따져보지만 지금도 그 비밀을 알지 못한다. 어쩌면 나에게서 비롯된 요인은 없었는지 모른다. 다만 이런 게 아니었을까 추측하는 장면이 있다면, 그것은 내가 지쳐서 형섭이에게 "좀 도와줄래?"라고 말한 몇 번의 눅눅한 자리들이었다.

나의 끝없는 집착과 공세가 시들해졌을 무렵부터 형섭이는 나를 편하게 대하기 시작했던 것 같다. 어느 때부터인가 나는 형섭이를 향해서 '다 너를 위한 거야' 같은 폼 잡는 분위기를 생략하고 있었다. 그냥 제풀에 지쳐서 '그냥 날 좀 도와줘' 같은 자세로 변해 있었지 싶다. 실제로 나는 그런 말을 했었다. 지겹기도 했고 지치기도 해서 그만 마무리라도 짓고 싶은 기분으로 도와달라고 부탁한 적이 있었다.

그렇게 마지막 1년을 보내고 나서 형섭이는 졸업을 했고 비로소 나와 떨어졌다. 신기한 일은 형섭이가 지금까지도 나에게 이메일을 가장 자주 보내는 학생이라는 것이다. 더 신기한 일은 이메일에 담긴 이야기다. 과거를 회상하며 현재를 조망할 때마다 번번이 "그때 미안했어요. 고마웠습니다"라고 적었다. 졸업 후에 나를 대하는 형섭이의 표정과 태도는 부드럽고 따뜻한 기운으로 가득 차 있었다.

하지만 형섭이만 생각하면 내가 나를 복제하려고 했던 것이 아닐까 싶어 섬뜩해진다. 형섭이가 자기 자신이 되도록 도와준 것이 아니었다. 교사의 권력을 사용해서 나의 복제를 시도했던 것이 아닐지 하는 생각을 하고 나면 정신이 번쩍 든다. 형섭이가 형섭이가 되

는 것이 무엇인지 몰랐던 교사의 두려움이 권력에 기대도록 만들었
다. 그럴수록 형섭이에게 나의 진심과 호의 같은 것을 인정하게 하
고 추종하게 만들려고 초조해했던 것이다.

★

형섭이가 졸업한 뒤에도 형섭이를 떠올릴 때면 여전히 아찔한 기분
에 빠져들곤 한다. 교사 앞에 충실하고 순종적인 아이가 있다면 교
사는 과연 아이의 자기 주도적인 자발성을 키울 수 있는 것일까 하
는 궁금증 때문이다. 나는 내가 생각하는 방향대로 순순히 따라오
는 형섭이를 설정하고는 그것이 최고의 성장이자 최상의 결론이라
고 믿고 있었다. 그렇게 될 수도 없었고 또 그렇게 되지 않았기에
망정이지 끔찍한 노릇이다.

　권력은 그것이 악용되는 순간에도 권력을 사용하는 당사자에게
경고 신호를 보내지 않는다. 게다가 권력의 사용이 상대에 대한 호
의와 최선이라는 그릇된 확신에 기대고 있다면 권력은 우아하게 느
껴지기까지 한다. 그것이 지배이다. 나는 형섭이가 형섭이가 되어
왔던 이유를 알려고 하지 않았고, 그리하여 형섭이가 진짜 형섭이
가 되는 길이 무엇인지 알지 못했다. 그러면서 형섭이의 운명에 멋

대로 개입했던 것이다.

　다행인 점은 형섭이가 나를 자신의 담임으로서 끝까지 신뢰해 주었다는 사실이다. 나의 권력 과용이라는 중독증을 형섭이는 무던한 인내의 힘으로 해독해 주었다. 그리고 측은지심으로 내게 고맙고 미안하다는 말을 거듭 들려줌으로써 교사의 권력을 돌아볼 수 있게 만들어주었다. 뒤늦게 이런 사연을 꺼내면 형섭이는 "말도 안 돼요" 하고 웃는다. 그러나 나로서는 부정할 수 없는 진실이다. 덕분에 나는 권력이 아니라 인간의 자리에서 교사가 학생에게 다가서는 한마디를 알게 되었다.

"나 좀 도와줄래?"

● 경수

경수는 평소와 다름없이 내 책상 주변을 빙빙 돌더니 어느 순간 나를 향해 정면으로 몸을 틀어서 멈추어 섰다. 제법 긴 시간 동안 꼼짝하지 않고 내 눈길을 기다리는 눈치였다. "나한테 할 말 있니?" 경수는 기다렸다는 듯이 즉각 고개를 들어 똑바로 쳐다보며 작은 두 눈을 껌벅껌벅거렸다.

"록커로 성공하려면 어떻게 해야 합니까?"

가출 아무나 못한다

★

새해 벽두였다. 새 학기 준비는 2월부터 시작해도 충분했다. 나는 겨울 방학중에도 대안 학교가 있는 청소년문화센터에 나왔지만 시간은 여유롭게 보내고 있었다. 아침 9시에 출근해서 책상에 앉아 그날의 업무를 보면 오전에 일이 끝났다. 오후가 되면 편안하게 책을 보았고 시계를 보다가 오후 6시가 되면 퇴근하는 나날이었다. 그 무렵이었다. 한 아이가 거의 하루도 빠지지 않고 내 책상 주변을 어슬렁거렸다. 나는 모른 척하고 있었다.

열아홉 살 경수. 눈이 작았고 생김새와 옷차림이 어른스러웠으며 날렵한 몸매를 가진 남자아이였다. 경수는 대안 학교 학생이 아니었다. 청소년문화센터의 대중 음악 스튜디오를 들락거리면서 아이들과 어울려 밴드 활동에 참여하는 공업 고등학교 학생이었다. 경수가 책상 주변을 맴돌면서 얼마나 나를 지켜보았는지 모르겠다. 서로 인사만 하는 처지였고 대안 학교 학생도 아니라서 그다지 대수롭게 생각하지 않았다. 눈이라도 마주치면 씨익 한번 웃어주고 말 뿐이었다.

그렇게 한 달이 지나고 새 학기 준비로 조금씩 바빠지던 2월 어느 날, 경수는 평소와 다름없이 내 책상 주변을 빙빙 돌더니 어느 순간 나를 향해 정면으로 몸을 틀어서 멈추어 섰다. 제법 긴 시간 동안 꼼짝하지 않고 내 눈길을 기다리는 눈치였다.

"나한테 할 말 있니?"

경수는 기다렸다는 듯이 즉각 고개를 들어 똑바로 쳐다보며 작은 두 눈을 껌벅껌벅거렸다.

"록커로 성공하려면 어떻게 해야 합니까?"

앞뒤 맥락 없는 질문이었지만 경수는 대중 음악 스튜디오에서 다섯 손가락에 꼽히는 유망주였다. 또 나는 대중 음악을 비롯해서 대중 문화 전반에 대해 말 많은 문화평론가였으니 뜬금없는 일은 아니었다.

나는 냉정하게 현실을 말했다. 경수는 진지하게 들었다. 한국 사회에서 록커로 성장해서 돈과 명예를 양손에 거머쥔 사람은 거의 없다시피 하다는 것과 그럴 수밖에 없는 저간의 역사를 몇 가지 사례로 설명하고 이야기를 끝냈다.

★

"가수로 돈을 벌려면 어떻게 해야 합니까?"

얼마간 안 보여서 끝난 줄 알았다. 경수는 어느 날 갑자기 다시 나타났다. 그리고 군더더기 없는 예의 질문을 또다시 날렸다. 나는 대답을 할 수 없었다. 경수의 머릿속에 어떤 생각들이 똬리를 틀고 앉아 있는지 알 수 없었다. 불과 일주일 만에 질문의 내용이 확연하게 달라져 있는 사정도 알 길이 없었다. 하지만 경수와 긴 이야기를 하고 싶지는 않았다. 왠지 모르게 말문을 트기 시작하면 끝이 없을 것 같았다.

나는 지난번보다 더 냉정하게 한국 대중 음악의 현실에 대해서 또박또박 힘주어 말했다. 가수로 돈을 벌려면, 우선 외모가 잘생겨야 하고, 돈 많은 소속 기획사가 있어야 하며, TV 쇼 프로그램에 나가서 웃기는 짓도 잘해야 하고, 자기가 하고 싶은 음악은 잊어버리고 회사에서 제시하는 노래부터 불러야 하고, 기분이 나쁜 날에도 팬들 앞에서는 항상 웃으며 "사랑해요" 같은 말을 해야 하고, 그렇게 하루하루 몇 년을 팽이처럼 똑같이 돌고 또 돌아야 돈 버는 가수가 될 수 있다고 말했다.

경수는 연신 고개를 끄덕이고 있었다. 얼마나 진지하게 듣던지 말하는 나도 내 말에 취해서 무아지경에 빠질 뻔했다. 그러나 질문은 없었고 내 눈을 쳐다보지도 않았다. 경수는 가느다란 눈을 떴는지 감았는지 볼 수 없을 정도로 머리를 숙인 채 끄덕거리고 있었다. 나는 아예 뿌리를 뽑고 싶었다. 또다시 내 앞에 와서 엉뚱한 질문을 던지는 것을 원하지 않았다.

"작곡가로 유명해지려면 어떻게 해야 합니까?"

그러나 경수는 며칠 지나지 않아서 다시금 내 책상 앞에 서 있었다. 록커에서 돈 잘 버는 가수로, 이제는 작곡가로 이름을 날리는 방법을 묻고 있었다. 어안이 벙벙했다. 경수의 고민이 어떤 급류를 타고 굽이쳐 흐르는지 모르겠지만 진도가 너무 빨랐다. 무슨 사정 때문에 이다지도 골똘하게 생각하고 또 생각해서 서둘러 내 앞에 등장하는 것인지 도통 알 길이 없었다. 아니 나는 여전히 알고 싶지 않았다.

"식견을 넓히려면 어떻게 해야 합니까?"

훌륭한 작곡가가 되려면 음악에 대한 지식은 기본이다, 무엇보다 결정적인 요소는 세상에 대한 식견이 넓어야 한다고 말한 지 불과

하루 만에 경수는 그것을 물었다. 방법을 알려주기만 하면 딱 그대로 실천하겠다는 굳은 결심을 한 것같이 경수는 내 앞에서 고개를 똑바로 들고 작은 눈을 껌벅였다. 귀찮았던 기분은 잦아들기 시작했고 슬그머니 경수라는 아이에 대해 궁금해지기 시작했다. 이 아이는 무언가 절실한 사연을 갖고 있는 것이 분명했다.

★

"집 나왔습니다."

어이가 없었다. 작곡가로 이름을 날리려면 실력이 있어야 하고, 실력은 음악 지식이 기본이되 세상과 사람에 대한 경험이 풍부해야 만들어지는 것이라고, 나름대로 설명을 해준 지 고작 일주일이 지난 뒤였다. 경수는 책상 앞을 어슬렁거리며 뭔가를 말하려고 하는 눈치였다. 새 학기가 막 시작된 즈음이라 나는 부산했다. 퇴근 준비를 할 시간이 되어서야 나는 "할 말 있니?" 하고 심드렁하게 말을 건넸다.

경수는 그날 아침에 가출을 한 상태였다. 맥이 풀리는 기분이었다. 나는 가방을 다시 내려놓고 자리에 앉았다. 경수는 세상 경험을 쌓기 위해 집을 나왔다고 말을 꺼냈지만 이야기를 듣고 보니 부모에게 벗어나는 것이 목적이었다. 특히 아버지가 문제였다. 아버지는 경수의 공업 고등학교 진학을 못마땅하게 여겼으며, 아들이 일렉트릭 기타를 치고 음악에 빠져 사는 꼴을 못 견뎌한다는 것이다. 집에 있고 싶을 리가 없었다.

나는 동의를 구해서 경수의 배낭을 살펴보았다. 여벌의 옷가지는커녕 음악 CD만 잔뜩 들어 있었다. 나는 경수를 설득했다. 가출이란 내키는 대로 하는 게 아니라고, 가출은 철저한 계획과 준비를 거쳐서 해야 하고, 한번 하면 부모가 애가 타서 찾아나설 때까지 오랜 시간을 버틸 수 있겠다 싶을 때 하는 거라고, 가출은 아무나 하는게 아니라고 못을 박았다. 그에 비하면 경수는 배낭이 말해주듯 아무 준비 없이 무턱대고 집을 나온 꼴이라서 그 사실을 거듭 환기시켜 주었다.

내 말에 공감하는 듯했지만 경수는 집으로 돌아가겠다는 말은 결코 하지 않았다. 알아서 하겠지 하고 퇴근하자니 그랬고, 집을 뛰쳐나온 아이를 붙들고 안면도 없는 부모에게 데려다주자니 또 그랬다. "오늘밤 잘 만한 친구 집 있어?" 하고 물었지만 경수의 묵묵부답 앞에서 두 손을 들고 말았다. 나는 경수를 데리고 나왔다. 내 차에 태워서 우선은 내 집 쪽으로 방향을 잡았지만 집 근처에 와서는 동네를 빙빙 돌기만 했다.

그날 저녁 우리는 분식집에 가서 떡라면을 먹은 다음 편의점 앞에서 음료수를 마시며 시간을 보냈다. 경수는 여전히 집에 갈 기미를 보이지 않았다. 그렇다고 경수를 내 집에 데려갈 생각은 없었다. 그렇게 자게 되면 질긴 인연 같은 게 생길 것 같은 기분이 지워지지 않아서 나는 딴 궁리만 계속했다. 그날 밤에 들른 마지막 장소는 치킨집이었다. 그곳에서 우리는 같이 맥주를 마셨고 가출에 대한 이야기를 주거니 받거니 했다.

새벽이 되었을 무렵 우리는 차로 돌아와서 하룻밤을 보냈고 아침 6시에 눈을 떴다. 나는 경수를 다시 청소년문화센터로 데리고 와서 내려준 다음 집에 들러 옷을 갈아입고 출근했다. 경수는 '햇빛 밝은 방'의 소파에 몸을 파묻은 채 곤하게 자고 있었다. 몸을 돌돌 말고 누워 있는 경수를 보자 애틋한 기분이 들었다. 너는 장차 무엇이 될까, 가난한 록커가 될까, 돈 잘 버는 연예인이 될까, 예민한 작곡가가 될까?

사회 운동이 삶의 전부였던 20대 시절 나는 외박을 밥 먹듯이 했다. 사나흘 정도 밖으로 돌다가 집에 간 날이면 어머니는 내 등짝을 내려치면서 울먹였다. 만취한 상태로 집에 온 다음날 아침, 잠에서 깨어나면 어머니는 내 머리맡에 앉아서 내려다보며 긴 한숨을 내쉬었다. 수업을 빼먹고 데모만 하는 나를 붙들겠다고 어머니는 대학 캠퍼스 강의실을 돌아다니며 나를 찾곤 했지만 한 번도 나를 보지 못했다. 언젠가 늦은 오후였다. 나는 학교 정문 앞 버스 정류장에 멍하니 서 있는 어머니를 보았다.

내가 만약 그때로 돌아갈 수만 있다면 어머니에게 꼭 하고 싶은 것이 있다. 내 등을 치며 울먹이던 어머니에게, 술 취한 아들 머리맡에 앉아 계시던 어머니에게, 대학 캠퍼스를 배회하던 어머니에게 내 생활을 주절주절 말하는 것이다. 외박은 어디에서 누구와 함께 했는지, 술은 누구와 먹었으며 얼마나 먹었는지, 강의실에 있어야 할 시간에 어디에서 무엇을 하고 있었는지, 그 시절 나의 하루하루 사는 모습을 이야기하고 싶다. 어머니가 역정을 내든 말든 나는 꼭 그렇게 하고 싶다.

경수는 나와 하룻밤을 보낸 다음날 오후에 집으로 돌아갔다. 불발로 끝난 그날의 가출을 아는 사람은 우리 둘밖에 없다. 나중에 알고 보니 경수의 어머니는 아들의 잦은 외박에 번번이 애를 태우면서도, 부자가 맞고함을 지르며 싸우느니 차라리 아들이 집을 나가는 편이 나을지도 모르겠다는 생각도 같이 갖고 있었다. 그날 밤새

1. 외박 자주 하지 않는다.

2. 술 많이 마시지 않는다.

3. 아버지와 싸우지 않는다.

들었던 경수의 가족 이야기 때문에 나는 내 어머니가 떠올랐다. 나는 경수가 꼭 어머니의 품으로 돌아가서 어머니의 눈물을 닦아주기를 빌었다.

그해 가을 학기에 경수는 나의 학생이 되었다. 공업 고등학교를 그만두고 대안 학교에 입학하기까지 우여곡절이 많았다. 나는 경수가 대중 음악 스튜디오를 이용하면 되는 것이지 굳이 대안 학교의 학생이 될 필요는 없다고 생각했다. 하지만 부모로부터 떨어지고 싶은 마음 때문에 고집을 피우는 경수를 부모도 나도 설득할 재간이 없었다. 나는 경수가 대안 학교에 오려면 두 가지를 먼저 해결해야 한다고 조건을 걸었다.

하나는 아버지 앞으로 A4 용지 열 장 분량의 편지를 쓰는 일이었다. 거기에는 경수가 그때까지 살아온 이야기를 써야 했고, 앞으로 어떻게 살아가겠다는 이야기를 써야 했다. 경수는 나에게 일일이 검토를 받아가면서 열 장의 편지를 고쳐 썼다. 다른 하나는 어머니에게 계약서를 받아오는 일이었다. 대안 학교에 다니는 것을 허락하는 조건으로 어머니가 경수에게 바라는 세 가지를 쓰고 모자가 손도장을 찍도록 했다.

1. 외박 자주 하지 않는다.

2. 술 많이 마시지 않는다.
3. 아버지와 싸우지 않는다.

★

아들 이야기를 할 때마다 경수의 어머니는 눈시울이 붉어지곤 했다. 직업 군인인 아버지는 경수가 어릴 때부터 기합을 주었다고 했다. 그 성적으로 대학 가겠느냐고 기합 주고, 그럼 경수는 성적을 더 떨어뜨리고, 그럼 아버지는 그 썩어빠진 정신머리로 사람 구실을 하겠느냐며 기합 주고, 그럼 경수는 술과 담배를 하면서 더 나쁜 아이가 되어주고, 그럼 아버지는 세상살이가 만만해 보이냐면서 다시 기합을 주는 악순환이었단다.

경수는 묵묵히 기합을 받을 뿐 아버지에게 빌지도 않고 도망치지도 않았다고 한다. 그 모습을 보면서 어머니는 가슴에 멍이 들었다고 했다. 부자의 관계가 달라진 것은 경수가 고등학생이 되고 아버지가 직업 군인을 그만둔 뒤였다. 경수는 아버지의 기합을 거부했고 야단을 치면 맞고함을 질렀다고 했다. 어머니가 악다구니를 치면서 말리지 않았더라면 부자가 서로 주먹질이라도 할 것처럼 으르렁거리는 나날이었단다. 나는 이야기를 듣는 내내 그 기합이라는 것이 도대체 무엇일까 궁금했다.

어머니가 들려준 이야기는 믿기지가 않았다. 경수가 초등학생일 때부터란다. 아버지는 혼낼 일이 생길 때마다 아들을 데리고 옥상에 올라가서 아들의 팬티만 남기고 옷을 벗긴 채 "좌로 굴러! 우로 굴러!"를 시켰다는 것이다. 땡볕이 내리쬐는 날에도, 비가 억수로 쏟아지는 날에도, 함박눈이 잔뜩 쌓인 한겨울 밤에도 경수는 아버지의 구령에 따라 자기 집 옥상에서 좌로 구르고 우로 굴렀던 것이다. 고등학생이 된 뒤 부자는 서로 눈도 마주치지 않았고 경수는 방에 틀어박혀 일렉트릭 기타를 치는 것이 유일한 낙이 되었다고 했다.

여전히 부자 사이에 말은 없지만 대안 학교에 가겠다고 선언한 경수가 아버지 책상 위에 장문의 편지를 올려놓고 어머니에게는 계약서를 쓰자고 해서 부모가 함께 놀랐다면서 어머니는 연신 나에게 절을 했다. 경수를 잘 부탁한다고, 우리 아들 사람 만들어달라고, 딴 거 바라지 않는다고, 마음만 잡게 도와달라고 허리를 굽혔다. 내가 가장 자신 없게 생각하는 것들만 주문하더니 어머니는 혼잣말처럼 중얼거렸다.

"내가 낳았지만 겉 낳았지 속은 못 낳아요."

★

나는 결과적으로 잘된 일이라고 생각하지만 경수의 부모도 같은 생각이었을지 모르겠다. 경수는 그해 가을 학기 한 학기만 다니고 대안 학교를 그만두었다. 학교를 다니는 동안에도 경수는 대중 음악 스튜디오에서 진행하는 유랑 악단 프로젝트에만 참여했다. 나도 그 편이 좋을 것 같았다. 경수는 유랑 악단의 기타리스트가 되어서 고아원과 소년원과 양로원 같은 전국의 복지 시설을 찾아다니며 마음껏 딴따라 활동을 했다.

학부모 회의에 꼬박꼬박 나왔던 어머니의 말에 따르면 경수는 계약서의 세 가지 사항을 충실하게 이행한 것도 아니고 딱히 어겼다고도 할 수 없다고 했다. 가끔 외박을 했고 술을 진탕 마시고 들어온 날도 있었으며 아버지와 언성을 높인 적도 있다고 했다. 그렇지만 경수는 예전과 달리 아버지와 한 밥상에서 밥을 먹었고 집을 나가거나 들어올 때 건성으로라도 머리를 숙여서 인사를 한다고 했다.

나는 여전히 경수가 대안 학교를 다녀야 할 필요를 느끼지 못하고 있었다. 공업 고등학교를 계속 다녀도 얼마든지 유랑 악단에 참여할 수 있었다. 나는 계속해서 경수를 떠보는 중이었다. "다닐 만

해? 재미있어?" 유랑 악단을 담당하는 교사는 경수가 또래 중에서
나이도 많고 성숙한 편이라서 형처럼 아이들을 데리고 잘 노는 것
같다가도 금세 유치하게 느끼고는 혼자 있는 경우가 많다는 관찰담
을 전해주었다.

그러나 별다른 내색을 안 보이고 지내던 경수는 가을 학기가 끝
나갈 무렵 내 책상 앞에 와서 "학교 그만 다니겠습니다"라고 말했
다. 가출을 했던 그날이나, 대안 학교에 들어오겠다고 했을 때나, 그
만두겠다고 말할 때나 한결같이 선언이었다. 혼자서 열심히 고민하
고 결론을 내린 다음에서야 비로소 말을 하는 속 모를 아이가 경수
였다. 달라진 것이 있다면 나에게 더 이상 방법을 물어보지 않는다
는 점이었다.

"군대 갈 겁니다."

경수는 그렇게 군대에 갔다. 군악대를 지원할까 해병대를 갈까 생각
중이라고 하더니 새해 꽃샘추위가 기승을 부리던 어느 날 자원해서
입대를 했다. 그 뒤로는 경수를 만난 적이 없다. 경수의 부모하고도
더 이상 이야기를 나눌 일이 없어졌다. 아버지와 아들의 관계가 좀

나아졌는지 그대로인지, 어머니의 한숨은 줄어들었는지, 군대에 간 경수는 후배들에게 기합을 자주 주는 고참이 되었는지 아닌지 들은 소식이 없다.

나는 그저 경수가 씩씩한 군인이 되어 있을 거라는 상상만 했다. 그의 날렵한 몸놀림과 예리한 눈빛이 군대와 잘 어울렸기 때문이다. 허나 그보다는 경수의 성장이 평평한 대지의 직선 코스를 걸어가는 방식이 아니라, 험준한 절벽을 오르고 굽이를 돌고 높은 능선을 타는 방식으로 이뤄지는 것 같았기 때문이다. 경수는 한시라도 빨리 부모의 품에서 벗어나길 원했고 또래들보다 먼저 세상의 모순 속으로 뛰어들기 원하는 아이였다.

그의 어머니 말처럼 경수는 겉을 낳아준 부모를 떠나서 직접 자신이 선택한 방식으로 세상 풍파를 겪으며 스스로 자기 속을 낳고 있는 중일지도 모르겠다는 생각이 들었다. 경수는 어렸을 적 옥상에서 기합을 받았듯이 이제는 세상 속에 자신을 던져놓고 스스로 좌로 구르고 우로 구르면서 또래보다 일찍 어른이 되어가는 게 아닐까 싶었다. 편지나 전화 한 통이 없지만 무소식이 희소식이라고, 나는 경수가 꿋꿋하게 잘살고 있다고 생각했다.

미처 전하지 못한 당부가 있다면, 부모에게 수시로 그때그때의 자질구레한 생활 이야기를 전하라는 것이다. 스스로 자기 속을 낳는 경수의 진짜 가출 이야기를 걸 낳아준 부모에게 틈틈이 들려주라고 꼭 권하고 싶었다.

부모가 수긍을 안 해도 상관없다. 나처럼 이야기를 들려주고 싶어질 즈음이면 부모는 이미 곁에서 사라지고 없는 것이 인생 영화의 흔한 결론인 법이다. 모쪼록 경수는 길고 긴 일생의 다양한 가출을 두루 다 겪어보기 전에 가끔씩 부모와 마주앉아서 가출 중간 동향이라도 자주 보고하며 살았으면 좋겠다.

그것이 무뚝뚝한 선언이라고 해도 어머니의 한숨은 다소간 줄어들 것이다. 그날 밥은 먹었는지 어디서 잤는지 무엇을 했는지 그것만 알아도 어머니는 아들에 대해 안개 속을 헤매는 눈뜬장님 같은 희뿌연 마음은 갖지 않아도 될 터이기 때문이다. 아니다. 내가 면회라도 한번 가봐야 할 것 같다. 경수의 가출에서 비롯된 입학 계약서는 어머니 앞에서 여전히 유효하다고, 제대하면 외박 자주 하지 말고 술 많이 마시지 말고 아버지와 싸우지 않겠다던 약속을 지키라고 말이다.

동시에 경수가 그렇게만 할 줄 알게 된다면, 자기 인생의 가출을 통해서만 세상을 알고 자신을 알고 부모의 마음도 알게 되는 어떤 운명적인 코스에 대해 부모도 그 자녀의 본능 같은 좌충우돌을 조금은 더 따뜻하게 지켜봐 줄 수 있을 것이라는 말도 덧붙여주고 싶다. 아니 이 말은 경수가 계약서를 계속 잘 지키기만 한다면 그의 부모님에게 해주는 편이 더 좋을 것 같다. 경수가 제대를 하고 나면 경수 부모님도 한번 만나 뵈어야 할지 모르겠다.

● 윤아

윤아는 첫눈에 보기에도 총명하고 재능 많고 활기차 보였다. 얼굴과 몸매도 곱상하게 생긴 아이였다. 적어도 겉으로는 그랬다.…… 큰 공연을 앞두고 연습에 한창이던 어느 날 윤아는 게시판에 달랑 한 줄의 글을 남기고 사라졌다. "미안해요, 저 도망쳐요." 동료의 말에 따르면 윤아는 틈만 나면 "행복하지 않은 것 같다"는 푸념을 늘어놓았다고 했다.

미안해요 저 도망쳐요

★

눈부신 햇살을 받으며 뽀송뽀송한 아침을 맞는다. 김이 모락모락 나는 밥과 신선한 채소 반찬을 꼭꼭 씹어 먹는다. 활기찬 동네 사람들과 정겨운 인사를 나눈다. 거리 풍경을 만끽하며 학교에 온다. 개성이 살아 숨쉬는 맞춤형 학습을 한다. 친구들과 유기농으로 준비된 점심을 먹는다. 운동장 곳곳의 나무 그늘 아래 벤치에서 책을 읽는다. 하고 싶은 프로젝트 활동을 하다가 이른 초저녁, 친구들과 거리를 돌아다니며 수다를 떤다. 아름다운 노을과 부드러운 바람을 맞으며 집에 간다. 그리고 내일 아침에는 또 내일 아침의 태양이 떠오른다는 믿음에 웃음을 짓는다.

생각만 해도 근사한 하루라서 마음이 환해진다. 날마다 그런 하루를 맞이하면서 쑥쑥 성장하는 젊은 날은 얼마나 좋을까? 하지만 그런 환경에 놓여 있더라도 매일같이 자신에게 '난 행복한가?'를 묻고 또 묻고 수시로 되묻는다면 이야기는 달라질 것이다. 어느새 '난 행복하지 않다'는 결론으로 귀결될 수밖에 없을 것이기 때문이다. 누가 봐도 행복한 사람인데 그를 마음의 감옥에 가두어놓고 성마른 목소리로 '난 행복한가?'를 끝없이 반복해서 들려준다면 그는 금세 불행한 사람이 되고 말 것이다.

윤아는 열일곱 살의 나이에 대안 학교에 왔다. 첫 학기는 다른 교사가 담임을 맡았고 나는 두 번째 학기 때 윤아의 담임이 되었다. 윤아는 첫눈에 보기에도 총명하고 재능 많고 활기차 보였다. 얼굴과 몸매도 곱상하게 생긴 아이였다. 적어도 겉으로는 그랬다. 전 담임이 쓴 학생 평가서를 읽어보기 전까지는 그랬다. 나는 첫 학기의 학생 평가서를 읽고 나서 윤아라는 아이에 대해 첫인상과는 다른 관점에서 살펴보아야 한다고 생각했다.

"혼자 생각에 빠져 부정적인 결론에 도달한다."

★

윤아는 첫 학기 때 여느 아이들처럼 마음 가는 대로 온갖 프로젝트를 신청해 놓고 뒷수습을 하지 못한 상태였다. 내키는 대로 물건을 헤집어놓아서 방을 난장판으로 만들어버리고는 어쩔 줄 몰라 하는 아이 같았다. 나는 전 담임과 의논을 했고 윤아에게 집중 학습을 권하기로 했다. 두 번째 학기에는 영어 프로젝트와 마임 프로젝트 두 가지만 선택하라고 말했다. 다른 계획을 가지고 있던 윤아는 전 담임과 상담을 하고 프로젝트 강사들을 만나본 다음 그렇게 하기로 결정을 내렸다.

영어 프로젝트는 처음 보는 사람에게 말 걸기 좋아하는 윤아의 성격을 고려한 것이었다. 글로벌 네트워크가 활발한 대안 학교의 특성상 외국인 손님과 학생들이 올 때마다 윤아가 새로운 친구를 사귈 수 있게 되기를 의도한 것이었다. 마임 프로젝트는 전적으로 전 담임의 의견을 반영한 결정이었다. 첫 학기에 몸을 움직이는 활동을 전혀 안 해서 윤아가 머리만 복잡해진 것 같다며 몸의 이야기를 찾을 필요가 있다고 했다.

이런 사정은 윤아도 고스란히 알고 시작했다. 그러나 윤아의 두 번째 학기는 순탄하지 못했다. 가까스로 두 개의 프로젝트를 수료하기는 했지만, 강사들의 평가와 윤아의 자기 평가, 담임의 관찰 평가에서 공통된 결론은 윤아가 학기 내내 갈팡질팡했다는 거였다. 강사들은 윤아가 한 번도 자기 중심을 잡지 못한 채 이랬다저랬다 했고 팀워크로 평가를 받는 모든 대목에서 동료들에게 피해를 주었다고 지적했다.

"강사와 동료들 앞에서 말을 꺼내는 것이 어려웠다. 아니 귀찮았다고 말하는 편이 더 가까운 것 같다. 아이디어를 내놓으면 그에 대한 모든 책임이 나에게만 전가되는 것이 유쾌하지 않았다. 나는 머릿속의 생각들을 억누르고 모른 체했다. 가끔 의견을 내놓지만 동료들이 해보자고 해도 내가 겪은 이전의 경험 때문에 분명히 제대로 진행되지 않을 거라는 실망이 들었다. 한마디로 프로젝트는 지루했고 재미가 없었다."

마임 프로젝트에 대한 윤아의 자기 평가는 그렇게 "재미가 없었다" "책임감과 실망감이 두려워서 안 했다"는 내용으로 채워져 있었다. 나는 관찰 평가서를 써서 게시판에 올려놓았다. "재능이 부족하더라도 관심을 가지고 끈기 있게 노력하면 재미를 찾아낼 수 있지만, 윤아처럼 자신이 가진 재능을 믿고 조금 해보고 싫증내는 태도를 반복하면 결국 아무것도 할 줄 모르게 되고 재미도 알 수 없게 된다"는 요지였다.

나는 전 담임과 두 명의 프로젝트 강사를 초대해서 윤아의 두 번째 학기 평가 모임을 만들었다. 둥근 테이블에 다섯 사람이 둘러앉았다. 테이블에는 윤아의 각종 평가 서류가 간단한 다과와 함께 놓여 있었다. 윤아는 웃으면서 들어왔고 자리에 앉으면서 "저 이렇게 떨리는 자리는 처음이에요"라고 말했다. 전 담임만 살짝 웃어주었고 강사들과 나는 진중한 분위기를 자아내고 있었다.

윤아는 그 자리에서 자신에 대한 여러 사람의 평가를 진지하게 경청했고 다음 학기에 대한 계획을 말했다. 떨리는 목소리로 자신도 자신에 대해 실망스럽고 불만족스럽다면서 교사와 강사들의 비판에 동의한다고 말했다. 이어 말하길 아무래도 영어와 마임 프로젝트를 계속하는 것보다는 새로 신설된 공연단 프로젝트와 시니어 학생들이 주도하는 연극 프로젝트를 하는 것이 낫겠다고, 이번에는 잘할 수 있을 것 같다면서 웃어보였다. 그때였다.

"윤아, 넌 또 비겁해지고 있어."

그날의 평가 테이블에서 다음 학기 계획을 말하며 웃음 짓던 윤아를 단번에 코너에 몰아넣어서 참석자 모두를 놀라게 한 주인공은 바로 윤아의 첫 담임이었다. 그 교사는 상담 경험이 많은 여성이었다. 그날 자리는 전 담임과 나와 윤아만 참석하는 후속 모임 일정을 잡고 끝이 났다. 그때 가서 최종적으로 다음 학기 계획을 결정하기로 하고 마무리를 지은 것이다. 다음날 윤아의 전 담임은 윤아와 나눈 마지막 상담 내용의 일부를 이메일로 보내왔다.

교사: 너의 꿈은 뭔가?

윤아: 나는 영어를 잘하는 것도, 마임을 잘하는 것도 원하지 않았다. 나는 그냥 여유롭게 살고 싶다.

교사: 그 꿈을 위해서 지금 노력하고 있는 것은 뭔가?

윤아: ……

교사: 그럼 마임 프로젝트는 왜 시작했나?

윤아: 책임감 때문이다. 첫 학기를 망쳤고, 그래서 나에게 집중 학습을 권했기 때문에 했다. 마임 프로젝트는 특히 동료들 때문에 계속 했다. 중간에 그만두고 싶었지만 참았다. 강사도 무서웠다. 공연단이나 연극 프로젝트를 하면 잘할 것 같다.

교사: 윤아는 지금 비겁하게 행동하고 있다. 남 핑계를 대고 있다. 욕먹는 것이 두려워서 중단하지도 못하고 열심히 하자니 힘이 들고, 그래서 계속 도망만 치고 있다. 욕먹는 게 두려우면 그게 싫다고 말해라. 비겁하게 핑계대고 도망치지 마라.

윤아: …… 난 행복한가……

교사: 상담은 앞으로 안 하겠다. 그 말을 언제부터 했는지, 그 말

을 해서 과연 너는 행복해졌는지, 스스로 결론을 내린 뒤에

찾아와라. 그 전에는 요청해도 나는 상담을 할 수 없다. 윤

아한테 해줄 수 있는 말이 없다.

윤아 : ……

교사 : 내가 공연단이나 연극 프로젝트 강사라면, 아니 학생이라면, 윤아 같은 사람은 받고 싶지 않을 거다. 공연자나 배우가 되려는 사람도 아닌 너를 왜 받아야 하나? 그들은 저마다 꿈꾸는 목표를 위해 열심히 땀 흘리며 준비하는데, 윤아는 여유롭게 살고 싶다는 목표를 위해 지금 열심히 하고 있는 게 뭐가 있나? 나는 나이 오십이 넘으면 중년의 여성들을 위한 요가 지도자가 되기 위해 교사 일을 하면서도 열심히 준비중이다.

윤아 : 듣고 보니 알 것 같다.

교사 : 내 이야기를 듣고 아는 게 아니다. 너 스스로 명확해져야 한다. 윤아의 헝클어진 마음을 깨끗하게 정돈해야 한다. 혼자 있을 때 윤아는 윤아에게 무슨 말을 하나?

윤아 : …… 난 행복한가……

교사 : 상담은 앞으로 안 하겠다. 그 말을 언제부터 했는지, 그 말을 해서 과연 너는 행복해졌는지, 스스로 결론을 내린 뒤에 찾아와라. 그 전에는 요청해도 나는 상담을 할 수 없다. 윤아한테 해줄 수 있는 말이 없다.

★

나는 내 인생에서 그동안 충분히 비겁했다고 생각한다. 가장 친하게 지내던 초등학교 단짝 친구가 반장과 싸워서 얻어터질 때 옆에서 지켜보고만 있었다. 담임이 일방적으로 친구를 혼낼 때도 그냥 지켜보기만 했다. 나는 미안해서 하교 길에 친구와 같이 떡볶이를 먹었지만 그 순간까지도 억울해서 엉엉 울음을 터뜨리는 친구에게 미안하다는 말을 하지 못하고 가만히 있었다. 그러고도 다음날이 되면 웃으면서 친구에게 말을 걸었고 시무룩한 친구를 끌고 나가서 열심히 공을 찼다.

나는 내가 사랑해서 먼저 다가갔던 여자들에게 거절당하는 것이 두려워서 핑계부터 찾았고, 결국 그렇게 도망가는 데에 늘 성공했다. '상대방이 나를 좋아하지 않았던 거야' 하는 변명을 위안 삼으며 사랑한다는 말을 꺼내보지도 못한 채 비겁하게 꽁무니를 빼기에 급급했다. 구구절절 밝히기 민망할 만큼 나는 너무 많이 비겁하게 살았다. 가끔은 일부러 비겁하게 살아볼 필요도 있겠다는 생각을 해보지만, 내 인생에 점철된 과거의 비겁한 모습들은 요즘에도 나를 괴롭힌다.

그 중에서도 가장 비겁했던 일이 하나 있다. 이제는 비겁했던 나를 용서할 길조차 사라진 일이다. 나보다 두 살이 아래였던 노동자 후배가 있었다. 내가 이른바 의식화를 시켰고, 그는 일하던 사업장을 떠나서 내 말을 믿고 지방 공단으로 취업을 떠난 후배였다. 그 바람에 결국은 아내와 이혼했고 아이를 두고 송사에 휘말렸으며 새로 만난 여자와 사랑하면서도 아이 때문에 함께 살지 못한 채 홀로 자취방에서 외로움에 취해 산 후배였다. 알코올 중독자가 된 후배는 서울에 올라왔고 엄마와 둘이 살았다.

후배는 병원 치료를 받았고 요양원에도 다녀봤지만 날이 갈수록 망가져갔다. 그때마다 나에게 전화를 했고 몇 번 술자리를 했지만, 그 뒤로는 후배의 망가진 몸을 추스르는 일이 싫어서 응대를 하지 않았다.

그렇게 얼마나 지났던 것일까? 후배는 세상을 떠났다. 사회 운동을 통해 알고 지냈던 동료들이 모인 가운데 장례식을 했다. 그날 밤 사나운 짐승처럼 돌변한 나는 동료들과 주먹질을 하고 넘어지고 뒤엉키면서 술집을 난장판으로 만들었다. 알고 보니 나뿐이 아니었지만 만나달라는 요청을 외면당하면서 후배는 작아지고 또 작아졌던 것이다.

기일이 되면 나와 동료들은 후배의 어머니가 하는 곱창집에 갔다. 질긴 곱창을 우걱우걱 씹어 먹으면서 나는 어머니에게 고맙다는 말을 듣고 또 들었다. 종휘 형 때문에 자기는 새 사람 되었다고, 알코올에 찌든 것도 운동 때문이 아니라 가정을 챙기지 못한 자기 탓이라고, 자기가 빨리 나아서 종휘 형이랑 같이 엄마 가게에서 술 한 잔 하면 그때 잘해달라고 했다는 이야기. 술에서 깨어난 다음날이면 전혀 딴 세상에 와서 아침을 맞이하는 것처럼 모든 것이 낯설었다. 나는 내가 아니었으면 했다.

★

윤아는 전 담임의 직설적인 비판과 나의 설득 끝에 세 번째 학기에서도 마임 프로젝트를 집중 학습으로 결정했다. 이번에는 심화 코스였다. 강사와 학생들이 정기적으로 외부에 나가 공연을 했으며 개런티를 받는 정식 공연이었다. 게시판에서 보는 윤아의 글은 공연을 하기 전의 흥분과 하고 난 다음의 보람으로 알차 보였지만, 강사는 윤아에게 계속 마임 프로젝트를 하라고 권하는 것이 잘하는 일인지 모르겠다며 걱정을 하고 있었다.

　큰 공연을 앞두고 연습에 한창이던 어느 날 윤아는 게시판에 달랑 한 줄의 글을 남기고 사라졌다. "미안해요, 저 도망쳐요." 윤아와 친하게 지냈다는 동료의 말에 따르면 윤아는 틈만 나면 "행복하지 않은 것 같다"는 푸념을 늘어놓았다고 했다. 윤아가 동료들과 일 대 일로 번갈아 만날 때마다 딱히 이유를 알 수 없는 불만과 불안을 호소하는 바람에 동료들도 기운이 떨어지고 팀의 활기도 가라앉았다면서, 강사는 윤아가 왜 그런 행동을 반복하는지 모르겠다며 안타까움을 표시했다.

전 담임에게 윤아의 가족사와 성장 이야기를 들은 바가 있었기에 나는 수소문해서 알아둔 윤아의 은신처를 찾아가 대화를 나눠볼까 싶기도 했지만 그만두었다. 전 담임의 말대로 윤아는 그 동안 상담도 수없이 받았고 스스로도 진상을 잘 알고 있기 때문에 자신의 힘으로 껍질을 깨고 나오는 수밖에 없었다. 도망자처럼 뒷걸음질치고 비겁해질 수 있는 수많은 샛길에서 스스로 빠져나와야 했다. 윤아 주변에서도 윤아의 반복되는 변명을 들어주는 일을 끝내야 할 때가 온 것 같았다.

그 뒤로 1년의 시간이 훌쩍 지나갔다. 하지만 윤아는 돌아오지 않았다. 나와 전 담임에게 보낸 이메일에는 지금은 자취방을 정리하고 부모가 사는 집에 있으며 요가를 배우기 시작했다는 근황 정도만 써 있었다. 윤아는 요가 지도자가 되는 것이 목표가 아니라 자신의 마음을 다스리고 싶기 때문이라며, 명상과 수행을 강조하는 요가 학원을 열심히 다니고 있다고 했다. 나는 언제든 윤아가 돌아와서 요가 프로젝트를 진행하는 강사가 되면 좋겠다는 짧은 답신과 함께 언젠가 읽었던 책의 부제를 인사말로 남겼다.

"행복하거나, 존재하지 않거나."

★

행복하기를 바라면서도 자신이 누리고 있는 행복을 내다버리는 일. 불행해지는 것을 원하지 않으면서도 멀리 있는 불행을 자꾸 끌어와서 허덕이는 일. 그리고 그 사연을 내 자신의 내부가 아니라 외부에 있는 환경과 사람과 물건과 시간 탓으로 돌리는 핑계로 채우는 일. 사람이 비겁해지는 것은 어떤 고통이나 불편을 앞에 두었을 때 정면으로 통과해서 도달하게 되는 그곳에 진정한 행복이 있다는 것을 알면서도 슬쩍 다른 길을 찾을 때인 것 같다. 내 인생의 비겁했던 순간들은 그랬다.

윤아는 어떨까?

오늘도 눈부신 햇살이 쏟아지는 아침이다, 난 불행한가? 따뜻한 밥 한 그릇을 먹고 있다, 난 불행한가? 동네 사람들이 활기찬 인사를 건네고 거리는 다채로운 풍경으로 가득하다, 난 불행한가? 요가 학원에 가서 마음을 다스리는 명상을 한다, 난 불행한가? 오랜만에 친구를 만나서 수다를 떨고 쇼핑을 한다, 난 불행한가? 가습이 시릴 만큼 아름다운 노을을 보며 집으로 발길을 옮긴다, 나는 불행한가? 내일 아침에는 또 내일 아침의 태양이 떠오를 것이다, 나는 불행한가?

모르겠다.

윤아가 오늘 하루 동안 자신에게 어떤 말을 해주며 매순간을 살았을지 알 수 없다. 분명한 것은 "나는 행복한가?"라는 종전의 질문을 바꾸지 않는 한 윤아가 구할 수 있는 대답은 질문한 그대로일 수밖에 없다는 사실이다. "나는 행복한가?" 그렇게 계속 의심한다면 불행해질 수밖에 없다. 차라리 숨을 쉬고 밥을 먹고 일을 하고 사람을 만나는 매순간 "나는 불행한가?"를 물어본다면 내 자신이 불행해야 할 이유를 찾을 수 없게 될 것이다. 질문을 바꾸면 발밑에 널린 행복들이 무엇인지 자세히 볼 수 있게 될 것이다.

윤아가 다시는 내 학생으로 돌아오지 않는다 해도, 언젠가 요가 지도자가 되어, 아니 무엇이 되어 있든 자기 자신으로 꽉 찬 윤아가 되어서 청소년문화센터를 방문한다면, 윤아는 이미 질문을 바꾸고 행복한 사람이 되어 있을 것이다. 그때 보게 될 윤아는 알 수 없는 불안감에 새로운 사람과 새로운 화젯거리를 찾아다니며 거품 같은 말만 게워내는 비겁한 소녀가 아닐 것이다. 강바닥에 단단히 자리를 잡고 거친 물살과 다양한 물결의 의미를 되새기는 바위 같은 청년이 되어 있을 것이다. 나는 그렇게 기원했다.

★

윤아가 도망치고 사라진 뒤의 어느 겨울밤이었다. 나는 친한 선배를 불러내서 곱창집에 가자고 했다. 참으로 오랜만이었다. 선배는 나를 사회 운동의 본격적인 길로 이끈 사람이었다. 이십대 10년간 줄곧 나와 함께 했고 지금도 내가 곤란한 일을 겪으면 언제든 내 곁으로 달려와서 이야기를 들어주는 유일한 사람이었다. 나는 서너 해 동안만 후배의 기일을 챙겼고 그 뒤로는 갖은 변명거리를 대면서 곱창집에 가지 않고 있었다. 나는 그만 비겁해지기로 했다.

그날 곱창집으로 가는 선배의 차 안에서 나는 주머니에 찔러둔 메모지 한 장을 꺼내 읽고 또 읽었다. 곱창집에 갈 때마다 고맙다고 인사하는 어머니에게 꼭 고백했어야 한다고 생각했던 한두 마디 말을 휘갈겨 써놓았던 것. "어머니 아들은 저 때문에 죽었습니다. 제가 죽였습니다"라고 가슴 밑으로만 밀어내고 또 밀어냈던 그 이야기를 버리고 새롭게 준비한 말이 적혀 있었다. 그동안 나는 나에게 끝없이 묻고 있었다.

'후배는 왜 죽어야 했을까?'

대답은 한결 같았다. '나 때문이다.'

나는 질문을 바꾸었다. '나는 왜 살아남았을까?'

"어머니 감사합니다. 실은 어머니 아들 때문에 제가 새 사람이 된 거예요. 감사합니다. 그런 아들 낳아주셔서요."

그날 밤 나는 만취해서 선배의 부축을 받아 집에 돌아왔다. 선배는 내가 우겨서 3차까지 여기로 저기로 술집을 같이 전전했다. 내가 몸을 가누지 못할 지경이 되어서야 선배는 나를 일으켜 세웠다. "너 기분 좋구나." 선배는 웃는 얼굴로 말했다. "윤아가 누구니? 애인이냐?" 곱창집에서 나온 뒤부터 선배를 앞에 두고 횡설수설했던 모양이었다. 후배 이야기와 윤아 이야기가 뒤엉킨 연들처럼 마구 펄럭였을 싶다. 사람 좋은 선배는 아리송한 내 이야기를 끝까지 들어주고 있었다. 대리 운전 기사를 불러 집으로 오는 차 안에서 나는 차창을 활짝 열고 겨울 찬바람을 맞았다.

'윤아야, 질문을 바꾸렴. 질문을.'

자신의 문제가 무엇인지 잘 알고 있는 윤아, 그런데도 문제를 반복하게 되는 상황이 싫어서 도망친 윤아에게 어느 날 아침 맞게 되는 그렇고 그런 아침 햇살과 밥 한 끼와 동네 사람의 눈인사 같은 늘 있어왔던 일상의 마주침이 윤아의 질문을 바꾸는 결정적인 계기가 될 수도 있을 것이다. 도망친 사람은, 자신의 비겁함을 느끼는 사람은, 그렇게 성장해야 하는 사람은 늘 접해오던 변하지 않는 주변의 사소한 경험들에서 문득 깨닫는 것인지도 모르겠다. 한 번 질문을 바꿔보고 두 번 바꿔보고 그렇게 자꾸 질문을 바꿔보는 어느 날 갑자기.

● 상면

상면이는 일찍부터 부모의 어려운 사정을 헤아리는 아이였다. 알아서 혼자 놀고 알아서 혼자 참고 알아서 혼자 밥을 먹고 자란 것 같았다. 마음 씀씀이로만 보자면 상면이는 부모가 자녀를 대하는 것보다 훨씬 속 깊게 부모의 처지를 이해하고 돌보는 어른이었다.

그건 당신 권한이 아냐

★

"나오니까 났지."

중학생일 때였던 것 같다. 내가 다닌 중학교의 교훈은 '유신'이었다. 학생들은 정문을 통과할 때 '유신'을 외치며 경례를 했다. 그 '유신'이 어느 날 하룻밤 사이에 '충효'로 바뀌었다. 그 후 며칠 동안 '유신'을 외치는 아이들은 정문 앞에서 야구 방망이로 두들겨 맞았다. 선생들은 불안해 보였고 쩔쩔매는 것 같았다. 어떤 선생은 수업 도중에 울먹였고 어떤 선생은 칠판에 '인과응보'라는 한자를 써놓았다. 나는 평소처럼 학교에 갔고 수업을 받았지만 때 아닌 방학을 맞은 것처럼 이상하게 한가한 기분을 느꼈다.

그 무렵 초저녁이었다. 나는 어머니와 밥을 먹고 같이 방에 누워서 TV를 보았다. 독재자의 장례식 뉴스가 나오고 있었다. "엄마, 나 왜 낳어?" 나는 문득 그것이 궁금했다. 어머니는 "나오니까 났지" 하고 대답했다. 누나들과 형도 비슷한 말을 했다. "넌 정말 계획에 없었다니까." "할 수 없이 난 거야." 그랬다. 어머니는 마흔을 넘긴 나이에 나를 낳았다. 이미 2녀 1남의 자식을 두었고 반신불수의 남편을 데리고 살아야 했던 어머니는 약간은 남세스러운 기분으로 나를 낳았다고 했다.

검정 교복을 입은 누나들과 형이 우르르 등교를 하면 집에는 미취학 아동인 나만 남았다. 어머니는 하숙생들의 세 끼 식사를 준비하는 일과 교회를 섬기는 일에 한산할 틈이 없었다. 하루의 대부분을 방에서 보내는 아버지는 어린 나를 지켜보기만 할 뿐, 어떤 때는 내가 아버지를 돌보는 것 같았다. 나는 그렇게 어머니의 몸을 통해 세상에 왔고 가족의 일원이 되었지만, 애절한 운명이나 특별한 사연 같은 것 없이 덤덤하게 자랐다. 돌아보면 어머니는 그냥 나를 낳았고, 아버지는 늘 거기에서 나를 보았으며, 누나들과 형은 나와 피를 나누었을 뿐이었다.

유년기는 물론 청소년기도 그랬다. 간명하게 압축하자면 부모와 가족은 나를 생겼으니까 낳았고 우니까 먹였고 있으니까 기른 것 같았다. 내가 무엇이 되어야 하며 어떻게 살아야 하는지는 전적으로 내게 위임한 듯이 나를 내버려두었다. 그렇게 해서 나는 내가 되었다. 한 가지 빠뜨린 사실이 있다. 수많은 하숙생들. 어린 나는 언제든 그들의 방을 드나들 수 있었고, 그들의 대화에 참견하며 같이 놀수 있었으며, 그들이 원할 때마다 충직한 심부름꾼이 되어주었다. 심심할 틈이 없었다.

★

병자 같은 유약한 몸매와 가느다란 몸선 때문에 툭 치면 푹 주저앉을 것 같던 남자아이 상면. 열여덟 살에 대안 학교에 온 상면이는 양순했고 말수가 적었으며 질문을 받거나 눈을 마주치면 히죽히죽 웃기만 했다. 남자 또래보다는 여자아이들과 섞여 있을 때 한결 편안해 보이는 아이였다. 나는 상면이의 첫 학기에만 담임을 맡았지만 상면이가 학교를 그만둘 때까지 2년이 조금 못 미치는 시간 동안에도 여전히 얼치기 담임이었다. 상면이 때문이기도 했지만 그의 부모 때문에 상면이는 나에게 각별한 아이였다.

　상면이는 입학할 때 요리사가 되고 싶다고 말했다. 학교가 속한 청소년문화센터에는 그때 요리 스튜디오가 없었고 상면이가 다른데에도 조금은 흥미를 보이기도 해서 진척된 것은 없었다. 다행히 상면이가 웹 디자인에 관심을 보였기 때문에 디자인 스튜디오의 기초 프로젝트에 참여했다. 상면이가 학교를 계속 다녔다면 나중에 신설된 요리 프로젝트에 참여해서 좋은 경험을 쌓았을 것 같아 여전히 아쉽다. 손으로 주무르고 매만지는 섬세하고 꼼꼼한 일을 유달리 좋아한 상면이었다.

하지만 잠깐 흥미를 보인 몇몇 손작업을 빼면 상면이의 학교 생활은 별다른 게 없었다. 디자인 스튜디오에서 하던 프로젝트에도 갈수록 자주 빠졌다. 첫 학기 동안 상면이는 빼먹지 않고 학교에 나왔지만 프로젝트보다는 친구들과 어울려서 노는 일을 좋아했다. 프로젝트 시간에도 컴퓨터 모니터를 보거나 글을 쓰는 경우면 졸기 일쑤였다. 여자아이들과 수다를 떨거나 장난을 치며 놀 때에만 눈이 초롱초롱 빛났다. 흐느적거리던 몸도 잠시나마 탄성을 되찾아 통통 튕기듯이 뛰어다녔다.

두 번째와 세 번째 학기에도 상면이는 그럭저럭 학교를 다녔다. 눈에 띄는 아이가 아닐 뿐이었다. 담임은 새로운 교사로 바뀌었다. 공교롭게 그때부터 상면이는 자주 결석을 하기 시작했다. 곧잘 아팠다고 했다. 학교에 나온 날에도 시름시름했다. 새 담임의 동의 아래 나는 상면이 부모의 연락책이자 상담역을 계속하기로 했다. 상면이 부모는 낯을 가리는 편이었는데 나에게 말하는 것은 그래도 좀

편하게 여기는 눈치였다. 처음에는 단지 내가 첫 담임이었기 때문이라고만 생각했다.

★

상면이 부모를 처음 만난 건 상면이가 입학 인터뷰를 할 때와 시작 파티(입학식)를 할 때였다. 한번은 어머니가 왔고, 한번은 아버지가 왔다. 인상에 남았던 것은 두 분 모두 나와 비슷한 연배의 젊은 부모라는 점과 여느 학부모와 달리 캐주얼 복장을 하고 있었다는 점이다. 특히 아버지는 배낭을 둘러메고 등산화 차림에 야구 모자를 쓰고 있었다. 입학할 때 받은 자료를 통해서 어머니는 시민 운동 단체의 간사이고, 아버지는 진보적인 일간지의 보급소를 운영하고 있다는 것을 알았다.

상면이의 결석이 잦아지면서, 몸이 약하고 아팠기 때문이라고만 알고 있다가, 실은 어떤 무력증 같은 것이고, 이유 없이 아침에 일어나지 못한다거나 차비가 없었다거나 종일 방 안에 있었다는 것을 상면이에게 직접 듣고서야, 나는 호의적으로 바라보았던 상면이 부모에 대해 다른 인상을 갖기 시작했다. 결석을 할 때마다 상면이 부모에게 전화를 했다. 상면이는 휴대폰이 없었고 집 전화는 거의 받은 적이 없었으므로 내가 대여섯 번쯤 전화를 걸어서 간신히 통화를 하고 나면 부모는 번갈아 학교에 왔다.

"앞으로는 저에게만 연락주세요."

상면이 어머니는 아이 일로 상면이 아버지에게 연락하지 말라고 말했다. 상면이는 자신과 살고 있으며 아빠는 지방에서 혼자 살고 있다고 했다. 내가 캐묻지 않는데도 상면이 어머니는 혼잣말을 하듯이, 아니 '이제는 당신도 알아두라'는 투로 이야기를 계속했다. 이혼한 지 꽤 지났다, 아이만큼은 같이 돌보기로 했었다, 이제는 그게 도리어 문제를 일으키고 있다, 상면이가 결석을 하는 날마다 아빠에게 전화가 와서 싸우기만 한다, 상면이에 대해 아무것도 모르는 아빠와 입씨름하고 싶지 않다 등등.

상면이 부모는 노동 운동 단체에서 만난 사이였다. 아버지는 언젠가 나의 이력을 알고는 자신들의 만남을 '동지적 관계'라는 개념으로 설명한 적이 있었다. 짐작하기에 상면이 부모는 서로 사귀었을 때나 아이를 낳았을 때나 따로 사는 지금이나 계속 가난했지 싶었다. 시민 운동 단체의 간사를 하는 어머니나 지방에서 일간지 보급소를 혼자 운영하는 아버지 모두 벌이가 어려울 것이다. 그 때문에도 각자 고통을 겪는 것 같았다. 상면이 부모는 아이를 임신했을 때나 낳을 때에도 고민이 많았다고 했다.

방학이 가장 심심했다.

게임하면서 밤새우고 정오를 넘길 때까지 잤다.

일어나면 그냥 멍하게 있다가 또 게임을 했다.

언제부터 상면이가 집에 혼자 있었는지 정확하게 알지는 못하지만 제법 오래 전부터 그렇게 자라온 것 같았다. 부모는 아침이면 일을 하러 나갔고, 아이는 방 안에서 장난감이며 세간이며 어머니의 화장품 같은 것들을 가지고 놀았다고 했다. 저녁에 부모가 돌아오면 상면이는 미칠 듯이 울거나 너무 좋아서 펄쩍 뛰거나 둘 중하나였다고 했다. 대안 학교에 오기 전까지도 상면이는 부모를 모두 만나는 경우는 큰 집회장에 가거나 시위대의 행진 대오 속에서걸을 때라고 했다. 부모는 상면이를 기특한 아이라고만 생각하고 있는 것 같았다.

★

사건이 터진 것은 상면이 아버지가 상면이에게 휴대폰을 사준 다음이었다. 늦은 밤 상면이 아버지에게 전화가 걸려왔다. 술에 취한 목소리였다. 그날 하루의 어떤 상황들이 파편처럼 쏟아지는 동안 나는 알 수 없는 불안감 때문에 조각난 낱낱의 말들을 가지고 하기 싫은 퍼즐을 맞추는 기분이 들었다. 무슨 일이 생긴 것이 틀림없었다. 상면이와 상면이 어머니와 상면이 아버지 사이에서 벌어진 그날의 어떤 상황을 제대로 파악할 수는 없었지만, 나는 상면이 아버지의 흐느끼는 목소리만으로도 무서운 기분이 들었다.

"아들도 죽고…… 아비도 죽고……"

상면이 어머니와 말싸움을 했고, 상면이에게 계속 전화를 했고, 상면이가 받지 않았고, 아들까지 아버지를 무시했고, 그런 아버지는 살 이유가 없고, 불쌍한 아들도 같이 거두어들였고, 그런 것이라고, 상면이 아버지는 말하고 있었다. 온통 과거형 동사를 쓰는 바람에 나는 그것이 이미 벌어진 일인지 머릿속에서만 그렇게 하겠다고 상상하는 것인지 분간할 수가 없었다. 나는 다시 전화하겠다고 말하고 끊었다. 아주 잠깐 동안 끔찍한 상상을 했다. 나는 정신을 가다듬고 상면이에게 전화를 걸었다.

내 번호가 뜨면 꼭 받기로 약속했고 휴대폰이 생긴 뒤에는 내 전화를 잘 받곤 했는데 도통 받지를 않았다. 상면이 어머니도 전화를 받지 않았다. 상면이 어머니가 일하는 곳도 전화를 받지 않았다. 아니나 다를까 집 전화도 받지 않았다. 바보처럼 똑같은 번호를 몇 번이고 반복해서 누르며 받지 않는 전화를 기다리는 내내 '정말 무슨 일이 벌어진 게 아닐까?' 하는 불안이 엄습했다. 끔찍한 장면들이 떠올랐고 심장은 빨리 뛰기 시작했다. 나는 상면이 아버지에게 전화를 걸었다.

상면이 아버지는 조금 누그러진 목소리였다. 내가 묻는 말에 비교적 차분한 상태로 대답해 주었다. 겨우 안심을 할 수 있었다. 상면이 아버지는 지금 지방에 있었고 아무 일도 벌어지지 않았다. 상면이 아버지는 나와 통화를 마치면 밤차로 서울에 올라가려고 한다고 말했다. 집에 찾아가서 상면이를 데리고 내려오든지 아니면 그자리에서 자신이 뿌린 씨앗을 거두겠다고 했다. 자신은 못난 아버지라고 그런 자신에게 화가 난다고 또다시 목소리가 흔들릴 때 나는 불같이 화가 치솟았다.

"그건 당신 권한이 아냐!"

그날 밤 나는 상면이와 상면이 어머니에게 받지 않는 전화를 걸고 또 걸었다. 낌새를 알고 이미 다른 데로 피한 것인지, 모자가 잠에 취해 있다면 이런 상황을 알고라도 있어야 할 텐데, 한번 엄습했던 불안감에 치를 떨고 나자 나는 아무런 생각도 할 수가 없었다. 나는 상면이가 자주 어울렸던 친구의 전화번호를 찾아낸 다음 그 친구에게 상면이가 사는 집의 자세한 위치를 들었다. 그 친구더러 먼저 상면이 집에 가보라고 부탁하고 나서야 나는 상면이 집을 향해 차를 몰았다.

다행히도 상면이 집으로 가는 차 안에서 상면이의 전화를 받았다. 친구가 와서 자기를 깨웠다면서, 어머니가 아버지와 이미 통화를 했고, 자기도 조금 전에 아버지와 통화했다고, 일찍 잠드는 통에 아버지 전화를 받지 못한 것이라고 설명했으며, 아버지는 알았다고 했다고, 걱정할 일이 아니라고, 아버지는 올라오지 않을 거라고, 상면이는 정말 아무렇지도 않다는 듯이 태연한 목소리였다. 내일 자세히 이야기하자고 말하고 전화를 끊었다. 그날 밤 나는 집 근처에 와서 혼자 술을 마셨다.

★

나를 키운 8할이 무엇일까 생각해 보면 하숙생들이다. 어머니는 하숙을 위해서 이사를 할 때마다 더 큰 집을 구했고 그때마다 내부를 작은 방들로 개조해서 많게는 한 번에 20명 남짓의 하숙생을 들였다. 하숙생 중에는 7년을 산 작은 공장의 사장님도 있었고, 대학생은 물론이고, 동네에 새로 들어선 호텔의 일식 주방장도 있었으며, 하숙생을 속여서 돈을 챙겨 도망간 사기꾼도 머물렀고, 술집에 나가는 누나들도 있었다.

　가장이 되어 시장 가랴 교회 봉사 가랴 은행 가랴 하루에도 십수 번씩 집을 들락거려야 했던 어머니, 학교에 가고 없는 누나들과 형, 늘 집에 있지만 방구석을 차지하고 가만히 있는 아버지를 대신해서 나를 데리고 놀아준 사람은 전부 하숙생들이었다. 나는 초저녁이 되어야 출근하는 술집 누나들과 사기꾼 아저씨와 어떤 사정 때문인지는 몰라도 학교에 가지 않는 대학생들 방을 들락거리며 낮 시간을 보냈다. 저녁에는 작은 공장의 사장님과 같이 동네 목욕탕에 갔고 일식 주방장님이 끓여주는 라면을 먹고는 했다.

술집 누나들 방에 가면 과자나 아이스크림 같은 간식거리가 많아서 좋았고 사진이 많은 잡지들이 있어서 좋았다. 대학생 형이나 누나 방에 가면 고향 이야기나 연애 이야기를 들을 수 있어서 좋았다. 사기꾼 아저씨는 마당에 놓인 작은 평상에 누워서 선탠을 한다고 나에게 크림을 주고 등에 바르게 했다. 사기꾼 아저씨는 내 배와 등에도 크림을 덕지덕지 발라주었다. 우리는 같이 웃통을 벗고 평상에 누워 낮잠을 잤다.

돌아보면 하숙생들은 나를 귀찮게 여기지 않고 내가 언제든 자신의 방에 들어오도록 허락해 주었다. 아이가 어른들 대화에 수시로 끼어들어도 물리치지 않았고 아이의 온갖 질문과 이야기를 잘 들어주었다. 심부름을 시켜서 아이를 당당한 일원으로 만들어주었다. 한마디로 하숙생들은 나를 데리고 잘 놀아준 어른 친구들이었다. 게임을 하거나 놀이동산에 가지 않고도 함께 있는 것만으로도 충분히 재미있는 놀이를 통해 나는 언제나 하숙생들과 함께 하면서 그들의 틈에서 성장했다.

공부와 대립되는 놀이, 상상을 모르는 소비 위주의 놀이, 어른들의 일과 분리된 아이들만의 놀이가 성장의 창조적 원동력이 되기 어렵다면, 내가 하숙생들과 보낸 수많은 날들의 놀이는 어린 나에게는 그날그날의 일이자 학습이었고 관계였으며 온전한 세계였다. 아이의 성장을 위해서는 같이 놀 수 있는 또래 친구가 필요한 만큼 같이 놀아주는 어른 친구가 필요하다. 어머니는 하숙집을 했던 지난 20년 동안 그런 어른 친구들을 나에게 공급해 준 셈이었다. 덕분에 잘 놀면서 컸다.

★

그날 밤의 소동이 있고 난 뒤 나는 상면이와 긴 대화를 나누었다. 상면이가 기억할 수 있는 가장 어린 시절의 이야기로 거슬러 올라가서 지금의 상면이로 다시 돌아왔다. 상면이는 일찍부터 부모의 어려운 사정을 헤아리는 아이였다. 알아서 혼자 놀고 알아서 혼자 참고 알아서 혼자 밥을 먹고 자란 것 같았다. 마음 씀씀이로만 보자면 상면이는 부모가 자녀를 대하는 것보다 훨씬 속 깊게 부모의 처지를 이해하고 돌보는 어른이었다.

상면이 부모가 잘못한 것은 상면이가 보는 앞에서 자주 싸웠다는 점이다. 특히 그 싸움의 말들이 언제나 상면이의 장래를 염려해서라는 이유를 달았다는 점이다. 부모는 열심히 살았지만 가난했다. 세상의 정의를 위해 살겠다는 일념을 갖고 '동지적 관계'로 만났지만 이혼했다. 가난도 이혼도 그들만의 잘못은 아닐 것이다. 문제는 가난과 이혼의 고통에 대해 부모가 상면이 앞에서 솔직하게 행동하지 못한 채 다른 이유를 들어 호소하고 도리어 그것을 상면이에게 인정받으려고 경쟁했다는 점이다.

부모는 이혼하면서 상면이에게 누구와 같이 살고 싶은지 선택하라고 했다고 한다. 상면이는 자신이 결정해야 하는 상황을 무척 힘들어했던 것 같다. 상면이는 엄마가 조금 더 가여웠다고 했다. 자기가 없으면 슬퍼할 것 같아서 엄마와 살겠다고 말했단다. 그러면서도 아빠에게 얼마나 미안했는지 몰랐다고 그때를 회상했다. 문제는 지금도 상면이의 부모가 번번이 비슷한 상황을 만들어서 상면이에게 선택하라고 강요하고 있다는 점이었다.

상면이는 첫 학기를 보낸 뒤 맞은 방학이 가장 심심했다고 털어놓았다. 학기중에는 학교에 나와서 친구들과 놀았지만 방학 때는 방학 프로젝트를 하지 않는 한, 집에서 보내야 했으니 무척 외로웠던 것이다. 그때 집에서 무얼 했느냐고 물으니 게임하면서 밤새우고 정오를 넘길 때까지 자다가 일어나면 그냥 멍하게 있다가 또 게임을 했다고 한다. 상면이는 마음이 헛헛한 상태로 두 번째 학기를 맞았고 결석을 점점 더 많이 했다. 그렇게 학교 생활에서 멀어졌다.

★

세 번째 학기가 시작되었다. 상면이가 결석을 하고 다음날 학교에 오면 나는 상면이를 데리고 어디로든 갔다. 공연장에 갔고 인천 바다를 보러 갔으며 시간이 모자랄 때는 가까운 한강에 가서 콜라를 마셨다. 그런 자리에서 보는 상면이는 웃기는 소리를 잘하는 재간둥이였다. 한번은 여러 아이들과 팀을 만들어서 경남 산청에 있는 간디학교에 일주일을 머물며 관찰 학습을 한 적이 있다. 그때 상면이는 아이들을 배꼽 빠지게 웃기는 인기 최고의 코미디언이었다.

그러나 그것도 잠시였다. 상면이는 더 자주 결석했고, 나는 따로 맡은 아이들이 있었다. 상면이는 세 번째 학기를 마치고 방학과 함께 집으로 돌아간 뒤 학교로 돌아오지 않았다. 상면이 어머니가 학교에 와서 상담을 했고 아들의 학적부를 정리했다. 집 근처에 있는 일반 고등학교로 전학을 가거나 검정고시를 보고 대학 준비를 하는 것으로 모자가 의견을 모았다고 했다.

마음이 불편했다. 혹시라도 어머니의 힘겨운 생활을 덜어줄 요량으로 상면이가 그런 결정을 한 것은 아닐까 싶은 생각이 들었다. 하지만 모자의 결정을 존중하기로 했다. 다만 앞으로 어떤 상황에 놓이든 상면이가 세상의 많은 사람들과 자유롭게 노는 시간을 많이 갖게 되기를 비는 수밖에 없었다. 게임을 하면서 혼자 있느니 차라리 나쁜 친구를 만나더라도 같이 쏘다니면서 세상의 놀이를 찾는다면 좋겠다는 생각을 했다.

놀이가 필요한 것은 상면이 부모도 마찬가지였다. 나는 상면이 부모에 대해서 묘한 느낌을 갖고 있었다. 그들이 나에 대해서 보여준 동질감의 표현 때문이기도 했다. 그러나 나는 성대한 투쟁 집회가 끝난 뒤 그들을 초라한 뒷수습 마당에 내버려두고 나만 떠나온 기분이 들었다. 실로 오랜 세월 뒤에 우연히 그곳에 가보았더니 여전히 그곳에 머물고 있는 그들을 본 것 같은 기분이었다. 힘겨운 돈벌이와 고단한 밤들과 아프기만 한 기억들을 뒤로하고 상면이 어머니와 아버지도 해맑게 웃을 수 있게 되기를, 그런 놀이를 갖게 되기를 빌었다.

그리하여 미래의 화창한 날, 상면이가 입학할 때 말한 것처럼 요리사가 되어 있다면, 상면이 어머니도 아버지도 나도 상면이의 손으로 만든 요리를 먹으며 농담을 주고받고 웃고 떠드는 날이 오면 좋겠다. 상면이의 길고 가느다란 손이 만져야 할 것은 자판기나 장난감이 아니라 같이 놀면서 웃을 수 있는 가슴을 지닌 사람들의 가슴이어야 하니까. 하지만 과연 그런 세상이 오기는 할는지 막막해진다. 상면이도 상면이의 부모도 그들만의 잘못으로 외롭게 사는 것은 아닐 텐데.

당시에는 정말 할 것이 없다고 허무한 기분에 젖어들곤 했지만 그때로 돌아가서 다시 상면이를 만나는 상상에 빠져들면, 상면이와 함께 한 짧은 시간의 놀이만큼이라도 상면이 부모와 만나서 잠깐이라도 맘 편하게 놀아보는 일을 왜 안 했을까 후회하게 된다. 상면이 부모의 과거사에 대한 동질감에 사로잡혀 지낸 상념의 순간들을, 소풍 가고 나들이를 가서 웃고 떠들며 노는 시간들로 고스란히 함께 썼더라면 하는 아쉬움이 자꾸 들었다. 상면이도, 상면이 어머니도, 상면이 아버지도 각자 같이 놀 수 있는 친구들을 많이 만났으면 좋겠다. 놀이는 아픈 기억을 되물릴 수는 없지만 언제든 기분 좋은 새 살을 돋아나게 할 수 있으니까.

● 수정

수정이에게 관계란 주고받는 기계적 거래면 족했다. 도움을 주고 도움을 받는 처지가 평행 선을 달리다가 적당한 때에 멈추면 그만이었다. 만약 거리가 좁혀져서 교차되거나 혼합되 거나 마찰이 일어나면, 그것이 바로 관계인데, 수정이는 그런 관계에 진저리를 쳤다.

너밖에 모르는 너는

★

내가 일한 대안 학교는 2001년 9월 12일에 개교식을 했다. 9·11
테러가 터진 다음날이었다. 대안 학교가 속해 있는 청소년문화센터
는 그보다 2년 앞서 문을 열었다. 청소년문화센터는 영상, 음악, 웹,
디자인, 시민 문화 등 5개의 스튜디오를 운영하면서 탈학교 청소년
을 위한 인문학부 과정으로 '콜레지오'라는 그룹을 만들었다. 이 그
룹은 인문학적 소양을 쌓는 활동과 여러 가지 소창업의 경험을 결
합해서 십대 청소년의 성장을 도모하는 새로운 방식을 실험했다. 그
렇게 청소년문화센터를 통해 준비한 2년여의 자양분에 뿌리를 내리
고 자란 작은 나무가 대안 학교였다.

"스웨덴 청소년정책국의 슬로건에서 가져온 '십대는 문제가 아니

라 사회적 자원이다 Youth is not a problem but a resource'라는 말은 우리 학교가 십대를 만나는 태도를 대변하고 있다. 스스로 좋은 자원이 되기를 희망하는 십대들은 자발적이고 적극적인 학습 방법을 원하고 있고, 그러한 요구를 고려하여 우리 학교는 새로운 교수 방법을 채택한다. 우리 학교는 지식을 주입하는 전통적 교육은 십대를 창조적이고 능동적인 시민으로 기르는 데 적합하지 않다고 생각한다. 그 대신 자율성에 기반한 적극적인 태도와 구체적인 경험 그리고 그것에 대한 성찰을 통한 학습 방법을 채택한다. 어디에서 무엇을 하며 살든지 자기 주도적으로 학습을 하며 자신의 삶을 가꾸어가는 사람을 기르는 게 우리 학교의 목표다."

개교와 함께 밝힌 교육 이념의 한 대목이다. 청소년문화센터가 문을 연 1999년부터 대안 학교가 문을 연 2001년 안팎 무렵, 십대 청소년의 삶에 직접 관여하지 않고 살던 삼십대 안팎의 여러 전문가와 문화 작업자가 모여서 "우리 시대의 청소년이란 누구인가?"라는 화두를 붙들고 고민을 했다. 결론은 교육 이념에 있듯이 "스스로 좋은 자원이 되기를 희망하는" 청소년, "자발적이고 적극적인 학습 방법을 원하는" 청소년을 찾아 동료가 되는 것이었다. 그들은 사회 통념과 학교 제도와 학부모의 통제에서 발버둥치거나 뛰쳐나온 탈학교 청소년이었다.

"혼자서 스스로를 위안할 수 있는 '자기만의 방' 한 칸을 마련하는 그날까지 끊임없이 돈을 모으며 큰 트렁크를 이리저리 옮기는 십대, 주유소부터 나이트 삐끼까지 안 해본 게 없는 십대, 청소년 인권에 관심이 있는 십대, 여성 운동을 하는 십대, 자기는 대단한 아티스트라고 굳게 믿고 있는 십대, 홍대 클럽에 삶의 희로애락을 몽땅 묻어둔 십대, 무지렁이로 살다 죽을 수는 없다고 영어를 공부하고 운전을 배우는 십대, 연애타령 하다가 날이 새는 십대, 이미 자신의 삶에 집중하며 나름대로 치열하게 살아가고 있는 십대에게도 그들의 삶을 함께 고민하고 이야기할 수 있는 공간이 필요하다. 그들이 겪고 있는 모든 문제가 곧 우리 사회의 문제이며, 사회 전반적인 변화가 일어나지 않는 한 혼자서 견뎌내기 벅찬 일들도 너무나 많기 때문이다."

이 글은 제1회 졸업생이 쓴 것이다. 2001년 11월 열렸던 '탈학교 십대 청소년을 위한 도심형 대안 학교 어떻게 만들 것인가?'라는 심포지엄에서 발표한 내용의 일부이기도 하다. 대안 학교의 학생들은 "학교 밖의 세상 속에서 하고 싶은 것"이 참으로 많았으나 이해받지 못하고 지지받지 못해서 고군분투하는 절절한 사연의 아이들이었다. 그러나 전교조 지지 운동이나 고등학생운동연합 같은 전국구 투사형의 스타일은 아니었다. 자기 개인의 삶을 풍요롭게 일

궈나가기를 절실하게 원하는 아이들이었다. 대안 학교는 그런 아이들에게 날개를 달아주는 공간으로 기획되었다.

★

수정이는 열여덟 살에 대안 학교에 왔다. 일반 고등학교를 다니다가 자퇴하고 유럽에서 6개월간 어학 연수를 하고 돌아왔다고 했다. 수정이는 입학 '쇼하자'(입학을 하기 위해 선보이는 학생 저마다의 프리젠테이션 무대)에서 자신이 만든 다큐멘터리 영상을 보여주었다. 당장이라도 영상 전문가들 틈에서 일을 해도 손색이 없을 만큼 주제 의식이나 연출과 편집 능력이 수준작이었다. 수정이는 단숨에 교사들과 작업자들의 마음을 사로잡았다. 그뿐이 아니었다.

수정이는 어학 연수 때문만이 아니라 어려서부터 영어 회화 교육을 잘 받은 것 같았다. 학교에 외국 손님이나 교환 학생이 오면 즉석에서 자유롭게 대화를 나눴다. 게다가 수준 높은 양서를 폭넓게 읽고 있었고 글쓰기에서도 발군의 실력을 발휘했다. 패션도 또래들이 찾는 그만그만한 유명 메이커를 입는 법이 없었다. 미국의 록밴드 너바나 때문에 유명해진 얼터너티브 룩처럼 특색 있는 스타일을 선호했다. 수정이는 대안 학교에 오고 나서 담배도 피우고 술도 마시면서 홍대 앞의 다소 이색적인 청년들과 어울려 다니는 남다른 아이였다.

한마디로 수정이는 그때까지 대안 학교의 성향을 대표하던 유형의 아이들과 전혀 달랐다. 1회 졸업생을 비롯해서 학교 문화를 주도하던 아이들은 부모의 반대를 무릅쓰고 대안 학교에 온 경우가 많았다. 대부분 넉넉한 집안의 자녀가 아니었다. 자신을 동료처럼 믿고 도와줄 어른의 존재를 간절히 원하는 아이들이었다. 자기 성장사를 쓰라고 하면 반드시 한 번은 사회나 교사나 부모에게 억압당했던 이야기가 등장했다. 그런 장면과 대비되면서 자신이 찾아온 대안 학교의 소중함을 강조하는 줄거리였다.

그 아이들은 대안 학교는 물론 자녀의 독립된 인격을 쉬이 인정하지 못하는 부모로부터 독립해서 '자기만의 방 한 칸'을 갖게 되기를 간절히 원했지만 그 소박한 꿈을 이루기가 얼마나 어려운 일인지도 톡톡히 겪어서 잘 알고 있었다. 반면 수정이는 부모와 함께 살면서도 너무 많은 자기만의 방을 가지고 있었다. 수정이는 일반 고등학교를 계속 다닐 생각도 있었는데 부모의 적극적인 권유를 받고 대안 학교에 온 첫 번째 케이스였다. 수정이의 부모는 중산층 이상의 경제력을 가지고 있었고 모두 전문직에 종사하는 교양 있고 성숙한 엘리트였다.

★

수정이는 무엇이든 알아서 척척 하는, 이를테면 대안 학교의 모범 생 같은 아이였다. 대안 학교에 모범생이 있다는 말이 어폐가 있지 만 비유컨대 그렇다는 말이다. 언제나 자기 주도적으로 프로젝트를 신청했고 성실하게 학습을 했으며 학점을 놓치는 일이 없었다. 담임으로서 참견할 일이 거의 없었다. 대화를 걸어오거나 질문을 해도, 그것도 주로 정보를 구하는 방법을 몰랐을 때에 국한되곤 했는데, 말 한마디면 만사형통이었다.

나는 속도가 다소 느린 동료 학생의 학습을 수정이가 도와주면 어떨까 생각했다. 그런 제안에 조금도 망설이는 기색 없이 "그럴게요" 대답하는 수정이었다. 수정이는 내가 권해준 동료 학생의 학습을 잘 도왔다. 둘이 붙어 다니는 모습을 보면서 한때나마 흐뭇했다. 도움을 받는 아이도 수정이를 잘 따르는 편이었다. 그렇게 한 학기가 다 지나갈 때까지 나는 둘의 관계가 이상하다는 낌새를 전혀 느끼지 못하고 있었다.

"짜증나요."

새 학기를 코앞에 둔 방학 끝머리에 학생들과 일 대 일로 만나서 다음 학기 계획을 짜는 자리였다. 나는 그 아이의 학습을 계속 도와

줄 것을 제안했다. 그때였다. 명랑한 얼굴로 나를 바라보던 수정이는 대번에 안색을 바꾸며 진저리를 쳤다. 깜짝 놀랐다. 무슨 일이 있었던 것일까? 살살 달래는 심정으로 묻기 시작했다. 꼬리에 꼬리를 물고 이어진 대답들을 이리 조합하고 저리 조합해도 영문을 알 수가 없었다. 궁금증을 풀지 못한 채 그날의 만남은 "알았어요"라는 수정이의 대답으로 끝을 맺었다.

말 못할 사연이라도 있나 궁금해서 수정이의 도움을 받았던 아이를 따로 불렀다. 직설적으로 물어보았다. 수정이가 너와 단짝으로 지내는 것에 대해 짜증난다고 말했다고. 아이는 주눅이 든 표정이 되어 엉금엉금 기어가는 말들을 주섬주섬 꺼내놓았다. "저를 안 좋아하는 것 같아요"라는 말만 반복하던 아이는 울먹이는 목소리가 되더니 끝내 눈물을 흘렸다. 몹쓸 짓을 한 것 같아서 아이의 등을 토닥여주고 대화를 그만두었다.

다음날 다시 수정이를 불렀다. 그 아이가 대답해 준 말들과 결국은 울고 말았다는 전날의 사정을 전해주었다. 그리고 수정이가 그 아이를 왜 싫어하게 되었는지 물었다. 수정이는 싫어하는 게 아니라고 대답했다. 그럼 너를 짜증나게 하는 그 아이의 행동이 무엇이냐고 다시 물었다. 수정이는 잠시 망설이더니 하나둘 속내를 털어놓았다. 그 이야기를 들으면서 내가 알고 있던 수정이가 맞는지 의

심이 들었다.

모르는 부분을 알려주고 틀린 대목을 고쳐주고 잘못하면 바로잡아주었다고 했다. 수정이는 최선을 다해서 그 아이의 학습을 도왔노라고 억울하다는 듯이 말했다. 문제는 그 아이가 불필요하게 같이 밥을 먹자거나 개인적인 고민을 털어놓거나 작은 선물을 건네거나 하는 행동이라고 했다. 수정이는 마치 스토커라도 만난 듯 말했지만 그것은 그저 친해지자는 욕구의 자연스러운 표현이었다. 소극적인 데가 있었지만 단정한 성격의 그 아이를 생각하면 더 그랬다.

한마디로 수정이는 그 아이와 관계를 맺고 싶어하지 않았다. 우리 학교에서는 수업이라는 말 대신 프로젝트라는 개념을 사용했다. 협력하며 일하는 방식과 동료로서의 관계 형성을 중요한 가치로 여기기 때문이다. 이 점에서 수정이는 관계할 줄 모르는 것 같았다. 아니 머리로는 인식하나 몸이 거부하고 있었다. 수정이에게 관계란 주고받는 기계적 거래면 족했다. 도움을 주고 도움을 받는 처지가 평행선을 달리다가 적당한 때에 멈추면 그만이었다. 만약 거리가 좁혀져서 교차되거나 혼합되거나 마찰이 일어나면, 그것이 바로 관계인데, 수정이는 그런 관계에 진저리를 쳤다.

★

딱히 미워하거나 싫어하는 것이 아니었다. 동료이자 친구라면 서로 관여하게 되는 당연한 관계를 불필요한 간섭처럼 여기는 수정이에게 문제가 있었다. 초점을 세우고 관찰을 시작하자 수정이의 다른 면모들이 잇따라 보였다. 새 학기에 들어서자 토플을 준비한다며 한층 바빠진 수정이는 겉으로 보기에는 여전히 사교성 많고 인기 좋은 아이였다. 그런 아이의 속내에 사람에 대한 살가운 그리움과 좀 더 가까워지고 싶어하는 관계의 감성이 쏙 빠져 있다는 것이 좀체 믿기지 않았다.

학기 중간 무렵 학부모 회의가 열린 날이었다. 모임이 끝나고 수정이 부모가 수정이에게 무언가를 말한 다음이었다. 수정이 부모는 내게 인사를 하고 막 등을 돌리고 있었고 수정이도 내 앞을 지나치려고 할 때였다. "짜증나." 수정이가 중얼거린 혼잣말에 나도 수정이 부모도 동시에 수정이의 뒷모습을 쳐다보았다. 수정이는 모른 체하고 그대로 나가버렸다. 서로 눈이 마주친 나와 수정이 부모는 어색해진 표정을 수습하며 한 번 더 인사를 나눠야 했다. 수정이에 대해서 나는 너무나 모르고 있는 것이 많았다.

"상관 안 해요."

알고 보니 수정이의 부모는 이혼을 한 사이였다. 그런데도 사이 좋게 함께 학교에 왔던 것이다. 이혼은 수정이가 대안 학교에 오기 1년 전쯤에 했다고 한다. 처음에는 아버지가 사업 때문에 따로 나가 살게 되었노라 말하고 일주일에 하루만 세 식구가 한 집에 모여서 살았다고 한다. 그렇게 6개월을 보내보니 안 되겠다 싶어서 아이를 해외로 보냈단다. 그 사이에 수정이 부모는 완전히 별거에 들어갔고 아이가 귀국한 다음에야 이혼을 알렸다고 했다. 그때에도 수정이는 내가 들은 대답과 똑같이 반응했다고 했다.

나는 관계에 대해 무감한 수정이가 부모의 이혼 때문에 영향을 받았을지 모르겠다고 생각했다. 그러나 수정이는 부모의 이혼 때문에 충격을 받거나 상처를 입은 것 같지 않았다. 수정이는 부모의 결혼과 이혼은 그들의 몫이며 자신에게 불필요한 요구를 하지 않는다면 문제없다는 듯 덤덤한 태도를 보였다. 도리어 수정이는 부모가 지극정성으로 베푸는 배려를 귀찮아했다.

수정이 부모는 자신들의 이혼 때문에 아이에게 탈이 나지나 않을까 걱정하면서 수정이를 배려했다. 그들은 이혼을 할 때에도 아이를 배려해서 매우 조심스럽게 했고, 따로 살면서는 배려의 씀씀이가 도가 지나칠 정도로 세심했던 것 같다. 하루에 한 번 이상씩 아이에게 전화를 거는 것, 규칙적으로 아이를 만나서 식사하는 것, 아

'부모님은 그냥 부모님 인생을 즐기세요.'

이의 학습에 대해 물어보는 것, 아이에게 부족한 것은 없는지 수시로 살피는 것, 아이에게 용돈을 넉넉하게 주는 것, 아이의 담임과 정기적으로 만나는 것 등등 끝이 없었다. 수정이의 부모는 그 모든 역할을 각자 성실하게 수행했고 의견을 교환하고 있었다. 학부모 회의가 있던 그날 수정이 부모는 2주에 한 번 있는 가족 외식 장소를 알려주고는 학교로 데리러 오는 게 좋은지 수정이에게 물어보았다고 했다.

그럴수록 수정이는 짜증만 늘어난 모양이었다. 먹고 자고 입고 학교 다니는 데 드는 모든 부담을 부모에게 의존하는 수정이는 스스로 돈을 벌 수 있을 때까지는 부모의 돈을 받는 게 당연하지 않느냐며 부모가 제발 가만히 있어주면 좋겠다고 말했다. 지금 어디에 있느냐, 무엇을 하느냐, 밥은 먹었느냐 물어보는 것 때문에 짜증이 난다고 했다. 특히 2주에 한 번 온 가족이 모이는 외식만이라도 그만두었으면 좋겠다고, 자기는 빼고 둘이 알아서 먹든지 말든지 했으면 정말 좋겠다고 푸념을 늘어놓았다.

수정이와 대화를 하면 할수록 나도 모르게 한숨이 나왔다. 똑똑하고 야무지고 자신의 미래를 위해 도움이 된다고 생각하면 무엇이든 섭렵하는 수정이에게 딱 하나 없는 게 있다면 그것은 감사하는 마음이었다. 수정이는 부모에게 감사하는 마음이 없었다. 아니 감사해야 할 이유가 없다고 생각하는 것 같았다. 부모의 이혼은 부모의 일이라서 자신은 화를 낼 이유가 없다고 태연하게 말했던 것처럼 부모로서 자식에게 할 도리를 하면 된다는 식이었다.

그러고 보니 수정이는 자신에게 애정을 갖고 충고나 도움을 준 교사나 작업자에게도 감사하다거나 고맙다거나 하는 말을 한 적이 거의 없었다. 대안 학교의 시스템이 그런 것이고 학비를 낸 자신은 교사나 작업자의 말에 충실히 따르고 있기 때문이어서 그런 충고나 도움은 당연한 것이라는 인식을 갖고 있었다. 각자 자기가 할 일을 하면 되는 것이지 특별히 감사해야 할 것은 아닌 것 같다는 수정이의 말을 듣고 보면 논리상 틀린 말은 하나도 없지 싶었다. 그것이 바로 문제였다.

수정이가 대안 학교를 다닌 지 1년이 지났을 때였다. 수정이는 다시 유럽으로 유학을 가겠노라 선언했고 부모도 흔쾌하게 동의를 한 뒤였다. 이곳에서 더 배우고 싶은 것도 없고 한국에서 살아가는 일도 답답한 것 같다는 이유를 댔지만 내 생각은 달랐다. 누구하고도 끈끈한 관계를 맺을 줄 모르기 때문에 무엇을 하든 금세 시들해지는 증상의 재발이라고 나는 생각했다. 삶의 기쁨과 배움의 욕구는 관계 속에서만 새로워질 수 있다는 것을 수정이는 모르고 있었다. 모르기는 수정이의 부모도 마찬가지였다.

　수정이의 부모는 이제껏 아이를 야단친 적이 한 번도 없다고 했다. 아이가 총명하고 앞가림을 잘하기 때문에 혼낼 일이 없었다고 말했지만, 이혼을 핑계삼아 아이에게 모든 것을 주고 또 주면서도 혹시라도 아이의 심기를 건드릴까봐 전전긍긍하는 부모의 모습이 수정이를 헛똑똑이로 키우게 된 결정적인 이유처럼 느껴졌다. 수정이의 부모는 모두 직장에 휴가를 내고 아이와 함께 유럽 현지를 둘러보면서 적당한 학교를 찾아볼 생각이라고 말했다.

　'부모님은 그냥 부모님 인생을 즐기세요.'

　나는 속에서 치솟아 오르는 온갖 말들을 간신히 억누르면서 그냥 아이를 내버려두시라고 말했다. 그러나 부모가 그래서야 되겠느냐고, 힘닿는 데까지 돌봐줄 생각이라고 웃으며 대답하는 수정이의 부모에게 나는 결국 싸늘한 말투를 감추지 못한 채 결론을 내듯이 말을 뱉어버리고 말았다. 부모님은 그냥 부모님의 인생을 즐기시라고, 아이가 인생을 알기 바란다면 부모님이 먼저 자기 인생을 가져야 한다고, 해줄 만큼 해주었으니까 충분하다고, 첫 등록금만 보내주고 돈 대주는 일도 딱 끊어버리시라고.

모든 것을 다 해주는 부모, 아니 안 해준 것이 없는 부모가 아이를 망치고 있는 게 아닌가 싶었다. 모자람이 전혀 없도록 배려하는 부모, 넘치도록 베풀고도 부족할까봐 노심초사하는 부모가 아이를 감사할 줄 모르는 사람으로 만들고 있다는 생각이 들었다. 수정이에게 절실한 환경은 무언가 부족하고 모자라서 누구에게든 도와달라고 절박하게 말해야만 하는 상황이었다. 그것을 모르기 때문에 수정이는 부모가 제공해 준 너무나 많은 자기만의 방들을 낭비하면서 언제나 또 다른 새로운 방을 찾아 기웃거리는 태도를 갖게 된 것 같았다.

수정이는 원했던 대로 다시 유럽으로 갔다. 수정이의 부모는 아마도 계속 학비를 대주고 있을 것이고 배려의 씀씀이도 여전히 자상하고 풍족할 것이다. 그러면서도 자식을 상전처럼 모시고 안절부절못하는 부모의 모습이 그려졌다. 나중에 들었지만 수정이가 유럽에 간 뒤에 두 분이 다시 합쳤다고 했다. 연애하던 시절로 되돌아간 기분이 들었고 그렇게 매주 데이트를 했으며 그러다가 그 기분 그대로 신혼처럼 다시 살자는 데 뜻을 같이했다고 수정이의 아버지가 전화로 알려주었다.

나는 진심으로 축하했고 계속 즐기시라고 인사를 건넸다. 통화를 끝내고 나자 이런저런 상념에 빠져들었다. 수정이는 지금 유럽에서 어떻게 살고 있을까, 친구들과는 어떤 사이로 지낼까, 아니 친구는 있기나 한 걸까, 애인이라도 생겼으면 좋을 텐데, 그것도 배려라고는 전혀 모르는 싸가지 없는 애인이라서 속 좀 태우고 애간장을 끓여본다면 더 좋을 텐데 하는 망상이 이어졌다. 나는 혼자 헛웃음을 쳤다. 재능이 있어도 그것을 관계 속에서 풀고 나누지 않으면 무용지물이 된다는 것을 수정이는 언제 어떻게 체험하게 될까 궁금했고 안타까웠다.

수정이 때문만은 아니지만 수정이가 유럽에 가고 나서 대안 학교에 입학하는 아이들이 많이 달라져 있다는 느낌이 강하게 들었다. 나만 그런 생각을 하는 게 아니었다. 담임을 맡고 있는 교사들은 이구동성으로 비슷한 걱정을 했다. 개교했을 당시에 온 아이들과 완전히 다른 세대의 아이들이 오는 것 아니냐는 추측 속에서 큰 틀의 교육 이념까지는 몰라도 성장의 의미와 대안적 학습 방식만큼은 달라진 아이들에게 맞게 바꿔야 할 때가 온 것이 아닐까 하는 염려가 늘어나고 있었다.

어쩌면 수정이는 우리 대안 학교가 지난 몇 년간 지향해 온 청소년 개인의 완성이라는 꿈이 어떤 종점에 이르렀는지를 보여준 샘플인지도 몰랐다. 독립적인 인격체로 인정받지 못하는 한국의 청소년을 바라보면서 "자율성에 기반한 창의적이고 능동적인 시민"으로 청소년 개인을 완성시키는 것, 사회와 학교와 부모의 삼중 억압에 시달리다가 탈출한 청소년에게 자기만의 방에서 온전한 개인으로 성장하도록 돕는 것, 내가 믿었던 대안 교육의 이념이자 방식이었다. 하지만 그것은 이미 다른 시대를 살기 시작한 현실의 아이들에게는 맞지 않게 된 근대적 개인주의의 유물로 남아야 할 역사의 이상일지도 모르겠다.

달라진 시대, 달라진 현실, 달라진 아이들에게는 다른 대안이 필요하다는 결론에 관해서는 담임들 모두가 공감하고 있었다. 문제는 달라졌다고 하는 것의 실체가 무엇인가 하는 데에 있었다. 다른 시대와 다른 현실에 대해서는 여기저기에서 이론과 경험을 끌어와 참고할 수 있지만, 달라진 아이들에 대해서는 머리 꼭대기에서 발끝까지 온전히 겪어보지 않고서는 함부로 규정하고 섣불리 실험할 수 없는 노릇이었다. 덕분에 대안 학교의 담임들은 물론이고 청소년문화센터의 모든 작업자들은 다시 한 번 대토론의 시즌을 맞이할 수밖에 없게 되었다. 우리 시대의 청소년은 누구인가?

그런 토론을 마친 날이면 나는 어김없이 과거로 더 과거로 거슬러 올라가는 시간 여행에 빠져드는 기분이었다. 가난한 부모가 땅 팔고 소 팔아서 대학까지 다닌 자식들의 성장기. 가고 싶은 길을 눈앞에 두고도 부모의 희생 때문에 다른 길을 선택해야 했던 청년들. 진저리가 나도록 불행했던 부모의 인생에 측은지심을 느끼지만 그렇게 살기 싫어서 아득바득 부모의 뜻을 거스르며 제 인생을 개척했던 젊은이들. 더러는 나처럼 어머니의 가슴을 멍울지게 만든 이야기들. 과거로 돌아갈수록 참으로 많은 종류의 결핍과 상처와 억압이 득시글거리면서 바로 그것들이 아이들을 스스로 성장하고 성숙하도록 삶의 동기를 준 것은 아닐까 하는 조심스러운 생각이 들기도 했다.

자유와 자율의 독립적인 개인을 완성한다는 교육적 기획은 이제 중심에서 주변의 자리로 옮겨 앉아야 할 것 같았다. 근대의 지루한 파산과 더불어 탈근대의 무중력 같은 깔끔한 혼돈이 뒤섞이면서 서로 의존하고 돌보는 관계의 소중함이 새로운 가치로 부상하고 있었다. 인생의 행복을 찾기 위해서든 아이들의 성장을 위해서든 도와달라고 말할 줄 알게 되고 감사하다고 마음먹을 줄 알게 되는 체험과 깨달음이 절실했다. 그것은 주체적인 개인의 완성보다는, 아니 관계 속에서만 가능한 성숙한 개인의 탄생을 이끄는 '오래된 미래'일지도 몰랐다.

수정이와 함께했던 그때로 돌아가서, 수정이가 입학을 위해 자신이 만든 다큐멘터리 영상을 보여주던 그 자리로 돌아가서, 내가 이미 그런 성찰을 하고 있었다면 어땠을까 하는 가정을 해봤다. 그랬더라도 나는 수정이의 생각을 근본적으로 바꾸어놓는다거나 혹은 관계 맺을 줄 모르고 관계 맺기를 싫어하는 수정이를 야단치거나 하지는 못했을 것이다. 다만 첫 학기 동안 "잘한다! 잘한다!"는 말로 수정이의 능력을 높이 살 줄만 알던 내 모습은 좀 거두어들이지 않았을까 하고 후회를 했다.

관계를 모르고 감사를 모르면서 자기 혼자 성장할 수 있다고 착각하는 아이에게는 어느 날 불쑥 찾아오는 실패들이 진짜 선생이 되어줄지 모르겠다. 고통스럽더라도 그런 경험을 통해서만 수정이도 부모와 자신을 도와주는 어른들과 친구들에게 고개를 숙이고 진정으로 고마워할 줄 아는 사람이 될 수 있을 것 같았다. 수정이에게 축복 같은 실패가 찾아오기를 바라면서 나는 그런 실패까지를 제공할 수 있는 대안 학교란 어떤 모습일지 다시금 공상에 빠져들었다.

● 준하

중학교를 자퇴하고 그때부터 줄곧 집을 나와서 떠돌이 생활을 하고 있었다. 가출인지 출가

인지 독립인지 여행인지 경계가 불분명한 상태로 떠돌아다니면서 마땅히 정해둔 거처도 없

이 여기서 하루 자고 저기서 하루 자는 유랑자처럼 살고 있었다.

"방이 부족해서요."…… 어린 나이에 돈도 없이 집을 나와서 정처 없이 사는 까닭을 묻자

준하가 설명해 준 이유였다.

징하네 진짜
징해

★

준하만 떠올리면 지금도 징글징글한 느낌이 되살아난다. 싫다는 뜻
이 아니다. 정말 끈질기고 진득하고 징글맞게 사랑스러운 사람이 준
하였다. 지금은 어엿한 청년이 된 준하가 십대였을 때에도 나는 준
하를 아이라고 부르지 않았다. 특히 담임을 맡은 뒤로는 아이라고
부를 분위기가 전혀 아니었다. 준하는 요즘에도 가끔 전화를 걸어
와 별 사연 없이 흐흐흐흐 웃다가 통화를 마치고는 정작 할 말은 이
메일로 따로 보내놓는 징글맞은 친구다.

준하는 열여덟 살에 내 학생이 되었다. 아니 학생이라기보다는 그
냥 나를 졸졸 따라오는 동네 후배처럼 곁에 붙어 다녔다고 해
야 옳겠다. 준하는 학교에서 진행하는 학습 프로젝트보다는 대안 학

교 특유의 자유로운 문화를 빌미삼아 나의 시시콜콜한 개인사에 끼어들고 엿보는 일을 즐겼다. 어찌 하다 보니 준하는 나의 사적인 이런저런 만남들에 늘 깍두기처럼 끼어 있었고 사회 운동 시절의 후배들을 만날 때도 같이 있었다. 그냥 둘이서 거리를 배회하거나 모르는 사람들과 어울려 술을 마신 적도 많았다. 준하는 나를 길잡이 삼아 떠도는 방랑자였다.

그런 자리마다 데리고 간 준하를 소개해야 할 때면 "제 학생입니다"라는 말이 입에서 떨어지지 않았다. 웨이브가 있는 긴 머리에 서구적인 외모를 가진 준하는 어찌 보면 백인 미소년 같고 어찌 보면 발랑 까진 느끼한 청소년 같았다. 생김새나 패션도 십대 청소년이라고 보기 어려웠고 특히 술자리인 경우에는 그때그때 분위기를 보고 아무렇게나 준하를 소개하고 넘겼다.

"내가 아는 동생이야."

그렇게 준하는 그럭저럭 알고 지내는 동생이었다가 잠깐 같이 일하는 후배가 되었다가 먼 친척뻘 조카도 되고 친구도 되고 그냥 준하도 되는 사람이었다. "준하라고 해"라고 이름만 알려주고 넘어가는 자리도 적지 않았다. 돌아보면 그 시절 준하를 소개하기 위해 즉흥적으로 동원한 그 많은 호칭들이 실은 나와 준하 사이를 설명해주는 적절한 말이었을지도 모르겠다.

★

첫 인연은 그날 밤이었다. 나는 매일 자정마다 라디오 프로그램 생방송을 진행하고 있었다. 10분쯤 남겨두었을까, 스튜디오로 들어가기 위해 방송국 복도를 빨리 걷고 있을 때 바지 주머니에서 진동이 느껴졌다. 준하의 전화였다. 청소년문화센터에서 평소 알고 지내는 사이였고 막 방송을 시작해야 할 시간이라서 안부 인사는 생략한 채 본론만 주고받았다. "왜 전화했니?" "오늘 밤 재워줄 수 있어요?" 잠시 침묵했고 다른 변명거리가 생각나지 않아서 "응" 하고 대답하고 말았다.

방송을 끝내고 준하에게 전화를 걸었을 때 나는 한 번 더 놀랐다. 방송국 건물 앞에 와서 30분 동안 기다렸다는 것이다. 다시 전화를 힐 테니 있는 곳에서 기다리라고 그렇게 약간의 여지를 만들어두고는 여차 하면 꽁무니를 빼려던 궁리는 물거품이 되고 말았다. 마치 밀착 마크라도 하는 전담 수비수처럼 준하는 어느새 내 코앞까지 와서 주변을 어슬렁거리며 흐흐흐흐 웃고 있었다.

캔맥주 두 개를 사들고 집으로 왔다. 준하는 내가 살던 원룸에 처음 와본 학생이자 잠을 자고 간 첫 번째 십대 청소년이었다. 나는 웃옷을 벗고 캔맥주부터 따고 있었다. 그때 "제가 먼저 씻어도 되죠?"라고 준하가 물었다. 긴 머리칼에는 기름기가 줄줄 흐르고 있었고 발에서는 고약한 냄새가 났다. 제 가방에서 타월과 칫솔 따위의 세면도구를 꺼낸 준하는 욕실에 들어가더니 아예 샤워까지 마치고 돌아와 자리에 앉았다. 그러고는 태연스레 남은 캔맥주를 땄다. 나는 피식 웃고 말았다. '이 녀석 웃기네.'

그날 새벽에 들은 준하의 살아온 이야기도 징하기는 마찬가지였다. 중학교를 자퇴하고 그때부터 줄곧 집을 나와서 떠돌이 생활을 하고 있었다. 가출인지 출가인지 독립인지 여행인지 경계가 불분명한 상태로 떠돌아다니면서 마땅히 정해둔 거처도 없이 여기서 하루 자고 저기서 하루 자는 유랑자처럼 살고 있었다. 집안에 불화가 있었던 것도 아니라고 하고, 부모도 집을 나간 어린 아들에 대해서 그러려니 하고 지낸다고 해서 참 묘한 아이라고 느꼈다.

"방이 부족해서요."

어린 나이에 돈도 없이 집을 나와서 정처 없이 사는 까닭을 묻자 준하가 설명해 준 이유였다. 다 큰 누나와 한 방을 쓰기도 그렇고 부모 틈에서 자기도 그래서 나와 산다고 말하더니 "맥주 더 안 드실래요?" 했다. 웃기는 녀석이었다. 돈은 내가 냈고 준하가 나가서 캔맥주를 더 사왔다. 어차피 주말이었기 때문에, 그리고 보니 토요일 밤을 택일해서 재워달라고 한 것 같기도 했고, 우리는 늦은 새벽까지 이야기를 재미있게 나눴다.

　그때 준하는 아직 내 학생이 아니었다. 청소년문화센터의 곳곳을 기웃대면서 온갖 일에 참견하기를 좋아하던, 자유게시판의 이상한 십대 논객이었다. 준하는 그 후에도 몇 번 더 내 원룸에 와서 자고 갔다. 집에 들어서면 어김없이 먼저 몸을 씻었고 자고 일어난 아침에는 또 한 번 긴 머리를 감았다. 그리고 제 가방에서 헤어 드라이기를 꺼내들고 한참 머리를 말린 다음 바닥에 떨어진 머리칼을 손으로 깨끗이 쓸어 모아 버리고 짐을 챙겨 나가곤 했다.

　"가끔 와도 되죠?"

　준하는 웃기는 친구였다. 한 번도 교회에 가지 않으면서 자신은 독실한 크리스천이라며 성경과 찬송가를 가지고 다녔다. 옷을 빼입고는 도심 번화가를 두리번거리다가 돌아와서는 "아무도 날 찍지 않네요" 했다. 그 거리에서 연예 기획사의 매니저들이 예비 스타를 헌팅한다는 소식을 들었다고 말한 다음에 한 행동이었다. 페미니즘이 매력적이기는 한데 조금 무섭다고 말하면서 페미니스트든 마초든 인간만 되면 되는 것 아니냐고 여성주의 토론 모임에서 제3의 길을 주장하다가 왕따가 되기도 했다. 그런 준하는 늘 실실 웃었다. 민망할 때도 잘못을 했을 때도 부탁을 할 때도 웃었다. 그 때문에 준하를 좋아하지 않는 사람도 있었다.

★

다행스러운 일은 준하가 잡다한 분야에 걸쳐 호기심이 많아 어디에서 굴러먹든 배우는 게 있다는 것이고, 특히 온갖 기계를 다루는 일에 재주가 있다는 점이었다. 준하는 중학교를 자퇴한 뒤부터 다니던 교회의 선배나 동네 형들을 통해 음향 스태프며 영상 콘서트 진행이며 이벤트 기획 등을 두루 경험한 터였다. 덕분에 아는 사람 집에서 한두 달씩 동거하는 일에도 능숙했고, 일 따라 인연 따라 이집 저 집을 전전하면서도 표정이 늘 밝았던 것 같다.

넉살좋게 여기저기 붙어 다니는 일종의 빈대 신세인데도 밉지 않고 은근히 호감을 끌어당기는 준하의 매력에 빠져서 나는 대안 학교에 들어오라고 했다. 이른 나이에 충분히 세상을 유랑했고 눈칫밥 먹는 요령도 익혔으니 이제는 체계적인 학습이 필요할 때라고 설득했다. 기다렸다는 듯 준하는 "저도 그럴 필요가 있다고 느끼고 있었어요"라고 흔쾌하게 대답했다. 그러고는 입학 시기에 맞춰 부모 동의서며 관련 서류 등을 갖춰 와서는 내 학생이 되었다.

그때부터 준하는 정식으로 나의 동행인이 되었다. 내가 가는 길마다 따라나서며 어깨 너머로 세상 사는 방법을 터득하는 별난 학생이었다. 학생이 되고 나서는 청소년문화센터에 있는 다섯 개의 스튜디

182

오를 전부 들락거리며 진행되는 거의 모든 프로젝트에 관여했다. 자신은 기획자가 되는 것이 꿈이라고 소개하면서 전체적인 윤곽과 핵심을 파악하는 자리를 선호했다. 누구도 그런 자리를 준하에게 제시한 적이 없지만 준하는 늘 그 자리에서 무언가를 하고 있었다.

문제는 늘 학기 말이었다. 그때가 돌아오면 한 학기 동안의 활동을 정리하고 '쇼하자'로 보여줘야 했다. 준하는 하고 있는 프로젝트가 언제나 제일 많았고 일도 솜씨 있게 잘했다. 게다가 내 권유를 받아들여서 값싼 자취방을 구하고 날마다 아르바이트를 두 탕씩 뛰며 월세와 용돈 정도는 벌 줄 아는 떳떳한 십대 생활인으로 변모해 있었다. 그런 준하가 자신의 학습과 성장에 대해 연설을 하거나 글로 발표하는 자리에 서기만 하면 부끄럼 많은 어린아이로 돌아가고 말았다. 한마디로 어리벙벙했다.

언젠가 대안 학교 전교생이 가는 1박2일의 여행지를 사전 답사하기 위해 변산에 갔을 때였다. 당연히 준하도 따라왔다. 그때 준하는 세 번째 학기중이었다. 일을 마치고 우리 둘은 변산의 한산한 밤바다를 바라보며 모래사장에 앉아서 소주를 마셨다. 주거니 받거니 하면서 웃고 떠들다가 준하는 홀러덩 뒤로 눕더니 밤하늘의 별을 보며 탄식 같은 한숨을 내쉬었다. 나도 별을 보려고 자빠지듯이 털썩 누우면서 "카, 좋다!" 크게 한마디 내지른 직후였다.

"저는 언어가 없는 것 같아요."

대안 학교 학생이 되기 전 자유게시판의 논객으로 최다의 리플을 달았을 때도 자기 말에 동조하는 사람이 거의 없었다, 지금 그때 썼던 게시판 글을 보면 말도 안 되는 내용이 너무 많아서 쪽팔린다, 행사를 기획하고 사람을 섭외하고 무대를 진행하는 일은 하겠는데 그것을 말이나 글로 보여주라고 하면 이상하게 잘 안 된다, 자신의 고유한 언어를 찾아서 특색 있게 말글을 다루는 아이들을 보면 부럽다, 나에게는 언어가 없는 것 같다, 인문학 책들을 열심히 봐야 할 것 같기도 하다, 답답하다, 는 것이 준하의 그날 밤 이야기였다.

★

대학생이 되었을 때 나는 매캐하고 수상한 분위기의 캠퍼스 문화에 쉬이 빨려 들어가지 않았다. 처음에는 사회 운동과 연관된 어떤 조직이나 그룹에도 들어가지 않았다. 그 대신 혼자 대자보를 살피고 돌아다니는 유인물이나 사회과학 서점에서 은밀하게 파는 문건을 사서 읽었다. 고등학생 시절 교회를 다니며 읽은 해방 신학 책들이 좋았고, 총을 들고 말 달리며 싸운다는 라틴아메리카 신부들의 전설 같은 이야기에 감상적으로 매료되어 있었다.

대학 첫 학기 늦은 봄이었다. 벤치에 홀로 앉아 있던 나에게 정체를 알 수 없는 아저씨가 다가왔다. 1980년 5월 광주에 대해서 아느냐고, 1970년대 민청학련 사건과 인혁당 사건을 아느냐고, 4·19 의거를 아느냐고, 유신 체제에 대해서 어떻게 생각하느냐고 물었다. 귀동냥으로 듣고 아는 범위에서는 아는 체도 했고 정확히 모르는 대목에서는 그저 고개만 끄덕이면서 반응을 보이자 어느새 옆자리에 앉은 아저씨는 고통에 찬 우리 사회의 현대사를 알아야 한다면서 전단지를 꺼내들었다.

"이거 읽어봤어요?"

결국 책 판매원의 정체를 드러낸 아저씨에게 나는 그날 《사상계》와 《씨알의 소리》 전질을 샀다. 받을 주소를 적어주고 갖고 있던 돈을 일부 선불로 줬으며 집에서 책을 받은 다음, 다시 캠퍼스로 방문한 아저씨에게 잔액을 건넸다. 허나 《씨알의 소리》는 두 권까지, 《사상계》는 한 권까지만 읽고 나머지 책들은 그냥 멋있게 책장에 꽂혔다. 읽지도 않을 책을 덜컥 사버린 데에는 그날 아저씨의 언변과 연출이 뛰어났기 때문이기도 했고, 질문을 받으면서 내가 너무 무식하다고 느낀 부끄러움 때문이기도 했다.

그 책들은 사실 재미가 없었다. 재미를 따지며 읽어야 할 책도 아니었거니와, 나의 흥미를 끌거나 궁금증을 자아내지도 못했다. 나는 동대문 헌책방을 찾아다니며 《뿌리 깊은 나무》를 모으기 시작했다. 1973년 창간호부터 1980년 폐간호까지 53권 전권을 빠짐없이 모으는 데 2년이 걸렸다. 창간호와 폐간호를 찾아서 손에 넣던 날의 흥분은 지금도 생생하다. 《뿌리 깊은 나무》는 중간중간 생략하며 읽었지만 전권에 내 침을 찍어가며 읽었고 지금도 가지고 있다.

하지만 그 책들이 나의 글쓰기나 말하기에 직접적인 계기가 된 것은 아니다. 어떤 영향을 주었을 테지만 그것은 나의 이야기가 아니었다. 나의 언어를 갖기 시작한 것은 어느 사회 운동 단체에서 주관한 작가와의 만남에 참석한 뒤였다. 빨치산 자료를 수집하고 생존자와 마을 사람들의 증언을 인터뷰해서 관련 소설을 펴낸 젊은 작가였다. 그는 빨치산에 연루되었던 자신의 부모와 가족사를 언급하면서, 거창하게 역사서나 이론서를 보고 글을 쓰지 말라고, 자신의 성장사와 가족사를 파헤치면 우리 현대사의 굴곡을 만날 수밖에 없다면서 자신이 겪은 이야기를 쓰라고 했다.

나는 그때서야 처음으로 내 나이 스무 살에 돌아가신 아버지에 대해 어떤 사람이었는지 궁금증을 가졌다. 북에서 피난 온 이산가족, 북에 이혼한 부인과 아이들을 남겨둔 채 남에서 다시 결혼을 한 남자, 그러던 어느 날 반신불수의 장애인이 된 운명, 허허 웃음 지으며 그저 열심히만 하면 된다고 말하던 아버지의 청춘에 대해 알

"저의 이런 여정을 도와주실 분을 찾습니다.

참가비 138만 원과 기타 경비를 후원받습니다.

한 푼 한 푼 좋은 일에 쓰고 은혜에 보답하는 사람이 되겠습니다."

고 있는 것이 하나도 없었다. 그 시기였던 것 같다. 어머니는 물론이고 고모와 외숙부 등 아버지의 젊은 날을 지켜본 친척 어른들은 물론 같이 피난을 왔다는 동향의 어른들에게 아버지 이야기를 묻고 다녔다. 그리고 난생 처음 나에 대해서 긴 글을 썼다.

★

석 달 동안의 방송국 인턴십 프로젝트를 마치고 세 번째 학기를 끝낸 준하는 졸업 프로젝트를 준비해야 했다. 단연 관건은 준하가 그토록 갈급하게 원하던 자신의 언어였다. 그동안 준하는 여러 사람의 추천을 받아서 제법 많은 분량의 인문학 책들을 열심히 읽어치우고 있었다. 그것도 물론 도움이 되었겠지만 나는 다른 궁리를 하고 있었다. 인턴십 프로젝트를 마치고 학교로 돌아온 첫날 우리는 마주보고 앉았다.

"이제 뭘 할까요?"

"잡지 내자."

준하는 그날부터 한 달을 꼬박 글만 썼다. 《퍼서널 매거진 준하 넘버 원》이 잡지의 이름이었다. 네가 얼마나 재미있는 사람인가를 잡지처럼 보여주자, 그러자면 네가 겪은 다양한 경험을 쓰는 게 좋다, 네가 마치 제삼자인 양 글 속의 너를 지켜보면서 약간의 각색을 해도 괜찮다, "나는 누구인가?" 이런 질문은 하지 말고 그냥 글 속의 주인공이 무슨 행동을 했고 어떤 문제에 직면했으며 그때 보여준 태도가 무엇인지를 구경하는 기분으로 글을 써라. 개인 잡지를 내자는 제안을 우두커니 듣고 있는 준하에게 나는 주문을 거는 심정으로 열심히 꾀었다.

그렇게 해서 준하는 모두 11편의 글을 썼고 40쪽 분량의 소담한 개인 잡지를 펴냈다. 아마 그렇게 많은 글을 그렇게나 오랜 시간 동안 써본 적은 처음이었을 것이다. 한 편의 글이 끝날 때마다 고치고 빼고 다듬고 추가하는 지루한 작업이 계속되었다. 같은 글을 열 번이나 다시 쓴 경우도 있었다. 다행인 점은 내가 준하의 동행인이 되어 비교적 이 꼴 저 꼴을 다 지켜본 때로 시간대를 좁혀놓은 터라서, "그 이야기가 나와야지?" 하면서 글의 흐름과 형식을 가다듬기가 수월했다는 사실이다. 아무리 그래도 그때를 떠올리면 징글맞기는 매한가지였다.

《퍼서널 매거진 준하 넘버 원》의 마지막 쪽에는 '고마운 분들'의 명단이 실려 있었다. "이렇게나 많은 분들이 계신 줄 몰랐습니다. 감사합니다!"로 시작하는 명단에는 100명이 훌쩍 넘는 많은 사람들의 이름이 올라가 있는데, 준하가 무엇을 고마워하고 있는지 전부 다른 사연이 한 줄씩 빼곡히 채워져 있었다. 이를테면 "100년마다 한 번이라도 연락해 주는" 친구에게 고마워하고, "폭력 교사였지만 학교를 떠날 때 잘되라고 말해줘서 용서되는" 중학교 담임에게 고마워하고, "어려울 때만 찾아서 죄송한, 내 변두리에 계신 하나님"께 고마워하는 식이었다.

개인 잡지를 펴낸 것으로 졸업 프로젝트를 마친 준하는 대안 학교의 첫 번째 졸업생이 될 수 있었다. 이후에도 준하는 필이 꽂혔는지 내 도움 없이 혼자서 《퍼스널 매거진 준하 넘버 투》와 《퍼스널 매거진 준하 넘버 쓰리》까지 펴냈다. 글쓰기에 관한 한 아주 뿌리를 뽑을 태세였다. 나중에 나온 잡지는 학교를 졸업하고 경험한 다양한 이야기들이 한 축이었고, 더욱 과거로 거슬러 올라가서 한 소년의 좌충우돌 성장 이야기를 넘나드는 것이 다른 한 축이었다. 그리고 역시나 감사한 사람들의 이름과 사연이 과거와 미래를 오가며 줄줄이, 정말 징글맞게 줄줄이 실려 있었다.

"그만 감사해라."

징글맞아서 나는 한마디 했다. 준하의 잡지가 새로 나올 때마다 그 말을 한 것 같다. 돌아보면 그 감사는 준하의 글이 갖는 감동이자 힘이고 원천이었다. 첫 번째 개인 잡지를 준비하던 때였다. 준하는 자기 이야기를 쓸 때 가끔씩 콧날이 찡한 적이 많았다면서 "왜 이렇게 감사한 사람이 많죠?"라고 말한 적이 있었다. 준하는 무슨 일이든 척척 해냈지만 말글에서는 콤플렉스를 갖고 있었는데 딱 한 가지 면에서 놀라운 능력을 발휘하고 있었다.

"무조건 찾아."

여성주의 토론장을 비롯해서 온갖 논의의 장에 참여했던 준하는 언제나 조금은 삐딱하게 제3의 길을 주장하며 실실 웃는 바람에 은근히 왕따를 당하는 상황에 빠지는 적이 많았다. 나는 그것이 준하의 이상한 사고방식이나 엉뚱한 발언 내용 때문이 아니라 건들거리는 듯한 태도와 관망하는 듯한 표정과 어떻게 결론이 나든 상관없다는 식의 말투 때문이라고 생각했다. 글 잘 쓰고 말 잘하기를 간절히 원하던 때라서 준하는 내가 해주는 충고를 듣고 군말 없이 그대로 실천했다.

누구를 만나고 오든, 무슨 대화를 나눴든, 심지어 손해를 보았거나 상처를 입었거나 화나게 만든 일이라도, 그 사람과 헤어지고 나면 이틀이 지나기 전에 반드시 '땡큐' 메일을 쓰라는 것이 내 충고였다. 그것도 그냥 고맙다는 것이 아니라 그에게 고마워하게 된 사연을 짧더라도 아주 구체적으로 생생하게 표현하라고 했다. 실은 나도 잘하지 못하면서 준하에게 대단한 비법이라도 알려주는 양 나는 그때도 마법의 주문을 걸듯이 잠시나마 탱큐 메일주의자처럼 행동했다.

준하는 탱큐 메일을 쓰면 나에게 먼저 보내야 했는데, 어디선가 막혀서 끙끙댈 때는 한 번의 충고만 듣고 나면 신기하게도 기막힌 탱큐 스토리를 찾아냈다. 아무리 생각해도 감사해야 할 게 하나도 없는 것 같은 사람이라서 준하가 건성으로 탱큐 메일을 써서 내게 보내오면 나는 "무조건 찾아" 그 말만 반복했다. 그러면 준하는 정말 그에게 진심으로 감사하는 사람으로 변해서 "너 이거 사실이야?"라고 내가 되물어야 될 정도로 구구절절 감사의 이야기를 쓰고 또 썼다.

★

가끔 준하를 떠올릴 때면 종교적인 성찰의 감수성이 많구나 싶은 생각이 들었다. 교회를 안 나가는 자칭 기독교인이기도 했지만, 무엇보다 자신의 과거를 낱낱이 돌아보면서 자신과 만난 모든 사람들에게 용서를 구하고 화해를 바라며 감사의 마음을 피워낸 성찰적 글쓰기가 준하 글의 요체였기 때문이다. 적당히 어느 선에서는 감출 줄도 알고 슬쩍 돌아가기도 해야 글맛이 난다고 새로운 충고를 해 줘도 준하는 내가 아는 한 끝까지 물컹물컹한 내용의 성찰이 가득한 개인 잡지와 탱큐 메일을 지속했다.

나는 지금도 내 자신의 언어를 갖는다는 것, 글을 잘 쓰고 말을 잘한다는 것의 명징한 거울을 보고 싶을 때면 준하의 개인 잡지를 뒤적이곤 한다. 준하의 글을 읽다보면 언어란 현란한 수사의 이면에서 사고하는 차가운 표현 능력의 조율이기에 앞서, 자신을 돌아보는 삶의 태도가 결정하는 자신과의 뜨거운 대면이라는 사실을 되새길 수 있었다. 준하는 개인 잡지와 탱큐 메일을 통해 누군가 다른 사람의 이름을 불러내서 그에게 감사하는 마음이 들었을 때라야 자신을 있는 그대로 볼 수 있다는 사실을 가장 많이 체험한 아이였을 것이다.

아버지가 돌아가시고 몇 년이 더 지난 다음에야 나는 아버지와 같이 산 지난 20년에 대해 아버지에게 용서를 구했고 아버지에게 감사의 마음을 전했다. 나를 세상에 낳기 전인 47년의 세월 동안 아버지가 어떤 사람이었는지 호감어린 궁금증을 가질 수 있었다. 한 푼의 돈도 벌어오지 못하는 장애인으로밖에 보이지 않았던 아버지의 팔을 부축해서 매주 교회를 다녀오는 효자였던 나는 속으로 아버지의 존재를 무덤덤하게 지우고 있었다. 덕분에 나는 함께 20년을 산 아버지가 관 속에 눕던 그날, 눈물이 나지 않은 내 모습이 이상해서 억지로 눈물을 쥐어짜다가 그냥 우두커니 타인의 몸을 바라보듯 쳐다보고 있었다.

내가 쓴 최초의 장문 습작 소설은 아버지에 대한 것이었다. 가물거리는 기억들을 막 인화한 사진처럼 뚜렷한 장면으로 만들어놓고, 전혀 모르는 블랙홀 같은 이야기는 상상의 날갯짓을 마음껏 펄럭이면서 아버지의 67년 생애를 하루하루 되살리는 기분으로 글을 썼다. 그 글을 쓰면서 나는 처음으로 나의 이야기를 할 수 있었다. 준하처럼 본격적인 수준은 아니었지만, 그렇게 나는 아버지라는 타인에 대해 용서를 구하고 감사하면서 나를 껴안을 수 있었다.

"저의 이런 여정을 도와주실 분을 찾습니다. 참가비 138만 원과 기타 경비를 후원받습니다. 한 푼 한 푼 좋은 일에 쓰고 은혜에 보답하는 사람이 되겠습니다. 입금계좌 모모은행 212-20-060689 장준하. 밥 사주마! 1~2만 원, 힘내라 장학금이다! 5만 원, 후원 및 투자 5만 원 이상. 1월 10일 출발합니다. 빠를수록 좋고 6일까

진 꼭 부탁합니다."

한 해를 마무리하는 어느 12월이었다. 정토회www.jungto.org의 일원이 되어 주로 동남아시아의 가난한 어린이들을 돕는 봉사 활동을 시작한 준하가 이메일을 보내왔다. 두 번째 인도 여행을 가게 되었노라고, 이번 여행을 다녀오면 군 복무를 마치고 인도에 장기 봉사자로 떠날 것이며, 국제 긴급 구호 전문가로 살아가겠노라고, 자신의 살아온 이야기를 간결하게 소개한 다음에 그렇게 쓰고 있었다. 징글맞았다. 준하는 이제 짧은 글을 통해서 거액의 돈을 조달하는 경지에 올라 있었다. 웃기는 녀석이었다. 나는 전직 담임의 체면도 있고 해서 후원 및 투자를 선택했다.

후원금 요청 이메일에는 준하의 1차 인도 봉사 여행 사진이 실려 있었다. 담배와 술을 끊고 단식과 마음 공부를 하면서 몰라보게 살이 빠진 준하의 청아한 얼굴이 새까만 소년들 사이에서 해맑게 웃고 있었다. 마치 머리를 깎고 승복을 입은 젊은 서양 청년을 보고 있는 것 같았다. 내가 저 사람의 교사였구나, 저 청년의 담임이었구나. 준하가 처음으로 아이처럼 느껴졌다. 나는 내가 처음으로 준하의 선생이 된 것 같았다. 그해 나는 징하게 기분 좋은 한 해를 마무리했다.

● 혜정

소박한 행복을 가꾸며 평범하게 살아가는 부모와 달리 언뜻 이상해 보이는 방식의 삶을 고

집하는 특별한 아이가 혈연으로 묶인 가족이 혜정이네였다. 아이는 대안 학교에 왔고 가족

은 흩어졌다. 혜정이는 열입곱 살의 나이에 독립해서 부모가 알 수 없는 세계로 떠나버렸다.

먹고 살기 힘드네요

★

눈을 감고 단 몇 분만 햇살에 몸을 맡겨놓아도 금세 나른해지는 새 봄이었다. 그 무렵 나는 매일 오전마다 심리학과 광고학을 혼합한 글쓰기 프로젝트를 진행하고 있었다. 수강생은 내 반 아이들이었다. 정해진 분량만큼 미리 책을 읽어와야 했고 약간의 글도 써와야 했 다. 아이들의 눈빛은 조회를 겸한 시작 10분과 점심 식사를 알리는 종료 전 10분 동안에는 초롱초롱했다. 하지만 각자 글을 낭독하거 나 즉흥 작문을 하는 대부분의 시간 동안에는 돌아가면서 꾸벅꾸벅 졸기 일쑤였다.

딱 한 명의 예외가 있었다. 혜정이. 그 아이는 한 번도 졸지 않았 다. 그렇다고 글쓰기 프로젝트 내내 집중한 건 아니었다. 혜정이도 시작 10분과 종료 10분 그리고 자기 발표를 할 때에만 열심이었다. 나머지 시간에는 딴 책을 꺼내서 보거나 이어폰을 꽂은 채 제각각 널브러진 아이들의 모습을 물끄러미 구경했다. 독해와 작문에서 모두 뛰어난 능력을 보였고 과제도 똑 부러지게 해왔기 때문에 나는 잠자는 아이들을 내버려두었듯 혜정이도 그냥 지켜보고 있었다.

"언제까지 계속하실 건가요?"

"꾹 참고 중학교를 졸업하자마자 곧장 대안 학교로 달려왔다"고 자신을 소개해서 입학 인터뷰 때부터 인상에 남았던 혜정이는 덩치도 작았고 얼굴도 주먹만 했다. 몸무게도 무척 가벼웠는데 먹는 것도 안쓰러울 만큼 양이 적었다. 게다가 목과 팔다리 등 몸의 뼈마디는 뾰족하게 깎아놓은 수수깡 같은 느낌을 주었다. 그런 혜정이의 팔목을 잡거나 어깨에 손을 얹을 때면 조심스러웠다. 처음에는 왜소한 외모 때문에 자칫 부서지거나 아파할지 모른다는 무의식적인 염려였고, 나중에는 꽤나 깐깐한 성격을 알고 나서 의식적으로 취한 행동이었다.

그날은 글쓰기 프로젝트의 한 학기 일정이 절반쯤 지난 무더운 봄날이었다. 나는 새로운 주제로 작문을 시킨 다음 아이들이 전날 써온 글을 읽고 있었다. 끙끙거리는 것 같던 아이들은 하나둘 책상에 엎드렸고 잠시 뒤에는 거의 모두 자고 있었다. 한 아이가 세수를 하겠다며 밖에 나간 직후였다. 상체를 꼿꼿이 세우고 테이블 저 너머에서 유일하게 나를 바라보던 혜정이가 이어폰을 뽑고 말했다. "언제까지 계속하실 건가요?" 따지는 말투도 아니었고 안타까운 느낌도 없었다.

"뭘?" 하고 되물었다. 혜정이는 무미건조한 목소리를 연기하는 배우처럼 나를 똑바로 쳐다보고 설명했다. 효율이 떨어지는 진행 방식에 대해서, 필요성을 절감하지 못하는 아이들에게 굳이 글쓰기 공부를 시키는 이유에 대해서, 잠자는 아이들을 내버려두고 있는 태도에 대해서, 다른 방법으로 프로젝트를 진행해야 할 때가 아니냐는 제안까지, 마치 수업에 참관한 외부 관찰자의 비판처럼 단번에 긴 이야기를 쏟아놓은 다음 혜정이는 입을 꾹 다물었다. 철렁 가슴이 내려앉았지만 그 이유는 다른 데 있었다.

★

아이의 성장에는 몇 가지 유형이 있는 것 같다. 산만하게 여기저기 기웃거리며 자랐으나 어디에서도 딱히 두각을 나타내지 못하는 아이가 있다. 내가 그랬다. 오지랖 넓게 곳곳을 들쑤시는 일들로 점철된 내 성장기는 먼 훗날이 되어서야 빛을 발휘했다. 대안 학교에서 만난 아이들 중에는 나처럼 관심사가 여러 분야에 뻗쳐 있으면서도 나와 다르게 고루 두각을 보여주는 아이들이 의외로 많았다. 덕분에 관찰하는 일이 흥미로운 편이었다.

반면 한 분야에서 외곬으로 뛰어난 아이는 거의 만나보지 못했다. 혜정이는 내가 만난 유일한 외곬 소녀였다. 모든 신입생은 첫 학기에 몸과 머리와 가슴을 고루 사용하는 공통 프로젝트에 참여해야 했다. 그 모든 분야에서 혜정이는 이해와 속도가 제일 빨랐다. 허나 자신의 꿈은 게임 기획자라며 입학할 때부터 확고하게 진로를 밝힌 유일한 신입생이기도 했다. 게임 기획을 전문적으로 하는 작업자가 따로 없었지만, 신입생 첫 학기는 균형에 초점을 맞춘 통합 과정이어서 크게 걱정하지 않고 있었다. 그렇게 서로 데면데면하게 지내던 시기였다.

평소와 다름없이 글쓰기 프로젝트를 진행하던 그날 혜정이의 독백 같은 지적을 받은 뒤 아차 싶었다. 그때부터 나는 혜정이를 대하는 방식을 바꿨다. 글쓰기 프로젝트 시간에 본 딴 책들은 전부 게임 잡지나 판타지 소설이었고 이어폰으로 들은 것도 전부 게임 음악이었다. 혜정이의 블로그는 음식 칼럼과 가볼 만한 여행지와 권하고 싶은 음악 등 다양한 코너를 꾸며놓고 있었지만, 그것도 알고 보면 물음과 답변이 곳곳에서 꼬리를 물고 이어지는 일종의 미로 게임이었다.

이 아이에게는 세상만사가 게임으로 통하는구나, 하는 뒤늦은 결론을 내린 나는 그때부터 혜정이의 이야기를 열심히 들었다. 말 그대로 이야기를 듣기만 했다. 그때부터 혜정이는 틈만 나면 나를 찾아와서 이야기를 늘어놓았다. 자기 할 일만 하다가 갑자기 모노 드라마의 주인공처럼 서론부터 결론까지 단숨에 자기 주장을 쏟아놓은 다음 입을 꾹 다물어버리는 별난 아이인 줄만 알았는데 그렇게나 수다를 즐길 줄은 꿈에도 몰랐었다. 나는 혜정이와 그렇게 친해졌다.

"비싼 옷 입고 고급 음식 먹는데 열라 쩝쩝거려요. 남자는 분명 자기가 원하는 것은 몽땅 게걸스럽게 먹어 삼키는 탐욕의 괴물일 거예요. 같이 온 여자는 웃을 때마다 손으로 입을 가려요. 같이 있기 싫은데 교양을 떨려니까 그 손 어색한 거 막 보이는 거 있죠. 틀림없이 바라는 게 있으니까 끝까지 버틴 걸 거예요. 늙은 웨이터는 촐랑대면서 팁 받으려고 서비스 오버하고 완전 티내고. 아, 음식 값 더럽게 비싸고 분위기 꽝이라니까요, 꽝!"

소문을 듣고 찾아간 고급 레스토랑에서 겪었다는 에피소드의 한 토막이었다. 그나마 이런 이야기는 듣기에 괜찮았다. 주제가 게임으로 빠지기만 하면 알아듣지 못할 전문 용어와 캐릭터 이름 때문에 나는 귀머거리 신세였다. 게임 잡지에 투고하고 소정의 원고료를 받는다거나, 게임업계에서 청소년 모니터링 요원으로 부를 만큼 실력을 인정받고 있다는 정도를 빼면, 이야기를 하는 자기 자신에게 푹 빠져 있는 혜정이의 과장된 표정이나 말투에 빨려드는 관객 노릇이 그나마 내가 즐겁게 하는 일이었다.

실제로 혜정이는 한번 말문이 터지면 천부적인 재능을 갖고 태어난 연출가나 배우처럼 자신의 표현 능력을 맘껏 발휘하는 타고난 이야기꾼 같았다. 어디까지 사실이고 어디부터 지어낸 것인지, 아니 그런 구분이 무의미할 만큼 혜정이는 자신의 머릿속에 뒤엉켜 있는 환상과 현실의 복잡한 실타래를 끝없이 풀어내면서 속속 흥미진진한 게임으로 바꿔놓아야 비로소 존재감을 맛볼 수 있는 괴팍한 소녀 같았다. 나는 청소년문화센터를 후원하고 있는 한 게임 회사에 혜정이를 인턴으로 보내야겠다고 생각했다.

사건은 혜정이가 게임 회사의 인턴십 프로젝트를 수행하느라 학교에 거의 나오지 않은 두 번째 학기에 벌어졌다. 혜정이가 거의 반쯤 미쳐서 잠도 안 자고 먹지도 않고 일만 한다는 소식이 들려오고 있었다. 물고기가 물을 만난 셈이었다. 그런 어느 날 학교로 혜정이 어머니가 왔다. 아이 아빠도 퇴근하고 오는 중이라면서 어머니는 말이 없었다. 이윽고 아버지가 도착하자 두 분은 말문을 열었다. 내 앞에 앉자마자 "그게 아니잖아" 하면서 혜정이 부모는 서로 살을 보태고 빼느라 가볍게 흥분해 있었다.

"휴대폰 번호를 바꿨어요."

말끝을 흐리던 혜정이 어머니는 눈물을 훔쳤다. 아버지는 "에이, 이 사람 참" 하면서 크게 걱정할 일이 아니라며 아내를 다독였다. 독립을 선언한 혜정이가 집을 나갔다는 것이다. 집에서 게임 회사를 다니기에 거리가 멀어서 몸이 힘들었다는 것과, 일에 전념하려면 집에 와서 어머니와 사소한 말싸움으로 에너지를 뺏기고 싶지 않다는 것이 혜정이가 밝힌 이유라고 했다. 전자의 이유에는 부모가 모두 공감했지만, 후자의 이유에 대해서는 덤덤했던 아버지와 달리 어머니는 섭섭한 심정을 감추지 못했다.

혜정이 어머니는 집을 나가서 혼자 살 십대 딸아이의 음식이며 옷가지며 방청소 등을 손수 챙겨주고 싶었지만 혜정이는 일언지하에 거절했다고 했다. 자취방 주소도 알려주지 않던 혜정이는 어머니의 전화가 잦아지자 일방적으로 휴대폰 번호를 바꿔버렸다고 했다. 그러다가 간만에 집에 왔을 때 "그거 엄마가 사준 휴대폰이잖아! 왜 말도 안 하고 맘대로 바꾸니?" 하는 어머니의 핀잔에 "그럼 제 돈 주고 새로 살게요" 하는 딸아이의 심드렁한 말대꾸가 문제의

도화선이 되었다고 했다.

나중에 혜정이는 나의 중재를 받아들여서 집 주소와 새로운 휴대폰 번호를 알려주었다. 단 조건이 있었다. 자취방에는 절대 방문하지 않는다는 것과 전화는 꼭 필요한 용무가 아니면 걸지 않는다는 것. 걸더라도 오후 9시 이후에 걸라는 것. 부모도 조건을 걸었다. 한 달에 한 번 집에 와서 자고 가는 것. 이조차 처음에는 일주일에 하루를 원하던 부모가 거듭 양보해서 합의된 약속이었지만, 혜정이는 한 달에 딱 한 번 밤늦게 찾아온 부모의 집에서 꼬박 밤을 새우며 인터넷을 하다가 새벽 일찍 갔다고 했다.

부모에게서 듣는 혜정이 이야기와 혜정이에게서 듣는 부모 이야기를 합쳐보면 얼추 가족 그림이 나왔다. 부모는 아이를 키우면서 딱히 잘못한 것이 없었다. 아니 부모는 아이를 사랑했고 정성껏 보살폈다. 아이도 부모를 미워하지 않았다. 머리로는 부모의 헌신을 잘 알고 있었고 말로는 흔쾌하게 인정하고 있었다. 단지 부모와 아이의 체질이 너무 달랐다고 해야 할까? 현격한 세대 차이라고 해야 할까? 이른바 질풍노도의 시기를 전속력으로 달리는 딸아이와 중년의 나이에 가벼운 우울증에 시달리는 어머니의 어긋난 감수성이라 해야 할까?

내 힘으로 처음 돈을 번 것은 스물두 살 때였다. 그때 나는 군 입대를 앞두고 백화점 세일 기간에 맞춰 선물 세트 배달을 했고 대학 병원 건설 현장의 잡부로 주야간 일을 했다. 그렇게 두 달간 일해서 번 돈의 일부로 어머니께 금반지를 사드렸다. 물론 과외 선생을 하기도 했지만, 그렇게 번 돈은 사회 운동을 하는 동료들과 함께 쓸 곳이 따로 있었다. 본격으로 돈을 벌어야겠다고 결심한 것은 그보다 훨씬 나중인 서른 살 때였다. 그때 처음으로 월급 봉투라는 것을 가슴에 품고 아버지와 어머니가 합장되어 있는 산소를 찾아갔다.

사회 운동을 하던 이십대 10년간 돈 없이 살아가는 데 별 지장이 없었다. 원체 돈 쓸 일 없이 지냈던데다 몸담고 있는 조직에서 약간의 돈을 조달해 주는 친구들이 따로 있었기 때문에, 그때그때 개인적으로 필요한 돈을 알아서 충당하는 정도를 빼면 다달이 월급이나 목돈의 필요성을 느낀 적이 없었다. 게다가 그때의 나는 정기적인 수입이 없으면 죽을 것처럼 돈에 얽매여 사는 이 세상 대다수의 평범한 사람들을 가엾게 바라보거나 안타깝게 생각하고 있었을 것이다.

그런 내 태도가 달라진 것은 나보다 먼저 조직을 나가서 늦깎이 직장인이 된 선배 때문이었다. 나를 사회 운동으로 이끌었던 선배는 자신의 운동 경력을 활용해서 비교적 손쉽게 돈을 벌 수 있는 일들을 마다하고 작은 회사의 말단 직원이 되었다. 작정한 듯 결혼을 했고 아이를 낳았다. 나는 선배를 찾아가서 사회 운동과 돈벌이를 겸하는 사업을 제시하고 같이 일하자고 설득했지만 번번이 거절당했다. 그런 자리마다 언성을 높이며 말싸움을 거는 나에게 선배는 나지막이 말했다.

"넌 직장에서 부하 직원으로 살아봤니? 쥐꼬리만한 월급 받고 한숨 쉬어본 적은 있니? 결혼하고 애는 길러봤니? 그게 생활이야."

다들 그렇게 산다고 했다. 고단하고 애틋한 그 생활을 살아보지 않고서 민중을 말하는 것이 싫다고 했다. 아침 일찍 출근하고 밤늦게 퇴근하고 월급 받아서 한 잔 하고 사글세 내고 아이 기르고 장차들어갈 교육비와 내 집 마련을 위해 돈 쪼개서 적금 드는 생활, 끝없이 반복될 것 같은 그런 생활에 진저리가 나지만 그때마다 그렇게 자문한다고 했다. 직장인의 쳇바퀴를 달려본 적도, 월급에 연연해한 적도, 결혼하고 아이를 낳아 길러본 적도, 한마디로 생활인이라면 누구나 안고 사는 평범한 부담을 나는 전혀 갖지 않고 있었다.

그때 나는 직업적인 사회 운동가로서 특별한 삶을 살려면 가정을 가져서도 안 되고 직장을 다녀서도 곤란하다고 생각했다. 돈은 필요할 때 조달하면 된다고 믿었다. 그렇게 사회 운동에 동원되는 자

"먹고 살기 힘드네요."

금이 실은 선배처럼 평범한 생활인의 돈을 이런저런 대의명분과 인간 관계로 빌려오는 것이나 다름없다는 사실을 가슴으로 느끼고 있지 못했다. 그 처연한 밥벌이의 자리에 직접 서보지 않고는 알 수 없는 생활의 모지락스러운 의미를 이드거니 견뎌보지 않고도 주는 돈마다 덥석 받아와서는 당신들을 위해 쓰겠노라 당당했던 내 착각을 깨준 것은 선배가 자신에게 던지곤 한다는 그 질문들이었다.

★

소박한 행복을 가꾸며 평범하게 살아가는 부모와 달리 언뜻 이상해 보이는 방식의 삶을 고집하는 특별한 아이가 혈연으로 묶인 가족이 혜정이네였다. 아이는 대안 학교에 왔고 가족은 흩어졌다. 혜정이는 열입곱 살의 나이에 독립해서 부모가 알 수 없는 세계로 떠나버렸다. 부모는 딸아이를 이해하려고도 하고 그리워하기도 하고 섭섭해하기도 하면서 떨어져 사는 연습을 시작했다. 혜정이는 두 학기 만에 대안 학교를 정리하고 아예 게임 회사에 취직했다. 그와 동시에 학교를 찾는 혜정이 부모의 발길도 뜸해졌다.

1년의 세월이 지난 어느 날이었다. 연락이 없던 혜정이가 불쑥 학교로 찾아왔다. 두 번째 학기의 인턴십 프로젝트를 마무리해야 했던 1년 전 혜정이는 게임 회사 일에 푹 빠져서 학교 생활을 방치하고 있었다. 그럴 때마다 나는 재촉을 했지만 전화 저 너머의 먼 곳에 있는 혜정이는 너무 재미있어서 죽을 지경이라는 회사 이야기로 내 정신을 쏙 빼놓기만 했을 뿐이다. 그런 혜정이가 굳이 대안 학교를 다녀야 할 이유가 없다고 생각한 나는 그러려니 했었다.

그런 혜정이가 1년 만에 초밥 도시락과 커피 우유를 사들고 점심 시간에 맞춰 내 앞에 나타났다. 전과 다름없이 회사 다니는 이야기로 한껏 신이 난 혜정이의 배우 같은 표정과 요란한 몸짓을 바라보던 나는 훌쩍 성숙해진 혜정이를 느낄 수 있었다. 내가 말을 하면 진지하게 경청했고 물어보면 또박또박 대답해 주었다. 혼잣말이 아니라 대화를 나눌 줄 알 만큼 여유롭게 상대를 배려하고 있었다.

그러나 지난 1년 동안에도 부모에게는 통 연락을 하지 않은 것 같았다. 그새 어엿한 직장인이 된 혜정이는 새 휴대폰과 함께 번호를 또 한 번 바꿨고 집도 더 좋은 곳으로 이사를 한 모양이었다. 딸아이의 집주소도 전화번호도 알지 못했을 부모는 얼마나 속을 끓이며 살았을까 싶어 혜정이에게 집에 한번 가보라고 말해주었다. 살짝 웃더니 "그럴게요"라고 대답했지만 그럴 것 같지 않았다. 대화가 막바지에 이르렀을 때였다. 환하게 웃음을 지어보이더니 메모지를 한 장 내밀었다.

"내 매니저 전화번호예요."

이십대 후반의 남자 친구가 쓰는 휴대폰이라고 했다. 게임업계에 종사하는 사람이라고 했다. 말은 하지 않았지만 동거를 하는 눈치였다. 그러나 이번에는 가슴이 철렁 내려앉지 않았다. 열여덟 살의 여자아이가 열 살이나 많은 남자와 같이 사는 데 따른 통속적인 염려나 구질구질한 걱정거리가 떠오르지 않았다. 혜정이라면 스스로 생활의 규율을 정해두고 잘 지키면서 살지 싶었다. 하고 싶지 않은 일은 결코 하지 않을 것이고, 하고 싶은 것이면 어떻게든 하면서 살 것이 분명했다. 혜정이는 이미 세상 밥벌이의 이치를 몸소 겪어 알고 있는 풋내기 생활인이었다.

"먹고 살기 힘드네요."

시계를 보더니 빨리 직장으로 돌아가야 한다면서 던진 그 한마디는 혜정이의 근황을 잘 말해주고 있었다. 신기하게도 혜정이가 다녀가고 한 달 정도 지나 혜정이 아버지에게 전화가 왔다. 할아버지가 돌아가셨다고, 혜정이는 도통 연락이 없고 전화번호는 모른다고, 아이 엄마는 울다가 지쳐 딸아이를 보지 않겠다고 한다고, 장례식에는 왔으면 좋겠는데, 선생님이 혜정이에게 이야기를 해줬으면 한다고, 연락도 없다가 이런 부탁을 해서 미안하다고.

혜정이가 매니저라고 알려준 남자 친구에게 전화를 했다. 그는 혜

정이의 휴대폰 번호를 알려달라는 나의 부탁에 "본인의 허락 없이
안 됩니다"라고 대답했다. 나는 자초지종을 말하고 소식을 전해달
라고 부탁했다. 그는 정중하게 "꼭 전하겠습니다"라고 했다. 혜정
이는 다음날 나에게 연락했다. 발인 날짜와 장례식장을 알려주었다.
가겠다거나 안 가겠다거나 하는 어떤 대답도 없었다. 그냥 전화 저
너머에서 가만히 내 이야기를 들었고, "고맙습니다"라는 작은 음성
과 함께 통화는 끝이 났다.

　며칠이 지난 뒤 혜정이 어머니의 전화를 받았다. 물기가 촉촉한
목소리였다. 혜정이가 장례 마지막 날에 왔다고, 온 가족이 장지를
다녀왔으며 그 뒤로도 며칠간 집에 머물렀다고 했다. 할아버지가 돌
아가시면서 혜정이의 방문이라는 뜻밖의 선물을 주신 것 같다고, 얼
마나 싹싹하고 예의 바르게 잘하던지, 모처럼 모녀가 두런두런 이
야기를 나누었다고, 비로소 사는 것 같았다고, 혜정이는 다시 갔지
만, 사는 집 주소와 휴대폰 번호를 적어주고 갔다면서 혜정이 어머
니는 목소리를 계속 가늘게 떨고 있었다.

★

나는 대안 학교에서 만난 모든 아이를 저마다 특별한 인생의 소유

자라고 생각했다. 아니 이 세상의 아이들 모두가 각자 특별하며 그만큼 자기답게 자라기를 원했다. 아이들은 또래끼리도 같지 않거니와 부모하고도 같을 수 없는 자기 삶의 유일한 주인공이라고 믿고 있었다. 칼릴 지브란의 《예언자》에 나오는 "당신의 아이는 당신의 아이가 아니다. 그들은 당신을 통해 왔지만 당신으로부터 온 것이 아니다"라는 말을 좋아했다. 그런 아이들을 단지 나이와 경험이 부족하다는 이유로 혹은 부모라는 이유로 자신과 비슷하게 만들려고 하는 그 어떤 시도도 용납될 수 없다고 생각했다.

그러나 혜정이네 가족을 알고 나서 생각이 조금씩 달라졌다. 제 아이를 자신들이 살아온 방식대로 사랑하고 그 방식대로 사랑받고 싶어하는 부모의 평범한 생활 속에서 어떤 특별함을 찾아보고 싶었다. 동시에 아이 저마다 지니고 있을 특별한 성장의 씨앗들이 부모라는 평범한 대지 위에 뿌리를 내리면서 건강하게 자라나는 방법에 대해서도 생각하기 시작했다. 평범함 속에 숨어 있는 특별함을 찾아내고 특별함이 보듬어야 할 평범함이 무엇인지 궁금해졌다.

"한 사람 몫 하잖아요."

울먹이는 목소리로 말을 잇지 못하던 혜정이 어머니에게 나는 그 한마디 말을 하고 통화를 끝냈다. 그 뒤로 혜정이는 물론 혜정이의 부모도 통 만나지 못했다. 허나 이미 든든한 믿음이 있었다. 먹고

살기 힘든 세상을 안다는 것은 인생의 출발점에 제대로 섰다는 뜻
이었다. 밥벌이의 고단함 속에서 자신을 책임질 줄 알며 소중한 사
람들을 배려할 수 있다는 뜻이었다. 한 아이가 한 사람의 몫을 하기
까지 성장하는 데 필요한 온갖 시행착오의 과정이 교육이라면 혜정
이는 자기 교육을 제대로 하고 있었다.

물론 혜정이는 어머니와 소통하는 방법을 조금은 더 고민하면서
철이 들어야 할 것이다. 자신이 좋아하는 일로 자기 고용을 실현한
혜정이는 두뇌 회전이 빠르고 성격이 급해서 곧장 핵심을 찌르는 대
화를 선호했다. 반면 혜정이 어머니는 말을 돌려서 하는 편이었고
그렇게 했던 말을 하고 또 하면서 자신의 마음을 알아주길 바라는
편이었다. 혜정이는 어머니의 늘어지는 말이 불필요한 잔소리처럼
들렸을 것이고, 어머니는 혜정이의 깡마른 거절이 야속하기만 했을
것이다. 혜정이가 나이를 먹으며 달라지는 수밖에 없지 싶었다.

그러나 한 가지 분명한 예감은 혜정이라면 앞으로 겪게 될 세상
살이와 인간 관계의 숱한 모순까지 자신의 게임 이야기 속으로 빨
아들일 거라는 사실이다. 비록 게임의 세계이지만 온갖 이야기를 만
들어내고 고치고 가다듬는 혜정이는 어머니를 비롯한 가족의 이야
기마저 보듬고 갈 것이다. 가끔은 날카롭게 입바른 소리를 해서 눈
총을 받기도 할 테지만 기죽는 법이 없는 혜정이는 가상과 현실의

숱한 이야기들에 파묻혀서 가족에 대한 연민의 감성도 배우게 될 것이다.

자기 이야기에 흠뻑 빠져 있는 동안에는 까르르 웃었다가 하이 소프라노 톤으로 치솟았다가 갑자기 심각해졌다가 궁금하지 않느냐며 애절한 표정을 지어보이던 혜정이를 떠올리면, 나는 잠시나마 그 아이 앞에서 삼매경에 빠진 듯 멍하니 이야기를 들었던 그때를 행복하게 기억하게 된다. 이야기를 할 줄 아는 아이, 이야기를 만들 줄 아는 아이, 그 아이는 언젠가 곧 자신의 밥벌이와 돈벌이에 얽힌 세상 이야기와 부모 이야기마저 재미있는 게임처럼 각색해서 다시 한 번 나에게 들려줄지 모르겠다.

돌아보면 혜정이는 인생 여행중에 한 번쯤 들를 필요가 있었던 대안 학교라는 정거장에 와서 잠시 머물렀다가 기다렸던 차를 갈아타고 원래의 목적지를 찾아 길을 떠난 나이 어린 나그네 같다. 가고자 하는 길이 분명한 아이에게는 이 세상이 고스란히 학교가 되어주면 될 터였다. 다니는 게임 회사도, 같이 살지 싶은 남자 친구도, 한때 담임이었던 나도, 서로 떨어져 살면서 가끔씩 만나게 될 가족까지도 혜정이에게는 언제고 다시 들르면 족할 정거장이어도 좋겠다는 생각이 들었다.

★

가끔 혜정이를 떠올리는 날이면 나는 회상의 끄트머리에서 부모님 산소에 가고 싶다는 충동에 빠지곤 했다. 부모님을 합장한 산소에 가서 우두커니 등지고 앉은 다음 창공을 향해 두런두런 혼잣말을 하고 싶어지기 때문이다. "어머니, 아버지. 저 이제 한 사람 몫 하고 살아요"라고, "결혼도 했고요, 아내랑 알콩달콩 생활하고 있어요"라고, "이렇게 한 살 두 살 먹고 사네요"라고, "근데요, 먹고 살기 꽤 힘드네요"라며 머쓱한 웃음도 지어보이고 싶었다.

그렇게 산소에 다녀온 날 저녁에는 아마도 선배에게 전화해서 소주 한 잔 하자고 불러낼 것 같았다. 그럼 선배는 순순히 약속 장소로 나와줄 것이다. 내가 스물두 살에 처음 번 돈 이야기에 대해, 그 돈으로 어머니께 사드린 금반지에 대해, 지금은 어머니 대신 내 오른손에 끼고 있는 그 금반지에 대해, 그리고 쥐꼬리만한 월급 봉투를 받는 직장인이자 생활인으로 살아가는 나 자신에 대해 주절주절 이야기를 하고 싶어질 것 같았다. 그럼 선배는 이렇게 말해줄 것 같았다. "종휘, 너 다 컸구나."

● 재식

특히 몸을 쓰는 프로젝트에서 강사들은 재식이를 두고 귀찮음과 게으름의 왕자라며 혀를 내둘렀다. 이유를 알기 위해서 물어보면 끝에 가서 나오는 대답은 "하기 싫다"는 말이 전부였다. 그것을 왜 하기 싫은가 물어보면 "그냥 그것이 싫다"고 말하면 끝이었다.

아무것도
하기 싫다

★

내가 일한 대안 학교는 도심 한복판에 있었다. 서울이나 수도권에 사는 아이가 많이 입학했지만 지방 아이도 제법 들어왔다. 초기에는 부모의 반대를 무릅쓰고 상경하는 아이가 많았고, 나중에는 부모의 소극적인 방치나 적극적인 권유로 찾아오는 아이가 늘어났다. 지방에서 올라온 아이들의 첫인상은 대개가 촌스러웠다. 이런 감성에 가치 판단이 결부되면 서울 중심적인 편견이 되겠으나, 겉보기에 패션은 한물 지난 유행이었고 표정이나 말투는 지방색을 띠고 있었다. 그러나 한 학기가 지나기도 전에 지방 아이들의 모습은 서울 패션으로 완전히 달라져 있곤 했다.

　재식이는 고향에서 다니던 고등학교를 자퇴하고 열여덟 살에 우리 학교에 왔다. 여느 지방 아이들과 다르게, 입학해서 대안 학교를 그만둘 때까지 2년 반 동안 일관되게 촌스러운 아저씨 패션을 유지한 아이였다. 패션에 관한 한 재식이는 지방 출신 학생 중에서 독보적이었다. 학교를 다니던 내내 그 어떤 학습 프로젝트에서도 가시적인 성과를 내지 못했지만 나는 재식이를 은근히 아꼈다. 아무래도 재식이의 그런 일관된 무심함이랄까 무덤덤한 패션을 좋아했던 것 같다.

첫 담임이 되었을 때 딱 벌어진 어깨와 단단한 몸집에 태권도 유단자라는 재식이를 주목했다. 그러나 재식이는 입학 인터뷰를 할 때 나를 망설이게 만든 아이였다. 인문학적 마인드를 바탕에 두고 문화적 기획력을 강조하는 분위기의 우리 학교와 어울릴 성싶지 않은 학생이었기 때문이다. 재식이의 말하기와 글쓰기는 겨우 초보적인 수준을 넘은 상태였고 다룰 줄 아는 미디어도 없었으며 평범한 관심사라도 딱히 몰입하는 것이 거의 없는 지극히 심심한 아이였다.

"몸 쓰는 거 싫어요."

중학생 때 이미 태권도 3단으로 전국 대회도 여러 차례 나가봤다는 경력을 보고 지금은 왜 태권도를 하지 않느냐고 물었을 때 재식이가 한 말이었다. 그 말이 어떤 의미였는지 그때는 잘 몰랐다. 이른 청소년 시절부터 자발적 동기가 아니라 외부에서 주어진 계기에

휘둘려서 독하게 운동에만 매달렸을 때 생기게 마련인 싫증이 아닐까 짐작했었다. 그래도 나는 재식이의 꽉 찬 체격과 수준급의 태권도 실력이 인생의 북극성이 되리라고 처음부터 굳게 믿고 있었다. 담임으로서 재식이에게 권한 첫 번째 프로젝트는 영어 회화였다.

영어 회화를 자유롭게 할 수 있게 되면 나중에 해외 어느 곳에 가서든 태권도 사범을 하며 다양한 활동을 할 수 있으리라는 장밋빛 전망이 나의 궁리였다. 재식이에게 제안한 프로젝트 계획들이 하나씩 물거품으로 드러날 때도, 난관에 봉착하고서 제시할 별다른 아이디어가 떠오르지 않을 때에도 나는 같은 이야기를 반복했다. 허나 쉬운 것부터 날마다 꾸준히 영어 회화 공부를 하기로 한 우리의 약속은 첫 학기의 첫 한 달이 지나기도 전에 돌이킬 수 없을 만큼 허물어져 있었다. 그 후 재식이와 내가 줄곧 겪어야 했던 무기력한 기분들에 비하면 그것은 예고편에 불과했다.

원어민 강사가 진행하는 영어 회화 프로젝트는 참여하는 아이들 각자의 수준에 맞게 진행되는 맞춤형이었다. 강사는 아이들의 사연과 성격에 맞추어 마치 다양한 나라의 펜팔 친구들을 사귀듯 알차고 재미있게 프로젝트를 진행했다. 문제는 복습이나 예습을 전혀 안 하는 재식이에게 있다고 결론을 내린 나는 학교 일과가 끝나면 하숙집으로 돌아가려는 재식이를 붙들고 앉아서 그날 배운 영어 회화 문장을 놓고 소리 내서 읽는 연습을 같이 했다. 그런 하루하루 복장이 터졌다. 재식이는 꿈적도 하기 싫어하는 어린아이 같았다.

"…… 하기 싫어요."

다그치는 내 눈길을 피하다가 마지못해 꺼내는 재식이의 말은 늘 같았다. 중학교 1학년 수준의 짧은 영어 회화 문장을 소리 내서 읽게 한 다음 보지 않고 말해보라고 하면 작은 목소리로 웅얼거리다가 입을 다물어버렸다. 신입생 통합 과정이라서 반드시 참여해야 하는 다른 프로젝트들에서도, 특히 몸을 쓰는 프로젝트에서 강사들은 재식이를 두고 귀찮음과 게으름의 왕자라며 혀를 내둘렀다. 이유를 알기 위해서 물어보면 끝에 가서 나오는 대답은 "하기 싫다"는 말이 전부였다. 그것을 왜 하기 싫은가 물어보면 "그냥 그것이 싫다"고 말하면 끝이었다.

첫 학기를 마쳤을 때 나는 재식이의 대안 학교 생활에 대해서 심각한 회의에 빠졌다. 하기 싫다고 반응하는, 특히 그냥 하기 싫다고 말하는 아이라면 한동안 내버려두거나 쉬게 하는 것 말고는 방법이 없었다. 그것이 내가 알고 있는 대책이었다. 충분한 시간을 두고 천천히 산책을 하듯이 자신을 찾아가는 다른 대안 학교나 공동체에 비해서 우리 학교는 비교적 빠른 속도로 프로젝트를 마치고 자기 평가와 성찰을 통해 성장을 꾀하는 스타일이었다. 이런 학교에 재식이는 처음부터 어울리지 않았던 것이 아닐까 하는 후회가 들었다.

그러나 재식이는 다음 학기에도 계속 학교를 다녔다. 재식이는 입학과 동시에 서울에 올라와서 하숙 생활을 시작했고 이어 비용이 많이 든다면서 자취방을 구했다. 고향에서 장사를 하는 부모는 달마다 한 번씩 나에게 안부 전화를 했다. 순박한 분들이었다. 고생하신다는 감사의 이야기와 부족한 자식을 잘 돌봐달라는 부탁의 말씀을 하곤 하셨다. 재식이가 계속 학교를 다닌 데에는 아마도 재식이나 나나 엇비슷하게 가지고 있던 의무감이랄까 부담감 같은 것이 작용했을 것이다.

"모르겠어요. 그냥 하기 싫어요."

세 번째 학기까지 나는 재식이와 함께 다양한 학습 프로젝트를 시도해 보았다. 포기하지 못하고 끝까지 밀어붙인 영어 회화 프로젝트를 비롯해서 영상 뉴스 제작 프로젝트, 연극, 잡지, 일지 쓰기, 여행, 웹디자인, 퍼포먼스, 독서 프로젝트 등 닥치는 대로 해보았다. 그러나 결과는 한결같았다. 출발과 동시에 모든 프로젝트는 한 달 안에 흐지부지한 상태로 변해 있었고, 그런 일이 반복될 때마다 재식이는 자신도 답답하다는 듯이 같은 말만 되풀이했다.

언제부턴가 나는 학습 프로젝트들은 뒷전이고 재식이의 생활 관리사처럼 변해 있었다. 딱 한 번 찾아간 재식이의 자취방은 내가 청소년 시절에 수도 없이 들어가 본 우리 집 하숙생들의 온갖 방 중에서도 결코 본 적이 없는 최악의 난장판이었다. 마치 간밤에 난동이라도 부린 것처럼 한 칸 방에는 한 번도 갠 적이 없어 보이는 더러운 이부자리와 여기저기 어질러진 물건과 퀴퀴한 냄새가 지배하고 있었다. 무질서한 몸부림의 흔적 같은 자취방을 보면서 나는 재식이와 함께 시작해야 할 대안적 학습의 첫 단추가 무엇일까 싶어서 아득한 심정이 되었다.

재식이는 세 번째 학기가 끝나갈 무렵 일반 주택 자취방에서 고시원 독방으로 이사를 했다. 그리고 휴학을 하겠다고 말했다. 부모님이 보내주시는 돈을 받아쓰기가 미안하다고, 장사가 여의치 않아서 부모님 형편이 쪼들릴 것이라고, 아르바이트를 하면서 생활비라도 벌어야 할 것 같다고 말하는 재식이에게, 나는 '그래 좀 쉬어가자'는 마음을 간신히 숨긴 채 "대안 학교 생활에 대해서도 잘 생각해 보렴" 하는 말로 얼른 휴학에 동의했다. 솔직히 재식이에 대해서 그때 나는 무책임한 상태가 되고 싶었다.

★

아버지의 구두 상자 안에는 큰누나와 작은누나와 형과 나의 초등학교 성적표가 가지런히 포개져 있었다. 어느 날 큰누나의 장난 섞인 놀림을 받은 나는 아버지의 구두 상자를 몰래 열어보았다. 큰누나는 나보고 머리가 제일 나쁠 거라고 놀렸었다. 그때 나는 아마 초등학교 4학년쯤이었을 것이다. 초등학생 성적표에는 아이큐를 기재하는 곳이 따로 있었다. 하고 싶은 대로 살도록 자유 방임형으로 길러졌고 학교 성적에 대해서는 가족으로부터 거의 부담을 받지 않은 나였지만, 그날 아버지의 구두 상자에서 꺼내본 성적표의 아이큐 수치는 쉽게 잊히지 않았다.

"큰누나 152, 작은누나 137, 형 131……"

나는 123이었다. 당시 대학 졸업반이던 큰누나는 "아이큐는 맏이에서 밑으로 내려갈수록 떨어지는 거야"라고 엉터리 설명을 해주었지만, 또 그때는 그 말을 믿고 넘겼지만, 123라는 수치는 아무리 발버둥 쳐도 바꿀 수 없는 운명의 굴레처럼 나의 잠재 의식을 짓눌렀던 것 같다. "나는 딱 거기까지다"라는 생각이 자리를 잡자 공부는 나와 인연이 없는 것으로 결론이 나버리고 말았다. 구체적인 인과는 따지기 어렵지만, 대략 그 무렵부터 나는 학교 공부를 뺀 세상

만사에 한눈을 팔면서 아버지의 말씀처럼 무엇이든 열심히 빠져들었다.

다행인지 학교 성적표의 영향력이 미치지 않는 길들로만 내달린 나는 지금 그럭저럭 재미있게 살아가고 있는 편이다. 그 대신 나의 내면 깊숙한 곳에는 '멍하게 있으면 안 된다'는, 쉬든 놀든 딴짓을 하든 어떤 순간에도 몰입해서 마치 끝장을 볼 것처럼 뛰어들라고 명령하는 방어 심리가 똬리를 틀었던 것 같다. 그것은 무엇이든 하나만 잘하면 성공한다는 어른들의 논리를 따른 것도 아니었고, 게으름을 경멸하는 교육관의 학습 효과도 아니었다. 그것은 123이라는 낙인 앞에서 누나들과 형을 향해 나의 자존을 확인하고 과시하는 본능 같은 자위 행동이었다.

때문에 나는 대안 학교 교사가 되어 만나는 여러 종류의 아이들 중에서 아무것도 안 하는 것 같은 아이만 만나면 맥을 못 췄다. 아무것도 안 하는 아이란 애초 존재하지 않지만 언뜻 그렇게 느껴지는 아이를 만나면 나는 마치 조울증에 걸린 사람처럼 이것저것 일을 벌이고 다그치고 확인해야 안심을 했던 것 같다. 고향 고등학교에서 성적이 바닥이었다는 재식이를 보면서, 대안 학교에 와서도 딱히 관심을 나타내는 것이 없어 보였던 재식이 앞에서, 나는 엄청 안달을 부렸고 이내 지쳤던 것이 분명했다.

이상한 노릇은 재식이가 학교를 휴학하고 나서도 마치 학교를 다니는 학생처럼 날마다 학교에 나왔다는 사실이다. 학교에 나온 재식이는 친구들과 어울렸다. 몇몇 단짝 친구가 있었는데 같이 다니면서 당구도 치고 술도 마시고 동대문 패션몰에도 놀러 가면서 시간을 보냈다. 더 이상했던 점은 재식이의 그런 모습이 하기 싫은 것이 없어진 즐거운 하루하루의 연속처럼 보였다는 사실이었다. 재식이에게 필요한 대안적 학습은 그렇게 친구들과 노는 것이 아니었을까 싶었다. 휴학을 했는데도, 아니 휴학을 하고 나서야 재식이는 사는 것처럼 보였다.

그렇게 매일같이 학교에 나오는 재식이에게 일손 좀 빌려달라고 부탁을 했다. 나는 2년 넘게 살던 반지하 원룸에서 3층 빌라 전세로 이사를 가려던 참이었다. 짐이 적었고 거리도 가까웠기 때문에 내 차로 몇 번 오가면 충분했고 침대 같은 것을 옮길 때에만 누가 거들어주면 될 것 같았다. 재식이는 기꺼이 오겠다고 했다. 그날 아르바이트까지 빠지고 아침 일찍 나를 찾아온 재식이는 하루 종일 이삿짐을 날랐다. 짐은 생각보다 많았고 재식이의 도움이 아니었다면 난감했을 이사였다. 대충 정리가 끝난 저녁에 우리는 동네에 있는 고깃집에 갔다.

삼겹살에 소주를 시켜놓고 재식이와 나는 마주앉아 뒤풀이를 했다. 아마 주인장은 재식이를 보고 청소년이라고는 꿈에도 생각하지 못했을 터였다. 워낙에 아저씨 패션인 재식이는 그날 이사를 한다고 더 허름한 차림이어서 우리는 술을 마시러 온 두 명의 막일꾼 아저씨처럼 보였을 게 틀림없었다. 재식이는 그런 자리에 익숙한 아저씨처럼 내 술잔이 빌 때마다 술을 따라주었고 타지 않게 고기를 뒤집거나 다 익으면 불판 가장자리로 옮겨놓으면서 연신 고기와 술을 먹었다.

"돈 좀 있고 편하게 살면 좋겠어요."

주거니 받거니 하다가 "넌 나중에 어떻게 살면 좋겠니?" 하고 별 뜻 없이 질문을 던졌을 때 재식이가 한 대답이었다. 아이답지 않게 노후 계획을 말하는 것처럼 낯설게 들렸지만, 순간 나는 성장의 동기가 사라진 아이라면 과연 무엇 때문에 살아가게 되는 것일까 같은 다소 뜬금없는 상념에 빠졌다. 제도권의 학교 공부도, 대학을 가는 것도, 대안 학교에서 찾는 성장도, 시장 논리에 일찍 눈을 뜨거나 소비 문화를 즐기며 사는 것도 아닌 재식이 같은 아이에게 삶의 적극적인 동기는 어디에서 찾아야 좋을지 해답 없는 고민이 재발할 것 같았다.

"돈 좀 있고 편하게 살면 좋겠어요."

"걸어갈래요."

그날 밤 우리는 소주를 세 병이나 마셨다. 재식이의 얼굴은 불콰해져 있었다. 계산을 마치고 고깃집을 나오자 시원한 바람이 불었다. 먼저 나간 재식이는 담배를 한 대 꺼내 피우고 있었다. 담배 연기가 정신없는 춤을 추듯이 사방으로 흩어졌다. "하나 주라." 나도 담배를 피웠다. 헤어질 무렵 택시를 잡아주려고 하자 재식이는 걸어가겠다고 말했다. 몸 쓰기 싫다며 여행 프로젝트를 할 때에도 걷는 일에 투덜거렸던 재식이가 홍대 앞에서 영등포 시장까지 걸어가겠다고 해서 의아했지만 취기가 오른 나는 넙죽 그러라고 화답했다.

재식이는 싱글벙글 웃으며 인사를 하고는 저만치 멀어졌다. 바지 주머니에 양손을 찔러 넣고 구부정한 자세로 걸어가는 한 사내가 어지러운 네온사인 불빛 사이로 사라지고 있었다. 나는 재식이에게 얻은 여분의 담배에 또다시 불을 붙이고 밤거리를 바라보았다. 저렇게 걸어가면 한강 다리를 건널 테고 흘러가는 강물을 바라보다가 문득 발길이라도 멈추면 무슨 생각을 하게 될까? 자정 가까운 시간이 되어서야 이삿짐을 정돈한 나는 뒤늦게 재식이가 보낸 휴대폰 문자를 보았다.

"고기 잘 먹었어요. 다음엔 제가 쏠게요."

★

그해 가을 휴학을 했던 재식이는 새봄이 오자 복학을 했다. 그렇다고 별반 달라진 것은 없었다. 끝끝내 진도가 나가지 않았던 영어 회화 프로젝트를 네 학기째 붙들고 있었고 일지 쓰기도 다시 시작했으며 나의 잔소리도 똑같이 반복되고 있었다. 그 어디에서도 변화의 조짐은 보이지 않았지만, 유일하게 달라진 점이 있다면 청소와 빨래와 아침 기상만큼은 전과 다르게 아주 잘하고 있다며 스스로를 칭찬하는 재식이의 모습이었다. 아르바이트를 그만둘 수 없었던 재식이의 네 번째 학기는 무척 빠듯했다. 그것이 재식이의 마지막 학기였다.

"집에 가요."

서울에 올라와서 혼자 산 지 2년 6개월 만에 재식이는 고향 집으로 돌아갔다. 십대 후반에 고향을 떠나와서 이십대 초반이 되어 귀향한 셈이다. 고향에서 공익 근무를 할 예정이라며 언제 시작할지는 알 수 없어서 그때까지 부모님 장사를 도와줄 계획이라고 했다. 십대와 이십대의 구분이 모호해진 시대에 군 입대라는 강제적인 전환점은 귀향이라는 행위와 맞물려서 재식이의 성장에 어떤 터닝 포인트가 될지 문득 궁금했다. 집에 가는 것이 그저 좋은 건지, 나름대로 깨달은 바가 있었던 것인지, 재식이는 삼겹살에 소주를 먹던 그날처럼 싱글벙글했다. 순간 홀가분한 심정이 들었지만 한편으로는 미안했다.

학적부를 정리하고 고향으로 내려가기 이틀 전이었다. 재식이는 삼겹살에 소주를 마신 그 고깃집으로 나를 불러냈다. 약속을 지키겠다면서 "그 집 고기가 맛있었잖아요"라고 좀처럼 하지 않던 너스레까지 떨었다. 고맙고 기특해서 초대에 응한 내 앞에서 재식이는 우렁찬 목소리로 아줌마를 불렀고 고기와 술을 시켰다. 주거니 받거니 마시던 나는 자리를 파하기 전에 꼭 물어보고 싶었다. "너 그날 왜 걸어갔니?" "그냥 사는 게 심심해서요." "한강 다리 건너면서 무슨 생각 했는데?" "그냥 강 보고 담배 피웠죠."

"너 그 말 지금도 싫으니?"

학교를 정리하면서 제출했던 〈나의 대안 학교 이야기〉에서 재식이는 나의 요청을 받아들여 자신을 가둬두던 한마디 감옥의 말이 무엇인지 밝힌 적이 있었다. 나는 재식이의 글에 나온 그 한마디 말을 보면서 오래 전 남몰래 열어본 아버지의 구두 상자가 생각났다. 그 안에서 꺼낸 감옥의 말은 누나들과 형보다 낮은 내 아이큐 수치였다. 바닥을 맴돌던 성적이 조금도 올라갈 기미가 보이지 않자 고향의 고등학교 담임에게 수시로 들었다는 그 한마디가 재식이에게는 감옥의 말이 되어 있었다.

"태권도나 하지, 학교엔 왜 다녀? 쇠나 깎아!"

대학에 가지 못할 성적이라서 고등학교를 졸업하면 공장에 취직해서 평범하게 살고 싶다고 말했다는 재식이에게 고등학교 담임은 툭하면 그 말을 뱉었다고 했다. 초등학교 6년과 중학교 3년을 내리 배운 태권도가 지겨워서 그만둔 것인데, 그 태권도를 다시 하든지 '공돌이'가 되어 쇠나 깎고 살라는 담임의 말은 재식이의 가슴 깊숙한 곳에 대못처럼 박혀 있었다. 나는 '공돌이'가 뭐가 어때서 혹은 그래도 태권도는 다시 해보지 같은 말을 할까도 했다가 꾹 입을 다물고 재식이가 주는 술만 받아 마셨다.

고향으로 내려간 재식이는 공익 근무 소집이 예상보다 늦어지는 바람에 다른 일들을 하며 시간을 보낸다고 재식이의 친구가 전해주었다. 영어 회화 학원 새벽반에 다니고 저녁에는 부모님 장사를 도와준다고 했다. 낮에는 아버지의 권유로 사교 댄스를 배우러 다닌다고도 했다. 몸 쓰는 게 싫다던 재식이가 사교 댄스를 춘다는 것도 나름대로 충격이었지만, 가장 놀라운 이야기는 다시 태권도를 시작했다는 소식이었다. 오후가 되면 태권도장에 가서 초등반 아이들을 가르치면서 사범에게 한 수 배운다고 했다. 기쁜 소식이었다.

★

지금도 재식이의 태권도만 생각하면 나는 오리무중에 빠지고 만다. 어떤 일이 있었던 것인지, 그동안 무슨 변화가 생긴 것인지 전혀 감을 잡을 수가 없었다. 친구들과 어울려서 어른들 흉내를 내며 노는 것 말고는 아무것도 하기 싫다던 시골 출신 아저씨 같은 아이가 무엇 때문에 어떤 과정을 거쳐서 적극적인 삶의 동기를 되찾았는지 꼭 알고 싶었다. 하지만 재식이에 관한 한, 실은 다른 아이들에 대해서도 대부분 같지만, 나는 아직도 그 비밀을 알지 못한다.

재식이 이후에 대안 학교에 오는 '아무것도 하기 싫어요' 과에 속하는 새로운 세대의 또 다른 아이들을 볼 때면 나는 여전히 맥을 못 춘다. 그저 조바심을 내며 이것저것 하자고 덤벼들고 끈질기게 붙들고 예상대로 엉망이 되지만, 그래도 실망하는 티를 보이지 않으면서 계속 같은 시도를 반복하는 것이 내가 할 수 있는 전부다. 그런 아이가 하나둘 늘어날 때마다 나는 재식이가 공익 근무를 마치고 학교로 돌아와서 자신의 이야기를 들려주면 어떨까 생각했다.

아무것도 하기 싫다며 동기의 위기를 겪는 아이 앞에서 '위기의 동기'라도 만들어서 제공할 수 있는 대안 학교는 없을까 생각해 보지만, 그럴 만한 상상과 실력과 기술을 갖춘 어른들이 과연 있을까 하는 물음을 하게 되고, 결국 무모한 공상에 불과하다는 사실을 알게 된다. 그렇게 좌절에 빠질 때면 재식이가 떠올랐다. 아무것도 하기 싫다는 아이에게 방법은 없다. 스스로 바닥으로 떨어지는 수밖에. 더 내려갈 데가 없는 곳까지 내려가서 자기를 긍정하고 사랑하는 것이 얼마나 벅찬 일인지 언뜻 깨닫는 수밖에.

이런 고민들의 잠정적인 결론인즉 어른들이 할 일이란 아이들이 스스로 위기를 만들어 겪어보고 제 힘으로 일어설 그때까지 기다리며 보살피는 것이고, 힘들고 실망스럽다고 해서 그 일을 그만두어서는 안 된다는 것이어서 다소 힘 빠지는 것이 사실이다. 그러나 거의 모든 아이들은 언제나 내가 원한 것과 다른 방식으로 성장한 것 같다. 그 길이 무엇인지 모르는 나는 그 길을 계획하거나 예측하는 일은 더욱 할 수 없다. 일단 함께 가고 나중에 돌아보면서 그 길을 발견할 수 있을 뿐이다.

★

나에게 남아 있는 재식이의 마지막 이미지는 두 번째로 찾아간 그 고깃집에서 본 모습이었다. 그날 재식이는 머리 꼭대기에서 발끝까지 완전히 변신해서 나를 깜짝 놀라게 했다. 물론 촌스러웠다. 집에서 혼자 했는지 노란 머리로 염색을 했지만 더벅머리는 그대로였고, 한쪽 귀걸이를 했으나 새까만 피부 탓에 금빛 귀걸이는 튀었으며, 용 그림이 새겨진 민소매를 입고 있었고, 당시 유행하던 군복 스타일의 반바지에 슈퍼에서 산 것 같은 값싼 슬리퍼를 신고 있었다. 아저씨 패션보다 더 촌스러웠다.

물론 일관되게 아저씨 패션을 유지한 재식이를 좋아했지만 그날 보여준 재식이의 변신은 훨씬 더 좋았다. 고향에서는 어떤 패션을 하고 다닐지 궁금하지만, 적극적으로 자신에게 변화를 준다는 사실이 좋았기 때문에 어떻게든 계속 변신의 변신을 거듭하며 살아갔으면 했다. 그나저나 어서 공익 근무를 마치고 선배로서 학교를 방문해 주면 좋겠는데, 후배들에게 재식이가 겪은 자신의 성장사와 그 비밀의 열쇠를 말해주면 좋겠는데, 이 또한 생각하면 할수록 실현 불가능한 일이 되고 말 것 같았다.

아이큐 123, 지금 돌아보면 아마도 나는 그 수치를 까먹기 위해서, 그날 내가 아버지의 구두 상자에서 성적표를 꺼내보았다는 사실 자체를 잊어버리기 위해서, 공부가 아니라면 무엇이든 무조건 열심히 몰입했던 것 같다. 같은 이치라면 재식이도 까먹게 될 것이다. 공익 근무 열심히 하고, 영어 회화도 열심히 배우고, 부모님 장사도 열심히 돕고, 사교 댄스도 즐겁게 추고, 그리고 무엇보다 태권도를 열심히 하다보면 너무 바빠서 까먹게 될 것이다. 인문계 고등학교 담임의 그 말도, 자신이 아무것도 하기 싫어한 십대였다는 사실도 까먹을지 모르겠다.

"아무것도 하기 싫다"는 아이의 말은 어디로든 다른 방향으로 살짝 한 발자국만 떼고 나면 "무엇이든 다 재미있다"는 말로 뒤바뀌는 아주 얇은 두께의 꺼풀에 불과할지도 모르겠다. 한번 껌벅이고 나면 다르게 보이는 법인데, 그 감쪽같은 순간을 기억한다는 것은 당장 눈앞에 펼쳐지기 시작한 다양한 세계와 수도 없이 할 게 많은 신나는 하루하루 앞에서 무력하기 짝이 없을 것이다. 당연히 까먹는 수밖에 없지 싶다. 그러다가 어느 훗날 나처럼 재식이도 문득 떠올릴지 모르겠다. 재식이 앞에 나타나게 될 어떤 아이 때문에 말이다.

● 민희

민희에 대해서 아이들이 써준 '긍정적 첫인상'은 하나로 모아졌다. 손해를 보고도 화내지 않고, 잘못한 게 없이 야단을 맞아도 변명하지 않고, 뒤에서 다른 친구를 흉보는 일도 없고, 편을 나눠서 끼리끼리 몰려다닐 때면 어디에도 속하지 않고, 논쟁을 할 때도 두루두루 좋은 것만 모아서 말하는 아이가 민희라고.

좋은 게
좋아요

★

봄비가 죽죽 내리고 있었다. 이른 아침부터 하늘을 뒤덮은 먹구름 때문에 천지가 어둑했다. 점심 무렵부터는 장대비가 쏟아졌다. 일기 예보 그대로였다. 만물을 청명하게 씻겨 내리는 비가 아니었다. 칙칙하고 차가운 비에 휑한 바람까지 불었다. 그런 날씨면 빨리 집에 가고 싶어지는 마음이 드는 것은 나만이 아닌 것 같았다. 오후일과가 끝나자 학생들과 동료 교사들은 하나둘 우산을 펴고 서둘러학교를 빠져나갔다.

천둥 번개가 우지끈 하는 소리를 내며 한 줄기 섬광으로 지나가자 을씨년스러운 기분을 더는 누를 수 없었다. 일이 남아 있었지만 휑하게 비어 있는 '햇빛 밝은 방'에 혼자 있고 싶지 않았다. 나는 짐을 챙겨 학교 현관을 느릿느릿 나섰다. 시커먼 먹물이 우당탕 쏟아지는 것 같은 하늘을 한번 쳐다본 뒤 우산을 펴려고 할 때였다. 현관 옆으로 길게 뻗은 가느다란 처마 끝에 혼자 서 있는 민희를 보았다.

눈이 마주치자 민희는 미소로 화답했다. 누굴 기다리느냐고 물었다. 민희는 아니라고 고개를 저으며 계속 웃는 얼굴이었다. 열일곱 살의 민희는 조용한 성품의 여자아이였다. 그때는 신입생 첫 학기였고 나는 담임이 아니었다. 나는 민희를 놔둔 채 학교를 빠져나왔고 차를 몰아 집 근처까지 왔다. 그때 중요한 물건을 갖고 오지 않은 것이 생각이 나서 다시 학교로 돌아와야 했다. 40분은 지났을 것이다. 차를 주차하고 우산 없이 뛰어서 건물 현관의 처마 밑으로 몸을 피했을 때 민희는 여전히 그곳에 있었다.

"비 그칠 때까지요."

그칠 비가 아니었다. 우산통에 꽂아둔 자기 우산이 없어진 것을 확인한 이후 줄곧 그렇게 서 있는 모양이었다. 누군가 다른 아이가 쓰고 간 것 같았다. 짜증이 날 법도 하고 어딘가 찾아보면 주인 없는 우산이라도 찾아서 들고 갈 법도 한데 민희는 그저 가만히 서서 비가 그치기를 기다리고 있었다. 성격이 올곧든지 융통성이 없든지, 그때 나는 그 정도로만 생각하고 말았다. 나는 수위실에 있는 여분의 우산을 빌려와 민희의 손에 쥐어줬다. 웃으며 손사래를 치던 민희는 결국 그 우산을 들고 억수비가 쏟아지는 학교 운동장을 가로질러 나갔다.

★

민희는 두 번째 학기에 내 반으로 왔다. 민희가 내 학생이 된 그해 봄 학기에는 평소보다 신입생이 많이 들어왔다. 덕분에 신입생 통합 과정을 마치고 가을 학기에 다시 반 편성이 된 아이들인데도 서로 서먹하게 지내는 경우도 적잖았다. 나는 곧장 반 소풍을 갔다. 그날 저녁 아이들과 '긍정적 첫인상' 게임을 했다. 아이들 이름이 적힌 각각의 종이에 동료 학생들이 돌아가며 한 줄씩 긍정적인 첫인상을 적어주면 당사자가 그것을 낭독하는 게임이었다. 누가 그런 첫인상을 썼는지 알아맞히는 식으로 진행되었고, 자신은 전혀 생각하지 못한 대목이 나오면 그것을 써준 친구의 설명을 듣는 차례가 이어졌다.

"절대 화 안 낸다."

'긍정적 첫인상'은 손바닥을 뒤집듯 이면에 집중해서 보면 부정적 요소나 약점으로 읽힐 수도 있었다. 민희에 대해서 아이들이 써준 '긍정적 첫인상'은 하나로 모아졌다. 손해를 보고도 화내지 않고,

잘못한 게 없이 야단을 맞아도 변명하지 않고, 뒤에서 다른 친구를 흉보는 일도 없고, 편을 나눠서 끼리끼리 몰려다닐 때면 어디에도 속하지 않고, 논쟁을 할 때도 두루두루 좋은 것만 모아서 말하는 아이가 민희라고, 아이들이 이구동성으로 말했다. 민희도 그런 자신의 첫인상을 부정하지 않았다.

민희는 조용한 아이였다. 책 보는 것을 좋아하던 민희는 아이들이 시끄럽게 놀거나 왁자지껄 소란을 피우는 자리에서도 소리 없이 웃기만 하는 아이였다. 신입생 통합 과정을 거치면 아이들끼리 단짝이나 소그룹이 형성되게 마련인데 민희는 붙어 다니는 친구나 패가 따로 없었다. 여기에도 끼고 저기에도 끼었는데 달리 보면 그 어디에도 속하지 못한 채 겉돌고 있는 게 아닐까 싶을 정도로 구름처럼 사람 사이를 떠다니는 것 같았다. 그러나 문제랄 것이 보이지 않았고 사건이랄 것도 일어나지 않았다. 민희는 늘 차분한 표정이었다.

여자아이들의 수군거림이 들려왔을 때 나는 처음으로 민희와 상담을 했다. 민희의 남자 친구를 다른 여자아이가 가로채려고 한다는 것이 전말이었다. 민희는 화를 내지 않았다. 그 어떤 내색도 하지 않은 채 그 여자아이하고도 사이좋게 지내고 있었다. 옆에서 지켜보는 아이들이 더 성화였다. 나는 십대 아이들의 연애에 대해서 방임하는 편이었고, 아이들끼리 심각해지거나 흥분해도 좀체 개입하지 않는 편이었다. 민희의 경우는 더 그랬다. 당사자는 아무런 불평도 불만도 없어 보였다.

그날 민희와 나눈 대화는 싱겁게 끝이 났다. 내 궁금증을 듣고 또 박또박 대답을 하는 내내 민희는 편안해 보였다. 너무 편안해 보여서 마치 밑이 보이지 않는 속 깊은 우물을 들여다보는 것처럼 순간순간 서늘한 느낌마저 들었다. 이를테면 내가 "걔한테 가서 그러지 말라고 하지" 권하면, 민희는 "걔랑 나랑 잘 지내는 게 좋아요" 했다. "그럼 남친한테 가서 조심하라고 해" 하면, "걔하고도 잘 지내는 걸요" 하는 민희였다. 할 말이 없었다.

민희에 대해 슬슬 걱정이 들기 시작한 건 그해 가을 학기가 끝나갈 무렵이었다. 겨울답지 않게 날씨는 따뜻했지만 함박눈이 자주 오던 때였다. 민희는 결국 남자 친구와 헤어졌고 남자 친구는 그 여자아이와 사귀었다. 그런데도 민희는 전 남자 친구하고도 잘 지냈고 그 여자아이하고도 만나면 웃고 지낸다고, 이 이야기 역시 다른 여자아이들에게 귀동냥해서 알았다. 며칠 동안 민희를 관찰했지만 감정의 기복이 없었고 태연해 보였다. 그냥 넘어갈까 하면서 시간을 끌었지만 궁금해서 참을 수가 없었다.

"모든 사람과 잘 지내고 싶어요."

뒤늦게 알았다는 듯 넌지시 물어보았을 때 민희는 편안한 표정으로 그렇게 대답해 주었다. 이번에도 대화는 길게 가지 못했다. 그러나 이야기는 다른 데로 가지를 뻗어나갔고, 어느새 인간 관계의 본질이나 기술에 대해 두서없이 밀고 당기는 가벼운 말싸움으로 변해 있었다. 대화가 끄트머리에 이르렀을 때 나는 그 어떤 사람도 미워하기 싫으며 모든 이들과 사이좋게 지내고 싶다는 민희를 우두커니 바라보고 있었다. 옳고 그름이나 좋고 싫음의 기준이 나와 전혀 다른 아이였다.

★

"입장이 다르면 바로 갈라선다."

그런 다음에 합치는 것이야말로 진짜 일체요 통일이라는 것이 내가 속한 사회 운동 조직의 신조였다. 선행 노선을 날카롭게 비판하는 문건이 날마다 쏟아졌고, 투쟁이 있고 나면 새로운 분파가 하나씩 생겨나던 당시에 나는 '선 분리, 후 결합'의 열렬한 신봉자였다. 나는 스물두 살 때 또래와 함께 선배들의 노선을 비판하면서 후배들을 선동해 첫 번째 분리를 감행했다. 어느 날 갑자기 등을 돌린 후배들 앞에서 성품이 넉넉했던 선배들은 씁쓸함을 애써 감췄지만 나는 아랑곳하지 않았다.

정확한 판단력과 때를 놓치지 않는 기민한 선점 능력과 주저함 없는 과감한 실행력만이 우선이었다. 불완전한 사람으로서 그것을 과연 실현할 수 있는 일일까 싶지만 그때는 그것 말고는 보이는 것이 없었다. 과학을 빙자해 편 나누기를 밥 먹듯 하고 합리를 내세워 시비와 승패부터 가리려 들던 태도는 처음에는 의식적인 선택이었지만, 갈수록 무의식적인 방어 기제나 무조건 반사처럼 습관으로 변해가고 있었다.

당시 학생 운동은 물론 사회 운동의 다수파를 차지하는 그룹들은 일명 '사람 사업'이라는 매력적인 말을 앞세워 내가 속한 소수파 그룹들의 행보와 사뭇 다른 모습을 보여주기도 했다. 허나 그것은 조직 내부나 같은 노선의 그룹들 사이에서만 통용되는 대동단결이었다. 다수파는 노선이 다른 이들에게 배타적인 권위주의로 군림했다. 그들이나 '선 분리, 후 결합'을 따르는 이들이나 공히 공존이나 평화나 연대의 정신과는 거리가 멀었다. 나는 그들보다 더해서 끝없이 경계를 나누며 갈라서는 일을 반복했다.

결국 나는 제일 친한 동료와 갈라섰다. 그때 우리를 믿고 따르던 후배들이 서로를 공격하며 두 패로 찢겨나갔다. 나는 침착함과 냉정함을 가장한 채 다정한 안부의 말이나 격려의 메시지를 아끼지 않았지만, 속으로는 너희와 결코 함께 할 수 없는 나의 이유들이 얼마나 정당한 것인지를 끝없이 되새겼다. 여러 가지 원인으로 인해 하나둘 사회 운동의 대오에서 떠나거나 새로운 운동의 장으로 흩어지기 시작했을 때에도 내가 남긴 수많은 상처들이 두고두고 어떤 고통을 주게 될지 나는 전혀 짐작하지 못하고 있었다.

만약 그때 사회 운동의 현장에서 민희를 만났다면 가차 없이 기회주의자로 내몰았을 것이다. 어떤 입장도 지지하지 않으면서 양편을 오가며 두루 잘 지내려고 하는 태도는 용납될 수 없었다. 덕분에 나는 증오하면서도 그것이 아닌 양 행동하는 분열적 감수성에 얽매인 채 한 살 두 살 나이를 먹었다. 다행히도 나의 경우 나이를 먹는다는 것은 합리의 추구와 함께 불합리의 의미를 인정하게 되는 발견의 과정이었고, 이성 못지않게 감정이 중요한 결정을 내린다는 사실을 깨닫는 배움의 과정이었다. 그것이 바로 사람과 사람이 맺는 관계였다.

그렇게 바뀐 삶의 태도는 나를 이롭게 했지만 나에게 상처받은 이들에게는 용서나 화해의 구실이 되지는 못했을 것이다. 달라진 나의 모습은 그 시절에 알았던 어떤 이에게는 때늦은 반성일 것이고, 어떤 이에게는 결코 기억하고 싶지 않은 망각 너머의 과거일 것이며, 어떤 이에게는 여전한 미움의 불길에 기름을 붓고 부채질하는 못된 짓이었을 것이다. 그러나 열매를 직접 거두지 못해도 씨앗을 뿌리고 또 뿌리는 사람의 마음처럼, 나는 내가 정작 용서를 구해야 할 과거의 동료나 후배를 더는 만나지 못하지만 새로운 장에서 만나는 또 다른 이들에게 열심히 용서를 구하는 심정으로 나의 달라진 태도를 실천하려고 했다.

★

협력이 학습의 원동력이고 관계의 경험이 성장의 밑거름이라는 인식이 커지면서 내가 있는 대안 학교에서도 다양한 시도를 했다. 그 일환으로 전체 학생과 교사를 대상으로 에니어그램 워크숍을 한 적이 있었다. 어떤 종류의 심리 테스트도 신뢰하지 않는 편이었지만, 민희에 대한 궁금증과 나의 어리석은 과거가 선명하게 대비를 이루던 때라서 나는 호기심 반 두려움 반으로 워크숍에 참여했다.

에니어그램은 성격의 유형을 9가지로 나누고 있었다. 총 10시간의 단기 워크숍을 막 시작했을 때 나는 5번 유형 '탐구자 · 관찰자—알아야 한다'일 것이라고 예상하고 있었다. 그러나 워크숍이 끝날 즈음 나는 4번 유형 '개인주의자—특별해야 한다'로 나타났다. 반면 민희는 예상했던 대로 9번 유형 '평화주의자—피해야 한다'로 나타났다. 나는 내 유형이 의아했고, 민희는 자신의 유형에 대해 좀더 깊은 이해를 얻은 것처럼 보였다.

거기까지였다면 그날의 에니어그램 워크숍은 하나의 참고 사항으로 남고 말았을 것이다. 대학 교수이자 절실한 가톨릭 신자인 강사는 워크숍을 마무리하면서 말했다. "이 유형은 천성입니다. 후천적인 것이 아니라 타고나는 것입니다. 더 좋거나 나쁜 유형이 있는 게 아닙니다." 강사는 타고난 자신의 성격 유형이 참 관계로 나아가는 길이 무엇인지 깨닫고 그것을 실천하라고 했다. 대부분의 사람이 자신의 타고난 유형을 보려고 하지 않아서 거짓 관계로 기울게 되고 자신과 타인을 해롭게 만든다고 했다.

성격, 심리, 자아의 됨됨이가 천성이라는 말에 나는 머리가 띵했다. 아니 가슴이 막막했다. 내가 알고 있는 나는 물론 남들이 알고 있는 나는 이제까지 거짓 관계에 휩쓸려 있었던 것은 아닐까 하는 후회가 떠나지 않았다. 그 후 나는 부리나케 관련 책들을 읽기 시작했다. 사회 운동을 같이 한 과거의 동료들과 내 반 아이들 한 명 한 명을 9가지 유형에 대입해 보면서 아주 잠깐 동안은 에니어그램 광신도처럼 지내기도 했다. 그나저나 그날 나는 민희에 대해 복잡하던 생각들이 훨씬 명료해진 기분이었다.

누구도 미워하고 싶지 않고 모든 사람과 좋은 사이로 지내고 싶다는 민희의 평화주의자 천성은 대범한 척하거나 착한 척하는 가면

"화난 적 있지?"

"많지."

"화낸 적은 있어?"

"많지."

"에이, 언제 그랬는데?"

"기도할 때마다."

이 아니었다. 그것은 근본적으로 타고난 성질이어서 누구를 미워하게 되거나 관계가 나빠지면 마음에 먹구름이 끼고 장대비가 쏟아져서 민희의 평심을 뒤흔들어놓는 내면의 본성이었다. 그러나 민희 역시 참 관계로 나아가는 길을 슬기롭게 찾아나가야 했다. 화내지 않고 분노하지 않고 미워하지 않으려는 것에도 한계선이 필요하며, 그 너머의 감정과 생각에 대해서는 다른 행동을 취해야 할 때도 있다는 것을 배워나가야 했다.

"저러다 죽지 했어요."

학부모 회의에 나온 민희 어머니는 나의 관찰담을 듣고는 많은 이야기를 들려주었다. 민희 부모는 원래 아이를 갖지 않을 생각이었단다. 험한 세상에 아이를 낳아서 기르고 아이 스스로 살아가야 할 생각만 하면 엄두가 나지 않았다고 했다. 그러다가 민희를 낳았는데 유치원이나 초등학교를 다닐 때 누군가에게 해코지를 당해서 얼굴에 상처를 입고 와서도 말이 없었던 아이라고 했다. 어떤 때에는 그건 아니라고, 그러지 말라고, 나는 그게 싫다고, 말을 하거나 행동해야 하는데 끝까지 가만히 있어서 숨이 꼴깍 넘어가지나 않을지 걱정했다고 했다.

에니어그램 이야기를 꺼내자 민희 어머니는 민희가 막 걷기 시작했을 때부터 정신과 의사나 심리치료사는 물론이고 수녀가 된 고모를 찾아가기도 했으며 에니어그램을 비롯한 다양한 심리 분석과 상담을 했다고 말했다. 다행인 점은 민희가 자라면서 둘 중 하나를 선택해야 하는 상황에서 도망가기에 바쁜 회피형 평화주의자가 아니라 어떤 결과든 받아들이는 수긍형 평화주의자의 길로 가는 것 같다고 했다. 그럼에도 어머니는 부당한 일을 겪으면 두 주먹을 쥐고 부르르 떠는 시늉이라도 할 줄 알아야 한다면서 염려를 놓지 않고 있었다.

★

한순간이었다. 비명처럼 버럭 고함을 지른 민희가 밖으로 뛰쳐나갔다. 창문 너머에는 운동장을 오락가락하고 있는 민희의 모습이 보였다. 나도 깜짝 놀랐지만 민희는 더 놀란 것 같았다. 그렇게 얼마간의 시간이 흐른 다음 민희는 다시 '햇빛 밝은 방'으로 들어왔다. 내 책상 앞에 가만히 앉았고 나를 쳐다보았다. 그리고 울었다. 그때서야 나는 더 이상 민희에게 내 가치 판단을 강요해서는 안 된다는 것을 번뜩 알았다. 속에서 불처럼 뜨거운 감정이 치솟아 오르면서 땀이 났다. 민희에게 미안했다.

사건은 두 명의 남자아이가 민희를 두고 대결을 벌이면서 촉발되었다. 남자아이들은 자기네끼리 만나서 담판을 벌이기도 했으며 민희에게 선택하라고 재촉하기도 한 모양이었다. 여기저기 떠벌리고 다닌 남자아이들 때문에 그 일은 학생들 사이에서 화제가 되었다. 여자아이들 사이에서는 은근히 민희를 탓하는 분위기가 형성되었다. 그러나 민희는 끝까지 선택하지 않았다. 전과 다름없이 두 명의 남자아이 각각에게 잘 대해주었다. 나는 민희를 불렀고 바로 그 문제를 거론했다.

남자아이들이 갖는 격정적인 감정과 다르게 민희는 연애를 좋은 관계의 한 가지 정도로 생각하고 있었다. 자신에게 배려와 친절을 아끼지 않는 두 명의 남자아이에게 진심으로 고마워했다. 그래서 더욱 잘해주고 싶다는 것이 민희의 마음이었다. 그러나 나는 그 때문에 학교가 소란스러워지고 또래 아이들이 뒷말을 하고 다니며 두 명의 남자아이를 따라 패를 나누는 모습을 보고 싶지 않았다. 나는 민희의 처신 때문에 발생하는 상황들에 대해서 설명했다. 둘 중 한 명과 사귀거나 누구하고도 사귀지 않거나 정하라고 다그쳤다.

"알았다구요!"

"너 왜 그렇게 우유부단하니?"라고 말한 직후였던 것 같다. 벌떡 일어나며 비명처럼 외마디 소리를 지른 민희가 밖으로 뛰쳐나갔다. 다시 돌아온 민희는 울면서 "미안해요"라고 말했다. 그 말을 하고 또

하고 계속 했다. 나는 그 자리에서 아무 말도 하지 못했지만 그날 밤 민희에게 짧은 이메일을 보냈다. 내가 미안하다고, 너는 잘못한 게 없다고, 누구에게도 상처를 남기거나 슬픔을 주고 싶지 않다고 한 너의 마음이 옳은 것이라고, 그 마음을 있는 그대로 받아들이지 못하는 나 같은 사람들이 문제라고, 너 하고 싶은 대로 행동하라고.

★

나보다 일곱 살이 많은 형은 신학대학을 졸업하고 목사가 되었다. 선택권이 자신에게 있었을 때도 형은 내가 원하면 언제나 양보를 했다. 나를 대신해서 집안의 궂은일도 도맡아했다. 그런데도 동생인 나에게 싫은 소리를 한 적이 없었다. 형이 일하는 교회는 신도 숫자나 헌금 액수나 건물 크기를 일정한 수준에서 제한하는 정책을 유지하고 있었다. 한번은 형이 하는 설교를 들으러 갔으나 의자에 앉아서 존 적이 있었다. 형의 설교에는 협박이나 유혹이나 설득이 없었다. 평상에 누워 작은 시냇물이 졸졸졸 흘러가는 소리를 듣는 것처럼 잠자기에 딱 좋은 평화로운 느낌의 설교였다.

　친척 어른들이 차례로 세상을 뜨자 선대의 뒤엉킨 이해 관계 때문에 자식 세대는 뿔뿔이 갈라섰다. 피해 의식과 질투와 경쟁심 때문에 발길을 끊은 채 남남으로 살아가고 있었다. 단 형은 예외였다. 모든 친척이 형을 초대했고 형은 그때마다 그 집을 위해 예배와 기도를 올렸다. 어머니에게 못되게 군 친척 어른에게도 찾아가 인사를 하고 어려운 일이 생기면 기꺼이 도움을 주는 형이었다. 그 일로 내가 시비를 걸었을 때 형은 "좋게 살아야지"라고 나지막하게 말했다.

몸살인 줄 알고 끙끙 앓다가 급사할 수 있다는 진단을 받고 중환자실에 실려 들어갔을 때, 다른 백혈병과 달라서 고비만 넘기면 1년쯤 후에는 완치가 가능하다는 희망의 말을 들었을 때, 회복되는 것 같다가 갑자기 닥친 고열에 부들부들 떨면서 병원으로 달려갔을 때, 그리고 예전의 생활로 돌아왔을 때도, 형은 "괜찮아"라는 말밖에 할 줄 모르는 사람이었다. 울고 웃는 가족 앞에서 "이제는 덤으로 사는 거니까 더 좋게 살아야지"라는 말만 덧붙일 뿐이었다. 형은 전형적인 9번 유형의 사람이었다. 병에서 회복된 뒤 약간의 우울증을 겪고 있던 형과 함께 서해안 도로를 걸은 적이 있었다.

"화난 적 있지?"

"많지."

"화낸 적은 있어?"

"많지."

"에이, 언제 그랬는데?"

"기도할 때마다."

★

학교 생활 내내 민희는 툭하면 손해를 보는 경우가 많아 보였다. 사소한 것은 그냥 보아 넘겼지만 중요하다고 생각되는 일일 땐 민희의 태도를 고치고 싶은 충동을 참는 일이 생각보다 쉽지 않았다. 그일이 있고 나서는 민희의 사고 방식이나 관계 방식을 내 식대로 평가하지 않으려고 애썼고 우리는 그럭저럭 잘 지낼 수 있었다. 민희는 나와 한 학기 동안만 같이 했고 다음 학기에는 새로운 담임을 찾아 다른 방으로 옮겨갔다. 그때부터였던 것 같다. 민희는 학교 운동장 한 구석에 꽃과 풀을 심고 가꾸기 시작했다. 그곳에 조아리고 앉아서 오랜 시간 꽃과 풀을 바라보는 민희를 자주 볼 수 있었다.

세 번째 학기가 끝나자 민희는 학교를 그만두었다. 그로부터 6개월쯤 지났을 무렵 캐나다로 이민을 갔다. 내가 모르는 또 다른 일들이 소소하게 계속 있었지 싶었다.

민희가 막 새로운 담임과 함께 마지막이 될 학기를 시작했을 때였다. 새 담임과 상담을 마친 민희 어머니가 인사차 들렀다며 내가 있는 방에 왔다. 집안에 사정이 생겨서 이민을 가야 할지 그냥 한국에서 살아야 할지 고민하는 중이라고 말하는 민희 어머니에게 나는 단호하게 말했던 것 같다. 민희를 생각하면 그곳으로 이민을 가는 것이 더 좋은 방법이 될 수 있을 거라고, 나도 모르게 기다렸다는 듯이 그렇게 말했다.

살펴보면 세상 곳곳에는 타고난 평화주의자들이 의외로 많은 것 같다. 남을 배려하는 것이 자신을 위하는 길이 되는 사람들, 나서서 이끌려고 하지 않고 한 발 물러나서 피해를 주는 일은 없을까 걱정하는 사람들, 말 한마디가 상처를 줄 수 있다는 강박에 조용조용 더듬더듬 말하는 사람들이 내 곁에도 참 많았다. 그러나 나는 그런 사람들과 어울려 살 수 있는 준비가 덜 되어 있었다. 도리어 현실감을 가지라고, 융통성 있게 살아갈 수 있는 요령 몇 가지는 터득하라고, 그런 처세가 전쟁터나 다름없는 세상살이에서 주변 사람을 불편하게 하지 않는 길이라고 도리어 설득을 하려고 들었다.

형과 함께 자라던 과거의 추억 속에서도 민희와 함께 한 짧은 시간의 만남 동안에도 나는 여전히 내 곁에 있는 9번 유형의 평화주의자를 답답하게 바라보고 있었다. 어쩌면 나는 그런 평화주의자의 평화를 지켜주기 위해서라고 말하면서 그들의 평화를 깨뜨렸는지도 모르겠다. 그런 감정이 솟구칠 때면 민희가 가꾼 학교 운동장 구석의 화단에 가서 조용히 물을 주었다. 그곳에 혼자 있으면 비가 그치기를 기다리는 민희를 보는 것 같았고 기도하면서 화를 낸다는 형을 만나는 것 같았다.

민희와 형을 대신해서 요즘은 아내가 나에게 자극을 준다. 아내는 남에게 피해 주지 않으면서 가까운 사람들에게 평화와 안식을 나누는 일이 삶의 목표라고 생각하는 사람이다. 그 실천이 세상을 바꾸겠다는 야심만큼이나 큰 일이라고 말하는 사람이다. 그러면서 내게 하는 말이 당신은 일을 많이 벌이고 여러 사람을 동시에 만나는 걸 좋아하는데 무엇을 하든 범위를 좁히라고 충고를 해주곤 했다. 그때마다 나는 여기저기 널뛰기하는 나와 한 자리를 조용히 웅숭깊게 만드는 당신이 만났으니 서로 구원하자고 웃으며 넘기곤 했다. 그리고 그런 순간마다 민희를 다시 생각했다. 나는 내 앞의 또 다른 민희들과 열심히 친해지는 중이다.

● 경천

경천이는 키가 컸고 비싼 메이커 의류를 입고 다녔으며 다양한 문화 체험과 고급 정보가 풍
부한 아이였다. 반면 그 아이는 키가 작았고 보세 의류를 입고 다녔으며 도시 문화의 경험
과 정보가 빈약한 아이였다. 그러나 둘은 그런 차이 때문에 서로 끌린 것 같았다.

있는 집
자식이지?

★

"있는 집 자식이지?"

"학교 공부도 잘했지?"

"하고 싶은 거 다 하고 살았지?"

이 세 가지의 확인성 질문은 내가 유포시킨 일명 '공포의 3단 논법'이다. 학생과 동료 교사를 불문하고 우리 학교 안에서는 제법 유명했다. 물론 나 말고는 아무도 이런 농담을 하지 않았다. 이 말들은 능글능글한 얼굴로 속사포처럼 쏘아대서 상대를 웃게 만드는 데 목적이 있었다. 주로 모범생이나 우등생 스타일 또는 이른바 '바른생활 청소년'들에게 써먹는 일종의 긴장 이완용 수법이었다. 처음에는 장난처럼 시작했는데 나도 모르게 뼈가 실리기도 했다.

열일곱 살에 대안 학교에 온 경천이는 내가 만난 아이 중에서 가장 세련된 아이였다. 용모와 옷차림이 그랬고 언어와 말투가 그랬으며 무엇보다 세상을 바라보는 관점과 태도가 그랬다. 경천이는 외국계 은행에서 일하는 아버지를 따라서 어려서부터 여러 나라를 다니며 인종과 문화의 다양성을 경험한 아이였다. 경천이 어머니는 외국에서는 봉사 활동을 했고 귀국해서는 환경 단체의 일을 돕고 있었다. 경제적으로 넉넉했고 문화적으로 풍부했으며 정치적으로 올바르게 살고자 하는 부모가 있는 가족이었다.

경천이가 세련된 아이라는 것은 자신이 얼마나 좋은 환경에서 자랐는지를 잘 알고 있다는 데에서 더욱 두드러졌다. 아이들의 자치 토론이나 놀이 문화에서 또래보다 앞선 경험과 지식을 자랑할 수 있는 기회가 무척 많아 보였지만, 경천이는 그런 자리에서 늘 한 발을 뒤로 뺀 채 넌지시 지켜보기만 하다가 꼭 필요할 때면 생색내는 일 없이 슬쩍 나서는 아이였다. 처음에는 그런 경천이가 어른스러웠고 기특해 보였다.

대안 학교가 속해 있는 청소년문화센터에는 지방에서 올라와 혼자 아르바이트를 하며 자취를 하고 있는 재미있는 남자아이가 있었다. 고향에서 TV를 보다가 십대 청소년들로 구성된 록 밴드의 자유분방한 모습에 충격을 받고 '나도 해보고 싶다'는 생각에 무작정 서울에 올라왔다는 순박한 아이였다. 대중 음악 스튜디오에서 드럼을 배우려고 센터를 방문했다가 다섯 개의 스튜디오가 있다는 사실과 때마다 다채로운 프로젝트들이 진행된다는 정보를 알고는 허기진 아이처럼 이것저것 다 해보는, 가난하지만 늘 할 일이 많은 아이였다.

한 학기가 지났을 때였을까, 언제부턴가 경천이는 그 아이와 단짝처럼 붙어 다녔다. 둘은 생김새부터 타고난 가족 환경과 일상 문화까지 확연하게 달랐다. 경천이는 키가 컸고 비싼 메이커 의류를 입고 다녔으며 다양한 문화 체험과 고급 정보가 풍부한 아이였다. 반면 그 아이는 키가 작았고 보세 의류를 입고 다녔으며 도시 문화의 경험과 정보가 빈약한 아이였다. 그러나 둘은 그런 차이 때문에 서로 끌린 것 같았다. 비슷하기 때문이 아니라 다르기 때문에 서로 관심을 갖고 어울려 다녔던 것이다. 이것도 처음에는 좋아 보였다.

★

경천이와 그 아이는 경천이의 학교 프로젝트를 활용해서 무언가를 같이 할 수도 있었을 테고 청소년문화센터의 다양한 프로젝트 중에서 하나를 선택해서 같이 수강할 수도 있었을 텐데 한 번도 그렇게 하지 않았다. 그 대신 둘은 세상 곳곳을 함께 찾아다녔다. 거의 매일 온갖 곳을 들쑤시고 다녔다. 홍대 앞 테크노 클럽에 가서 밤새 놀고, 힙합 동호회의 번개 모임에도 종종 참여하는 것 같았다. 한강변 자전거 도로를 따라 서울의 끝에서 끝을 오가기도 했고, 한 신문사가 주관하는 인라인 레이싱 대회에 출전해서 도심을 질주하기도 했다.

그런 여가 활동만 같이 한 것은 아니었다. 경천이와 그 아이는 새만금 살리기를 위한 삼보일배 일행이 서울 경계에 도착했을 때에는 그곳에 가서 기다리고 있다가 일정 구간을 동행하기도 했다. 또 미국의 이라크 침공이 본격화되자 무정부주의자를 자처하는 이색적인 청년 그룹의 반전 행사에도 함께 끼어 있었다. 이주 노동자를 위한 문화의 밤 같은 자리나 문화 다양성 협약을 위한 토론회 같은 장소에도 둘은 같이 나타났다. 그런 곳에서 종종 만나게 되는 둘은 늘 신나 보였다.

이런 사실들은 주로 학교 일과가 시작되는 오전에 경천이와 일대 일 티타임을 가지면서 가볍게 전날의 행적을 물어보면 금세 알수 있었다. 그 시간 그곳에는 그 아이도 같이 있었다고 생각하면 거의 틀림없었다. 몇몇 자리에서는 우연히 그곳에 있는 둘을 만나기도 했다. 돌아보건대 어떨 때는 의식 있는 대학생 형이 아무것도 모르는 청소년 동생을 데리고 다니면서 사회 공부를 시켜주고 있는 것처럼 보였다. 또 어떨 때는 대도시 문화에 익숙한 도시 아이가 벽지 산간에 사는 시골 아이를 초대해서 서울 구경을 시켜주고 있는 것처럼 보이기도 했다.

경천이와 그 아이의 끝날 것 같지 않아 보이던 신나는 세상 여행이 가끔 휴지기를 맞는 때는 경천이가 부모와 함께 또는 혼자서 외국에 나가 있는 동안이었다. 해외에 있는 친척을 만나러 갈 때도 있는 것 같았고, 온 가족이 여름 휴가를 떠날 때도 있지 싶었고, 경천이 혼자 배낭 여행을 가기도 하는 것 같았다. 그럴 때마다 다시 혼자가 된 그 아이는 하루 종일 청소년문화센터에 머물곤 했었다. 그 아이는 탈학교 청소년이었지만 대안 학교 학생이 되려고 하지 않았고, 센터의 온갖 프로젝트에 관심을 보였지만 진득하게 어느 하나에 전력하지도 않았다.

"돈 벌어야죠."

그런 어느 날 우연히 그 아이가 센터 건물 1층에 있는 스낵바에서 라면을 먹고 있는 모습이 보였다. 마침 출출하던 나는 스낵바로 들어가서 라면을 시키고는 맞은편에 앉았다. 자리를 잡고 "요즘은 경천이가 없어서 심심하겠네"라고 딱히 질문이라고는 할 수 없는 인사말을 건넸을 때였다. 이마에 땀을 뻘뻘 흘리고 있던 그 아이는 젓가락 한 가득 집어든 라면을 후후 불면서 큰소리로 대답했다. "돈 벌어야죠." 심심할 겨를이 없다고 했다. 혼자 살림을 도맡아야 할 어머니의 부담을 덜어주려면 그 아이 스스로 제 앞가림을 해야 하겠다고 짐작한 나는 그것이 그런 성격의 아르바이트일 것이라고 생각했다.

그러나 그날 그 아이에게 들은 길지 않은 이야기를 통해서 나는 그것이 경천이와 함께 어울리는 데 필요한 돈이라는 것을 알 수 있었다. 경천이는 혼자 배낭 여행을 갈 때면 언제나 쿨하게 같이 가자고 말했다고 했단다. 그때마다 그 아이는 무척이나 같이 가고 싶었지만 돈이 없었다. 나중에 경천이에게 들었지만 왕복 비행기 표 값만 마련하면 가서 돌아다니며 쓰는 비용은 자신이 해결할 수 있다고 제안한 모양이었다. 다행히도 그 아이는 경천이의 처지를 부러워는 했지만 질투를 하지는 않는 것 같았다. "저도 꼭 갈 거예요"라고 그 아이는 라면을 열심히 먹으면서 말했다.

★

내가 자란 동네에는 지금도 잊을 수 없는 동갑의 단짝 친구가 있었다. 우리는 늘 같이 놀았고 같은 초등학교에 들어갔다. 그 친구는 동네 입구 비탈길에 자리 잡은 3층 단독 주택에 살았고, 나는 비탈길을 지나 골목 안쪽으로 깊숙이 들어가야 나오는 단층 하숙집에 살았다. 점심 무렵이면 유치원에서 돌아오는 친구를 기다렸다가 부리나케 여기저기를 돌아다녔다. 딱지치기를 하자, 아랫동네 아이들을 불러서 다방구를 하자, 남산에 올라가자, 떡볶이를 먹으러 가자, 만화방에 가자 등등 언제나 상황을 주도하는 것은 나였고 친구는 늘 웃으며 잘 따라주었다.

한번은 비탈길에 세워져 있던 친구 아버지의 승용차 안에 들어가서 논 적이 있었다. 친구에게 아버지 차 열쇠를 가져오라고 해서 문을 열고 들어간 우리는 핸들을 돌리고 소리를 치면서 신나게 놀았다. 나는 운전석에 앉고 친구는 옆자리에 앉아 있었는데 어느 순간 차가 움직이기 시작했다. 비탈길을 따라 덜덜거리며 미끄러져 내려간 승용차는 다행히도 그 순간 차량 통행이 없던 도로를 가로질러서 반대편 가로수를 가볍게 들이박고는 멈춰 섰다. 한동안 멍하니 앉아 있던 우리는 차에서 내린 다음 아랫동네의 공사장 맨홀에 들어가 숨었다.

그날 밤 우리는 맨홀 속에 앉아서 나와 친구의 이름을 부르는 어른들의 소리를 들으며 벌벌 떨었다. 내 기억은 거기까지였다. 얼마나 크게 혼이 날지 너무 무서워 그 기억을 억누른 탓인지 그날 밤 어떻게 맨홀에서 나왔고 언제쯤 각자 집에 돌아가서 잤는지 기억이 없었다. 그 다음날 나는 친구와 함께 3층 단독 주택 거실에 앉아 있었다. 친구 아버지 앞에서 고개를 숙이고 어떤 이야기를 듣다가 하하하 호탕하게 웃는 소리에 고개를 들었다. 친구 아버지가 어이가 없다는 듯이 기분 좋게 웃고 있었다. 곧이어 간식이 나왔고 우리는 다시 신이 나서 친구 방에 있는 침대 위를 폴짝폴짝 뛰며 놀았다.

그 뒤로도 우리는 전처럼 잘 놀았다. 그 친구를 잊지 못하는 이유는 그런 사건들 탓도 있지만 무엇보다 함께 놀면서 들어간 비용이 전부 친구의 주머니에서 나왔기 때문이었다. 무엇을 할지는 내가 정하고 비용은 친구가 댔다. 나는 마치 무엇을 하고 놀지 선택하고 제안하는 역할이 거기에 들어가는 비용보다 더 중요하다는 듯이 행동한 것으로 기억한다. 같은 초등학교를 다닐 때에도 나는 친구의 필기도구 따위를 곧잘 빌려 썼고 한참을 쓰다가 나중에 돌려주면 "너 가져"라는 호의어린 반응에 어쩔 수 없다는 듯 "알았어" 하고는 반색하며 "놀자"라고 했었다.

그러나 내가 그 친구를 잊을 수 없는 진짜 이유는 다른 데에 있었다. 각자 다른 중학교에 진학한 뒤 나는 교회 생활에 빠져 지냈고 나만의 번잡한 세계를 즐기느라 언제나 새로운 친구를 만들었다. 하숙을 하던 우리 집은 종종 이사를 다녔지만 한두 동네만 지나면 여

"있는 집 자식이지?"

"학교 공부도 잘했지?"

"하고 싶은 거 다 하고 살았지?"

전히 친구의 집이 그곳에 있었고 오가다 곧잘 만나기도 했지만 그게 전부였다. 그럴 때면 나는 약간 미안한 마음에 서먹하게 눈인사만 하고 지나치곤 했는데, 친구는 마치 어린 시절의 그때처럼 나를 허물없이 대해주었다.

친구는 내 아버지가 돌아가신 날, 내 어머니가 돌아가신 날, 그리고 내가 결혼하는 날 모두 나를 찾아왔다. 나는 친구의 부모님이 돌아가신 날은 물론 그 친구가 결혼을 하고 아이를 둘 낳을 때까지 아무것도 모르고 있었다. 비교적 유복한 집안에서 평탄하게 자란 친구는 대학을 나와서 평범한 직장인 아빠가 되어 있었다. 신기한 일은 나는 오래 전에 발길을 끊은 동네 교회를 불교 신자였던 친구가 뒤늦게 열심히 다니고 있다는 사실이었다. 덕분에 친구는 내 결혼 소식을 듣고는 청첩장을 직접 받아야 한다면서 결혼식 전에 나를 따로 불러냈었다.

네 칼럼 신문에서 자주 봐, 그래, 너 TV 나올 때 보면 하나도 안 달라졌더라, 너도 그래, 늦었으니까 결혼하면 애 빨리 낳아야겠네, 모르겠어, 너 옛날에 우리 교회 중등부며 고등부 회장도 하고 열심이었잖아, 그랬지, 돌아가신 어머님이 권사님이셨고 형님은 목사님이 되셨는데 너도 교회 나와야지, 그냥…… 대화는 조금씩 과거로 거슬러 올라갔고 그러다가 친구 아버지의 승용차로 사고를 냈던 그날로 넘어갔다.

"그날 엄청 맞았지."

친구의 아버지가 참 대범하신 분이었다고 내 기억을 상기하자, 친구는 맨홀에서 나온 그날 밤 집에 가서 아버지에게 정신을 잃을 정도로 맞았다고 말했다. 그랬다. 친구는 그날 밤 맨홀에서 우리가 나눈 이야기는 물론 맨홀에서 나온 다음 어떻게 되었던가를 생생하게 기억하고 있었다. 맨홀 속으로 우리를 찾는 목소리가 들려올 때마다 나는 친구에게 "네가 운전했다고 해"라고 알리바이를 만들고 있었다. 언제나 나를 따라주던 친구는 덕분에 그날 밤 집에 가서 죽도록 매를 맞았던 것이다. 나는 어머니 손에 붙들려가서 회초리를 맞기는 했지만 까맣게 잊고 지낼 만큼 그날 그 사건의 책임에서 멀리 벗어나 있었다. 아니 부잣집 아들이었고 넉넉했으며 가진 것이 많아서 늘 부러워하던 친구에게 나는 이상한 당당함으로 자유로웠다.

★

한쪽은 가진 것이 많아서 덤덤하고 다른 한쪽은 그 중 하나라도 가져보고 싶어한다. 한쪽은 넘쳐서 흘러나오고 다른 한쪽은 그것의 일부라도 흘러 들어오면 하고 바란다. 한쪽은 너그럽고 다른 한쪽은 다급하다. 만약 또래의 두 아이가 그렇게 나뉘어 있다면, 그리고 그 둘이 서로 단짝 친구가 된다면 어떻게 될까? 지나친 일반화일 테고 시대의 성격이나 사회적 환경, 무엇보다 두 아이의 성격 같은 요인에 따라 그 이야기는 천차만별이겠지만, 나는 그런 대비가 선명하게 눈에 들어오는 관계를 볼 때면 그때나 지금이나 조금 이상한 기분에 빠져들었던 것 같다.

그날 스낵바에서 그 아이와 라면을 먹고 난 다음부터 경천이를 대하는 내 태도가 조금씩 바뀌었다는 사실을 나는 나중에서야 깨달았다. 경천이는 그 아이의 달라진 생활 패턴 때문에 둘이 붙어 다녀야 했을 오후 시간에도 학교에 남아 있는 때가 많아졌다. 경천이에게 강렬한 문화적 자극을 받으면 받을수록 그 아이는 하나둘 아르바이트 개수를 늘려나갔다. 돈이 절실했다. 그 아이는 유럽에 가서 집시들을 만나보고 싶다는 꿈을 키우며 목돈을 준비하느라 바빴다. 그 아이는 경천이를 만날 때면 같이 비행기를 타고 떠나는 그날을 미리 상상하는 일에 푹 빠져 있었다.

경천이와 함께 두 번째 학기를 시작했을 때 나는 경천이에게 그 아이와 단짝으로 지낸 이야기를 경천이가 개인 프로젝트로 준비하던 홈페이지에 올리도록 했다. 나는 경천이의 관계 방식을 관찰하고 싶었다. 두 번째 학기의 중간이 지나고 뒤늦게 날을 잡아 그동안 쌓인 경천이의 글과 사진을 살펴보았을 때, 나는 둘 사이가 기묘하게도 어린 시절 나와 친구 사이에 있던 관계의 새로운 변형 같다는 공상에 사로잡혔다. 서로 붙어 다니는 동안 식비나 차비 같은, 결코 무시해서는 안 되는 소소한 비용을 내는 쪽은 늘 경천이였다.

나는 경천이에게 그렇게 번번이 네가 돈을 내면 그 아이의 기분이 어떨지 생각해 보았느냐고 물었다. 경천이는 "괜찮아요"라고 상큼하게 대답했다. 자기한테 돈이 있고 그 아이도 거절하지 않으니까 내는 것인데 문제가 되느냐면서 그것을 미리 걱정해서 각자 돈을 내자고 하는 게 도리어 서로에게 불편한 일이라고 했다. 나는 그 아이에게도 물어보았다. 나중에 자신이 돈을 벌어서 경천이가 필요할 때 도움을 주면 되지 않겠느냐고 말하는 그 아이는 그 문제를 별로 생각해 보지 못했다고 했다. 그 아이에게는 유럽에 가겠다는 일념 말고는 다른 생각이 없는 것처럼 보였다. 나는 둘 사이를 오가며 묻는 일을 그만두었다.

경천이는 전처럼 방학 기간이면 해외로 여행을 떠났다. 내가 관찰을 했던 때까지는 언제나 혼자 가는 여행이거나 가족 여행이었다. 그 아이는 1년여 만에 여행 경비를 마련한 것 같았고, 드디어 둘이 함께 유럽을 갈 수 있었지만, 어찌 된 영문인지 그 아이 역시 혼자 여행을 떠났다. 방문지도 바뀌어서 인도로 갔다고 했다. 그 무렵 나는 경천이에게 예의 '공포의 3단 논법' 농담을 던지기 시작했다. 그때 내가 왜 그랬는지 모르겠다. 처음에는 영문을 몰라서 어리둥절하던 경천이도 내 농담이 계속되자 당황스러워했다.

그 뒤로 나는 대안 학교의 교사를 그만두었고 경천이하고도 그렇게 멀어졌다. 인도에 갔다는 그 아이는 다시 돌아왔다고는 했는데 센터에는 거의 들르지 않았다. 둘은 밖에서 계속 만나는 듯했지만 예전처럼 하루 종일 붙어 다니지 않고 조금은 거리를 두고 지내는 것 같았다. 경천이는 나중에 미국에 있는 명문 대학에 진학을 했고, 그 아이는 홍대 앞에서 다른 사람들과 함께 독립 영화 제작 같은 몇 가지 문화 기획을 하다가 귀농 학교의 수강생이 되었다는 이야기를 들은 것이 둘의 관계에 대해 내가 알고 있는 전부였다.

★

어린 시절의 단짝 친구에 대해 내가 가졌던 이상한 당당함의 정체를 나는 아직도 샅샅이 알고 있지 못하다. 단지 지금의 내 성향으로 돌아보건대 당시의 나는 내가 가지고 싶고 누리고 싶은 것을 이미 다 가지고 있는 그 친구의 힘을 빌려 쓰면서도 그 친구한테 꿀리고 실지는 않았던 것 같다. 나는 네가 가진 것을 받는 것이 정당하다고, 너는 네가 가진 것을 나에게 주는 것이 당연한 것이라고, 그런다고 내가 너에게 고마워해야 할 이유는 없다고, 그런 억지가 어린 소년의 가슴속으로 스쳐 지나가곤 했던 것 같다.

경천이는 마치 나의 어린 시절 단짝 친구 같기는 하되 마음 씀씀이는 내 친구의 그것이 아니라 나의 것을 빼다 박은 것 같은 아이였다. 꼭 내가 단짝 친구가 살던 3층 단독 주택의 아들로 다시 태어난 것 같은 기분이었다. 경천이의 이상한 당당함은 자신이 누리는 것을 흔쾌하게 나누긴 하되 그것이 상대방의 욕구나 처지에서 비롯되기보다는 자신의 의도와 주도에 의해 이뤄지는 데에서 나오는 것 같았다. 내가 마음으로 소통하지 못한 채 단짝 친구를 대상화한 것처럼, 경천이는 그 아이를 자신의 열린 의식과 태도의 대상으로만 본 것은 아닐까 싶었다.

그러나 나는 경천이를 내 학생으로 만나는 동안 담임이 아니라 경천이와 붙어 다닌 그 아이의 대리인처럼 굴고 있었다. 이 점에 관해서만큼은 나는 경천이에게 담임의 자격이 없다고 해도 틀린 말이 아닐 것이다. 내 오랜 단짝 친구에게 그렇듯이 지금도 경천이에게 미안하다. 그 때문에 '공포의 3단 논법'을, 원래 잘 통하지도 않는 썰렁한 농담이었지만, 나는 더 이상 써먹지 않게 되었다. 있는 집 자식이고 학교 공부도 잘했으며 하고 싶은 것을 다 하며 살았더라도 그것이 경천이의 탓이 아닌데, 나는 정작 다른 배경들에 정신을 빼앗겨서 경천이의 속내를 제대로 만나지 못하고 은근히 비꼬기만 한 것이다.

근래에도 지난 교사 시절을 떠올리다가 경천이에게 더 미안해지는 감정이 들 때가 있다. 그때 싫어하는 줄 알면서도 툭툭 내던진 나의 뒤틀린 농담 아닌 농담 때문에 경천이가 상처를 받고 그 아이와 멀어진 것은 아닐까 하는 추측이 들어서이다. 그때 나는 그 아이가 식사나 차비가 필요할 경우라도 경천이의 돈을 받지 않기를, 힘들더라도 스스로 돈을 벌어서 쓰기를, 무엇보다 경천이 때문에 가졌을 유럽 집시에 대한 헛된 꿈을 어서 바꾸기만을 열렬히 원했던 것 같다. 나는 이제 경천이가 미국에 있는 대학을 다니면서 자기 자신을 완성하기를 간절히 바란다.

한 가지 더 있다. 내가 일한 작은 대안 학교는 서울 시민의 세금으로 운영되는 청소년문화센터의 예산에 학부모들의 돈이 더해져서 운영되고 있다. 애초 이 대안 학교는 저소득 가정의 아이들 가운데 하고 싶은 것이 간절한데 사회적 지원과 지지가 부족해 주저앉은 아이에게 멋진 날개를 달아주는 꿈을 안고 문을 열었다. 그런데 시간이 갈수록 상대적으로 그런 아이는 줄어든 반면 고소득 고학력

계층의 아이가 늘어났다. 덕분에 내 과거의 말투대로 하자면 '있는 집 자식'과 '없는 집 자식'이 같이 다니는 학교가 되었다.

　나는 이 학교에서 그런 아이들이 서로를 돌보는 가운데 각자 자신을 다듬어가며 더불어 성숙해지기를 간절히 바라고 있다. 만약 내가 어린 시절로 돌아가서 그때의 단짝 친구와 함께 이런 학교에서 동료 학생이 될 수 있었다면, 갈수록 양극화로 치닫는 이 사회에서 좀체 만나기 어려운 경천이와 그 아이 같은 만남을 제대로 알아보고 축하해 줄 수 있는 현명한 교사를 만났더라면, 그랬더라면 이상한 당당함이 아닌 정당한 고마움을 서로 더 알게 되었을 터이고, 그만큼 세상을 헤쳐 나가는 나눔의 지혜를 더 풍성하게 가꿀 수 있지 않았을까 생각해 본다.

● 진미

진미는 자퇴를 할 때까지 전교 5등 밑으로 내려선 적이 없는 우등생이었다. 다니던 학교의

분위기도 좋아했고 또래 관계도 폭넓은 편이었으며 성격도 원만했다. 한마디로 다니던 학

교를 그만둬야 할 이유가 보이지 않는 아이였다.

너 다시
돌아가라

★

부모 모르게 대안 학교에 입학하는 아이들이 확연하게 줄어든 시기라서 눈에 띄기도 했지만 진미의 사정은 또 달랐다. 진미는 서류를 접수할 때도, 입학 인터뷰를 할 때도, 뒤늦게 부모와 동행했을 때도 교복을 입고 있었다. 부모에게는 그때까지도 일반 고등학교를 계속 다니는 것처럼 행세한 모양이었다. 진미는 대안 학교를 다닐 때에도 종종 교복을 입고 왔다. 그것이 아이들 사이에서 또 하나의 패션이라는 것을 알게 되었지만, 진미만큼 교복을 입은 모습이 편안해 보인 아이도 없었다.

자녀가 대안 학교에 가는 것을 탐탁지 않게 여긴 부모들은 대체로 "대안 학교는 문제아들의 학교"라는 통념을 갖고 있었다. 동시에 자신의 아이가 어딘가 남다른 데가 있어서 일반 학교를 다니기 어려워한다는 것도 알고 있었다. 성적 때문이든 학교 분위기 때문이든 독특한 성격 때문이든 말이다. 그 두 가지 사이에서 부모는 자녀의 대안 학교 선택을 두고 줄다리기를 했다. 그 중 일부의 아이들은 부모 몰래 대안 학교 입학을 실행에 옮겨놓고는 나중에 부모의 억지 동의를 끌어내곤 했다.

부모 모르게 결정하고 행동했다는 점만 빼면 진미는 대안 학교에 온 아이들과 확연하게 다른 점이 있었다. 진미는 자퇴를 할 때까지 전교 5등 밑으로 내려선 적이 없는 우등생이었다. 담임을 비롯해 학교의 모든 교사들은 그런 진미를 자랑스럽게 생각했고 아껴주었다. 친구 때문에 힘들어한 것도 아니었다. 진미는 다니던 학교의 분위기도 좋아했고 또래 관계도 폭넓은 편이었으며 성격도 원만했다. 한마디로 다니던 학교를 그만둬야 할 이유가 보이지 않는 아이였다.

이 사실을 진미의 부모는 물론 진미 자신도 잘 알고 있었다. 진미의 부모, 특히 아버지는 딸아이가 다니는 대안 학교를 뒤늦게 방문했을 때에도 여전히 진미의 행동을 납득할 수 없다고 한탄을 했다. 멀쩡하게 잘 다니던 학교를 특별한 이유도 없이 그만두고 대안 학교에 가겠다고 하면 부모가 어떻게 해야 하느냐고, 당장이라도 다니던 학교로 돌아가면 좋겠다고, 그렇게 열변을 토하는 아버지 앞에서 나는 진미가 대안 학교를 꼭 다녀야 하는 어떤 명분도 지어낼 수 없었다.

"약속 안 지키면 끝입니다."

진미 아버지가 말한 약속이란 진미가 고3 나이가 되면 서울대에 반드시 합격해야 한다는 것이었다. 진미 자신도 부모를 납득시킬 만한 이야기를 갖고 있지 않았기 때문에 부모가 원한 서울대 진학의 꿈을 꼭 이루겠노라고 단단히 약속을 해둔 상태였다. 진미의 말로는 별로 어려운 일도 아니라고 할 만큼 자신이 넘쳐 있었다. 아니 그 약속을 대수롭게 생각하지 않는 것 같았다. 진미 아버지의 이야기를 일방적으로 듣기만 한 그날 진미의 대안 학교 선택에 대해서 나는 스스로를 먼저 납득시키지 못하고 있었다. 게다가 서울대라는 그 말 때문에 살짝 기분이 삐뚤어져 있었지 싶다.

★

진미의 대안 학교 생활은 평탄했다. 아이들과도 잘 지냈고 참여하는 프로젝트에도 성실했다. 동시에 대학 입시를 위한 공부도 병행하고 있었다. 진미의 가방에는 교과서와 참고서가 가득했다. 중간에 빈 시간이라도 생기면 진미는 아이들과 어울리기보다는 책을 꺼내서 읽고 쓰고 외웠다. '햇빛 밝은 방'의 구석진 곳에 자리를 잡고 그렇게 혼자 열심히 입시 공부를 하는 진미를 볼 때면, 가끔 교복이라도 입고 와서 그러고 있을 때면, '저 아이는 왜 이곳에 와 있는 것일까?' 하는 궁금증이 들었다.

한 학기를 마치고 자기 평가서를 제출하는 시기였다. 아이들은 대개 기한을 맞추지 못하고 일주일 남짓 시간을 끌면서 끙끙대게 마련이었다. 특히 자기 평가서는 지난 경험을 돌아보며 스스로 성찰의 키워드를 찾아내는 것이 중요했기 때문에 충분히 생각하고 다시 쓰는 과정이 불가피했다. 그것은 지난 한 학기 동안의 자신을 통합하고 재구성하는 글쓰기였다. 반면 진미는 누구보다 먼저 일찌감치 게시판에 자기 평가서를 올려놓은 상태였다.

만만치 않은 분량이었다. 진미의 글은 자신이 한 모든 프로젝트에 대해 열심히 참여해서 성취한 것과 그렇지 못한 것을 꼼꼼하게 나열하고 있었다. 또 열심히 하지 못한 이유가 무엇인지 그 분석도 충실하게 곁들이고 있었다. 마치 모든 과목에 대해 등급을 매기듯 평가하고 있었다. 그런 결과를 초래한 자기 인식이나 방법에 대해서도 명료하게 스스로 자기 반성을 촉구하는, 잘 갖춰진 성적표를 보는 것 같았다. 나는 이것은 아니라고 생각했다.

"제가 뭐 잘못했나요?"

진미의 자기 평가서를 보고 나는 확신을 갖게 되었다. 대안 학교를 꼭 다녀야 하는 이유 또는 잘 다니던 학교를 그만둬야 했던 이유 같은 가장 중요한 이야기를 진미는 스스로에게 말한 적이 없었다. 아니 그 이야기는 애초에 없었다. 이곳에 와서 하고 싶은 것들이 많은 거라면 일반 학교를 다니면서도 방과 후 프로그램으로 얼마든지 참여할 수 있다고 나는 말해주었다. 그렇게 청소년문화센터를 활용해서 성공한 사례가 누구이고 어떤 경우인지도 자세히 설명해 주었다. 내내 못마땅한 표정으로 듣고 있던 진미가 내 말이 끝나자 소심한 목소리로 "제가 뭐 잘못했나요?"라고 물어왔다.

"그런 뜻이 아니고……"

자기 평가서는 글의 형식과 문장이 아니라 자아를 직시하고 있는가 하는 본질이 중요했다. 더욱이 신입생 첫 학기를 보내고 쓰는 자기 평가서라면, 자신이 무엇 때문에 대안 학교를 선택했는지와 같은 근본적인 질문이 있어야 했다. 대체로 첫 학기를 마치고 자신의 선택이 잘한 것인지 자문하면서 회의에 빠지는 아이들은 길게 호흡하면서 그 문제 의식을 유지하도록 힘껏 격려하는 일이 진정한 길 찾기의 시작이었다. 반면 스스로에게 '참 잘했어요'라고 도장을 찍어주는 경우라면, 특히 왜 잘하려고 했는지를 생각하지 않고 무조건 잘하고 보는 습관대로 행동하고 있다면 상황은 달랐다.

질문의 차원이 대답의 차원을 규정한다면, "제가 뭐 잘못했나요?"라고 물어온 진미의 질문에 대해 나의 대답은 이미 번지수를 잘못 찾아 들어간 막다른 골목 같았다. 하라는 대로 열심히 다 한 학생에게서 잘못한 점을 찾아내려 했으나 논리적으로 찾아낼 것이 없게 된 담임의 우스운 꼴이 그때의 내 모습이었을 것이다. 잘못한 게 없는데, 아니 잘한 것들이 수두룩한데, 진미가 원해서 온 대안 학교를 그만둬야 할 이유는 뭐란 말인가 싶어서 나는 입을 다물었다.

★

진미는 두 번째 학기를 시작했다. 그러나 나는 진미의 두 번째 학기 중간에 또 한 번 같은 감정을 드러내고 말았다. 첫 학기와 다름없는 모습을 지켜보면 지켜볼수록 '저 아이는 왜 이곳에 와 있는 것일까?' 하는 첫 학기 때의 물음이 내 안에서 무수히 증식되어 갔다. 진미는 첫 학기와 마찬가지로 서울대에 입학하기 위한 입시 공부와 대안 학교의 우등생이자 모범생 생활을 빈틈없이 병행하고 있었다. 달라진 점이라면 대안 학교 일과가 끝나는 늦은 오후 무렵이면 어김없이 일찍 귀가한다는 사실이었다.

그와 같이 자기 혼자 정해놓은 규칙을 외로이 지켜나가는 태도로는 대안 학교에서 바라는 동료와의 협력에서 비롯되는 다양한 경험을 기대할 수 없었다. 내가 있던 대안 학교는 인문학적 교양을 쌓는 프로젝트와 몸을 움직이는 프로젝트, 영어 회화와 자치 모임 등으로 이루어져 오전부터 이른 오후까지 운영되었다. 반면 다양한 문화 작업을 매개로 자신의 관심사를 찾고 몰입해 보는 경험은 청소년문화센터가 주관하는 다섯 개의 스튜디오에서 늦은 오후부터 밤 10시까지 할 수 있었다. 첫 학기 이후부터는 그런 문화 작업을 통해 또래나 선후배 동료 관계를 형성하는 일에 더 많은 시간을 쓰는 편이었다.

"제가 문제가 있나요?"

진미는 똑똑한 아이였다. 어른이 에둘러 말하는 것 같으면 금세 알아채고 그 잣대를 자기 수준에서 빠르게 해석하고 반응하는 애 어른 같았다. 나는 했던 말을 다르게 표현하려고 애썼다. 입시 공부와 대안 학교 생활을 균형 있게 유지할 만큼 자신을 관리할 줄 안다, 서울대에 진학하고 장차 무엇이 되겠다는 진로에 대한 자기 기획도 분명하다, 남은 것은 대안 학교에 와서 또래나 동료 관계를 맺고 자신의 팀을 만드는 것인데, 그것을 할 생각이 없다면 일반 학교를 다니면서도 청소년문화센터 활동에 참여해서 다 할 수 있다는 이야기를 또 했다.

"······ 문제 있다."

나는 결국 그렇게 말하고 말았다. 대안 학교는 문제아가 오는 곳이라는 말이 맞다고, 누구든 자기 인생의 문제가 있다는 것을 알아야 성장하는 것이라고, 아니 인생의 문제가 무엇이든 꼭 있게 마련이라고, 그것도 중요한 문제가 있어야 한다고, 삶의 고민이 없는 사람이 누가 있을까 싶은 그런 심정이 되어 나는 진미의 문제를 다소간 지어내는 기분으로 말하기 시작했다. 간절하게 원해서 가까스로 얻어야 하는 그 무엇이 진미 너한테는 없는 것 같다고, 그것이 바로 진미의 문제라고 나는 횡설수설했다.

풀죽은 모습으로 일찍 귀가하는 진미의 뒷모습을 지켜보면서 '내가 지금 무슨 짓을 한 걸까?' 하는 후회의 감정들이 마치 경련처럼 일었다. 대안 학교를 다니겠다고 열심히 하는 아이를 다니지 말라고 기를 써서 뜯어말리는 대안 학교의 교사라니, 긁어 부스럼을 만들거나 불씨가 잦아드는 집에 불나라고 부채질을 하는 꼴 같아서 나는 나한테 어리둥절했다. 그날의 대화가 진미에게 어떤 영향을 끼쳤는지 나는 짐작조차 할 수 없었다.

비슷한 무렵 진미의 어머니가 학교에 찾아왔다. 딸아이가 요즘 몹시 힘들어하는 것 같다고 해서 나는 속이 화끈거렸다. 그러나 어머니가 들려준 사정은 달랐다. 진미가 계속 대안 학교를 다니는 통에 아버지가 서울대 진학을 놓고 화를 냈고, 결국 그 약속을 이행하고 있다는 증명을 하기 위해 입시 학원 등록을 했다는 것이다. 학원에서 치르는 모의고사 성적을 올리기 위해 전보다 더 빠듯하게 시간을 쪼개 쓰느라 진미의 몸과 마음이 많이 지쳐 밤늦게 학원에서 돌아오면 잘 먹지도 않고 쓰러지듯이 잔다고 했다.

나는 잠시 생각을 하고 나서 그동안 진미와 나 사이에 있었던 일을 전했다. 나도 진미가 계속 대안 학교를 다닐 필요가 없다고 판단하고 있다고, 진미는 부모의 바람 이상으로 스스로 번듯하게 좋은 대학에 가고 돈 잘 벌면서 살아갈 아이라고, 진미가 대안 학교를 안 다녀도 좋겠다는 생각을 스스로 하게 하려면, 아버지의 조급증도 담임인 나의 채근도 멈춰야 할 것 같다고, 오랜 시간이 걸리지 않을 듯하니 압박을 중단하고 기다려보자고, 마음껏 대안 학교 생활을 즐겨보라고 한 번쯤 권해주고 뒷짐 지고 지켜보자고 했다. 그것은 일종의 담합이었다.

★

나에게는 목사가 된 친형과 친형만큼이나 내가 잘 따랐던 동년배의 또 다른 형이 한 명 더 있었다. 그 형은 내 친형과 같은 신학교를 나왔고 같은 시기에 전도사가 되었다. 하지만 그 형은 구로공단에 들어가 노동자 교회의 사목 활동을 시작하더니 이후 민중 신학을 거쳐 노동자 해방 운동을 위한 조직에 투신했다. 우리 집에서 잠깐 하숙 생활을 하기도 했던 그 형은 내가 대학 입시 시험을 치른 날 저녁 나를 종로 뒷골목으로 불러내 술을 사주었다. 아니 나에게 술을 마시게 만들었고 취하게 만들었다.

"종휘, 너도 무난해, 무난해."

그 형은 나보다 훨씬 취한 상태로 갓 고등학생 딱지를 떼려고 하는 나의 가슴에 헛주먹질을 날리며 말했다. 내 친형 이름을 먼저 부르고 이어서 내 이름을 부르면서 울 것처럼 흐느끼며 그렇게 말했다. 나는 그날 그 자리에서 무어라고 말하기 어려운 강한 느낌을 받았다. 이미 내 안에 잠재되어 있던 성향들이었고 외부의 계기에 의해 밖으로 솟구친 것이었겠지만, 그날 이후 나는 친형이 걸어간 길과는 전혀 다른 길로 들어서리라는 것을, 아마도 그 길은 그 형이 가고 있던 그 길에 이웃에 있을 것임을 예감했던 것 같다.

나는 그 형이 속한 조직에 관찰자처럼 가담했다. 대학을 가기 전이었고 두 달 남짓 되는 짧은 시간이었다. 그 조직은 노동자 문예를 표방한 무크지를 발간하고 있었다. 모든 기사는 생산직 노동자들이 썼고 대학생 출신의 선배들은 편집과 기획을 맡았다. 그렇게 한 번

"제가 문제가 있나요?"

잡지가 나올 때마다 생산직 노동자와 대학생이 2인 1조로 짝을 이뤄 어디론가 새로운 공장을 찾아 위장 취업을 떠나는 방식으로 조직화가 이루어지고 있었다. 마침 내가 기웃거릴 무렵은 잡지가 막 나오려고 하던 때였다.

교정 일을 거들던 나는 그때 노동자와 대학생이 짝을 이뤄서 노동 현장으로 떠나는 조직 문화에 흠뻑 빠져 있었고, 나도 공장에 가서 노동자의 삶을 살아보겠다고 들떠 있었다. 그 형과 조직의 또 다른 선배들은 그런 나를 데리고 노동자 기자들과 함께 중국집에 갔다. 그곳에서 나는 내 결심을 다시 한 번 표방하는 기회를 가졌다. 그 형을 포함해서 대학생 출신의 선배들은 웃기만 할 뿐 아무 말도 하지 않았다. 노동자 기자들이 돌아가면서 말을 했는데, 제일 기억에 남는 것은 나와 동갑이던 한 생산직 청년이 던진 말이었다.

"종휘는 대학생이 되는 게 어울려."

자격 미달로 거절당한 듯한 기분에 사로잡힌 나는 그날 마구 술을 마셨다. 다음날 머리통이 깨지는 것 같은 통증에 시달리며 눈을 떠 보니 나에게 누구보다 호의어린 모습을 많이 보여주던 그 생산직 청년의 자취방이었다. 그 집에는 나보다 더 어린 남자아이가 있었다. 중학생쯤 되었을까 싶은 그 아이는 청년의 동생이었다. 이른 아침 나를 흔들어 깨운 형제는 내가 먹을 소박한 밥상을 마련해 두고는 출근해야 한다며 자취방을 나갔다. 열아홉 살의 철부지였던 나는 그 형제의 빈 자취방 이부자리에 한참을 그냥 앉아 있었다.

며칠 뒤 잡지 사무실에서 만난 그 생산직 청년은 나를 보고 환하게 웃었다. 얼마 뒤 잡지가 발간되었다. 그때 나는 풋내기 대학생이 되어 발길을 끊은 다음이었다. 그 생산직 청년은 짝이 된 어느 대학생 출신과 함께 취업을 떠났다고 했다. 우리는 누구나 자신에게 가장 잘 어울리는 길이 따로 있다고, 설사 그 길이 아닌 길을 간다고 해서 잘못되는 것은 아니지만 각자 자신에게 어울리는 길을 찾아서 최선을 다한다면 서로 도울 게 더 많아질 거라고, 나는 지금도 그 생산직 청년의 말뜻을 그렇게 풀이해 준 그 형의 말을 잊을 수 없다.

★

진미는 두 번째 학기도 전과 다름없이 평탄하게 마무리했다. 달라진 점이 있다면 어머니가 학교에 왔다간 후 진미가 늦은 저녁까지 청소년문화센터에 남아 아이들과 어울리는 모습이 늘었다는 사실이다. 예전처럼 '햇빛 밝은 방' 구석에 앉아 혼자 책을 펴고 공부를 하는 일도 없어졌다. 다시는 교복을 입고 오지도 않았다. 진미 아버지도 내 제안에 귀가 솔깃했거나 아니면 나름대로 어떤 판단을 했기에 압박을 중단한 게 아닐까 짐작할 뿐이었다.

"휘 말이 맞는 것 같아요."

동료 학생들이 하나둘 게시판에 자기 평가서를 올리기 시작했을 때까지도, 아니 거의 모든 학생의 글이 다 올라간 뒤에도 진미는 자기 평가서를 내지 않고 있었다. 진미의 두 번째 자기 평가서는 끝내 제출되지 않았다. 그 대신 진미는 학기를 마감하고 방학을 시작하는 날 나에게 조용히 와서 대안 학교를 그만 다니겠다는 말을 꺼내면서 그렇게 덧붙였다. 다니던 고등학교를 다시 다닐 계획이라고 말하는 진미의 그날 모습은 풀이 죽어 있었지만 나는 진미의 뒤늦은 자각에 동조하며 축하라도 한다는 듯이 횡설수설했다.

그래, 너한테는 공교육이 바로 대안적인 길 찾기야, 일반 학교가 나쁘고 대안 학교가 좋은 게 아니야, 어디서든 자신에게 맞는 길을 찾아가면 되는 것이지, 네가 정말 원하는 것이 무엇인지 불투명할 때는 네가 지금 제일 잘하면서도 싫지 않은 그것을 놓아버리면 안 돼, 네가 꼭 서울대에 가야 하는 것인지는 모르겠지만 나중에 대학을 가서도 너는 정말 하고 싶은 것이 무엇인지 계속 찾게 될 거야, 모르지 나중에 네가 대안 학교 교사가 되어 있을지도, 그래, 잘 돌아가라, 하는 말들이 내 입에서 줄줄 흘러나왔다.

그러나 나는 진미의 힘없는 고백대로 내 말이 정녕 맞는 것인지 그때나 지금이나 확신이 없다. 도리어 자신 없어하고 후회할 때가 많았다. 이를테면 진미가 대안 학교를 다니다가 서울대에 합격하지 못하면 진미 아버지에게 무슨 말을 들을까 싶은 두려움 때문에, 진미가 끝까지 가본 다음에 그 길이 자신의 길이 아니었다는 것을 뒤늦게 알게 될까봐 겁이 나서 진미의 대안 학교 생활에 계속 딴지를 건 것인지도 몰랐다.

그 진위는 오직 진미 자신만 천천히 확인하게 될 것이다. 고등학교를 졸업하고 대학교를 가고 또 무엇이 되어 어떻게 살아가든, 그 과정에서 내 말이 잘못되었고 문제투성이였다는 것을 깨닫게 된다 해도 그때쯤이면 과거의 내 말은 진미가 만들어갈 자기 이야기에서 아주 작은 걸림돌의 흔적으로 남아 있기를 바랄 뿐이다. 아니 진미에게는 오직 진미 자신의 바람대로 자기 인생이 펼쳐졌는지를 확인하고 다시 준비하는 것만으로도 바쁜 나날들이 기다릴 것이다.

그나저나 아버지의 소원대로 진미가 서울대에 입학했는지는 모르겠다. 그 뒤로 나는 진미 소식을 통 듣지 못했다.

★

언젠가 대안 교육 관련 심포지엄에서 나눴던 말이 기억난다. 한 사회에서 1퍼센트 정도의 대안 학교가 한 발 앞선 다양한 사례를 만들면서 알차게 돌아가고 제도 교육이 그 장점을 자신에게 맞게 잘 흡수해 가는 것이 전체 교육에서 가장 이상적인 그림이라는 요지의 대화였다. 그 말은 반대로 대안 학교의 비중이 한 사회에서 1퍼센트를 넘어서는 양적인 확장으로만 눈길을 돌리게 되면 제도 교육과 대안 교육이 같이 병들 수 있다는 경계의 뜻도 담고 있었다. 교육 당국이 직접 나서서 대안 교육을 제도화하고 뒷받침하겠다고 하는 요즘 그 말이 더 실감난다.

진미가 예전의 고등학교로 돌아간 뒤 나는 비슷한 사례의 아이를 다시 만나보지는 못했다. 내가 교사로 일할 때까지는 그랬다. 다만 대안 학교에 오는 아이들이 달라지고 있다는 대안 교육 종사자들의 목소리는 내가 교사를 그만두려고 할 무렵부터 시작해서 점차 커지고 있었다. 사회와 학교와 가정의 체제가 주는 억압으로부터 자신을 찾기 위한 방법의 하나로 대안 학교를 갈구하는 아이들이 점차 사라지고 있다는 현장의 관찰담을 들을 때마다 나는 진미부터 떠올리게 된다.

일반 학교의 우등생이자 모범생이던 진미는 대안 학교에서도 우등생이자 모범생으로 살아가려고 한 특수한 경우였다. 진미의 말대로 '잘못'한 게 없고 '문제'가 없이 열심히 학습하는데 잘못이나 문제를 만들어내서라도 대안적 성장의 길을 찾아야 한다는 듯이 굳 나의 모순만큼이나, 이와는 정반대로 부모의 앞선 기획에 의해서 어떤 아이에게 소수자로 살아가고 주변부에 머물면서 대안적 삶의 가치를 추구하며 살아가라는 인생의 실험이 주어진다면 이 또한 큰 모순이 아닐 수 없다.

근대의 고속 압축 성장을 겪으며 절정에 달했던, 사회와 학교와 가정의 억압적 기제를 스스로 극복하고 싶게끔 삶의 동기를 만들어낸 관계의 조밀한 그물망들이 일제히 헐거워지고 있다면, 그 사이사이 어디론가 쑥쑥 빠져버리는 허망함이나 무료함으로부터 도망치려고 대안 학교에 오는 아이들이 있다면, 그 대안 학교는 무엇이고 대안적 길찾기란 무엇인지 하는 고민이 는다. 이런 상념에 빠질 때마다 나는 진미를 떠올리게 된다. 그때의 공공 교육은 무엇이고 제도 교육과 대안 교육이 할 일은 무엇일지, 양자가 부족한 부분을 보충하며 상승하는 방법은 무엇일지 생각만 자꾸 많아진다.

● 그리고 너희들

혜진, 동원, 혜교, 재용, 현정, 지훈, 선아, 승기, 은이, 해일, 영애, 정환, 주현, 민영, 민정.
교사의 자리에서 아이들과 맺은 한때의 추억은 내 속이 영글어가도록 그때그때 필요한 보
물을 담아내 주는 신기한 선물 상자로 남아 있다. 그 아이들이 살아가는 한 나는 계
나는 아직도 그 시절 그 아이들에게 배우고 있는 중이다. 그 아이들이 살아가는 한 나는 계
속 배우게 될 것이다.

어어어
잘들
사니

★

지금까지 이 책에 등장한 15명의 아이들 외에 나는 딱 그만큼의 또 다른 아이들과 담임으로 인연을 맺었다. 여기에 한꺼번에 묶어서 소개하는 또 다른 15명의 아이들은 한마디로 내가 "어어어?" 하는 사이 자취를 감추었거나 다른 반으로 옮겨간 구름 같은 존재들이다. 대부분은 한 학기만 같이 했거나 그보다 짧은 시간 동안만 서로를 바라본 사이였다. 아마 내가 그 아이들을 지켜본 것보다 그 아이들이 더 오랜 시간에 걸쳐서 찬찬히 나를 바라보았을 것이다.

생각할수록 미안한 마음부터 앞서지만, 때로는 초보 담임의 실수와 잘못이 무엇인지 인식하게 해준 아이들이고, 때로는 체질이나 유형이 나와 맞지 않아서 서로 아무리 애를 써도 행복해지기 쉽지 않은 관계가 있다는 것을 알려준 아이들이라서 고맙다는 말부터 해야 옳다. 미워하거나 방치하거나 포기했던 내 마음의 주체 못할 변덕을 뻔히 들여다보면서도 나를 담임으로 만난 그 잠깐의 인연을 그럭저럭 괜찮은 한때의 추억으로 말해주는 성숙한 아이들이다.

★

혜진이는 다루지 못하는 악기가 없을 만큼 연주에 두루 재주가 많았다. 어머니와 단 둘이 살았는데 모녀 사이가 친구처럼 알콩달콩 재미가 많았다. 내가 담임을 맡은 한 학기 동안 누구보다 나를 가장 잘 이해해 주고 도와준 혜진이는 그 다음 학기부터 대학생 남자와 연애를 시작했다. 그 뒤로도 꽤 긴 시간 동안 그것 말고는 인생의 다른 계획이 없는 것처럼 헌신적인 연애에 빠져 지냈다. 오가면서 만날 때마다 삐쩍 마른 혜진이에게 나는 "밥은 먹었냐?" 하고 영화 〈살인의 추억〉에 나오는 송강호의 엉뚱한 대사만 하고 또 했다.

★

동원이는 몸매와 표정이 매력적인 아이다. 아버지를 비롯해 대부분의 지인들은 수시로 다리를 떠는 나에게 도끼로 찍어서라도 고쳐야 한다며 농담 같은 핀잔을 수없이 주었다. 유일하게 "다리를 많이 떨면 골다공증에 좋대요"라고 말해준 아이가 동원이다. 동원이도 다리를 많이 떨었다. 할머니가 돌아가셨을 때 병원으로 찾아간 나에게 신뢰의 눈빛을 보여주던 동원이에게 담임을 그만둔 다음부터는 별반 신뢰를 얻을 만큼 행동한 것이 없다. 늘 나에게 뭔가를 말하려 하는 것 같았는데 나는 바쁘다는 핑계로 잘 대해주지 못했다.

혜교는 지방에서 올라와 자취를 했다. 특별히 뭔가가 두드러진다고 말할 수는 없었지만, 무엇이든 계기가 주어지면 적극적으로 참여하는 아이였다. 담임을 맡은 동안 나는 곧잘 삼십대 여성처럼 옷을 입고 진하게 화장을 하던 혜교의 모습이 눈에 거슬려서 알게 모르게 뜨악한 표정을 내비친 적이 많았다. 글도 쓰기 시작하면 너스레 없이 핵심만 간추려서 잘 썼는데, 대여섯 번 정도 글쓰기 개인 프로젝트를 진행하고는 끈기 있게 더 같이 하지 못했다. 그렇게 나로선 하다 만 것들이 많았는데 혜교는 다른 반으로 간 뒤에도 나만 보면 환하게 웃어주었다.

★

재용이는 내가 만난 학생 중에서 가장 빨리 대안 학교를 그만둔 아이다. 전형적인 래퍼 스타일의 차림을 하고 다닌 재용이는 "엄마만 생각하면 포근한 깃털에 감싸여 있는 것 같다"고 말할 만큼 어머니 품을 그리워한 아이였지만, 일찍이 아버지와 단 둘이 살게 되면서 배웠을 법한 남자 어른 흉내나 초보 마초 같은 언행을 일삼아서 나한테 혼이 많이 났다. 재용이가 학교에 나온 날은 모두 합쳐 20일도 되지 않았다. 녹음 일정이 잡혀 있다거나 뮤직 비디오를 찍으러 가야 한다던 재용이의 말을 나는 거의 다 뻥이라고 생각했었다.

★

현정이는 다니던 학교의 담임이 직접 대안 학교에 재진학시킨 경우다. 영상을 만드는 솜씨가 탁월하고 코미디를 다루는 감각이 뛰어난 아이였다. 고단한 일상에 지친 어른들의 내면까지도 코믹하게 잡아낼 줄 알았다. 각종 영상제에 나가서 상도 꽤나 받은 현정이는 내가 담임을 맡는 동안 여섯 권 정도의 책을 돌려보면서 가끔씩 만나 독서 후일담을 주고받는 사이였다. 내가 진행한 케이블 TV 독서 프로그램의 인턴십 작가로 참여한 적도 있다. 현정이는 무엇이든 스스로 배우는 아이였기 때문에 나는 내가 맡아야 할 일들을 이것저것 시켜놓고도 담임 행세를 할 수 있었다.

★

지훈이는 내가 보기에는 가수 체질이 아닌데도 가수를 하겠다고 끝까지 덤벼든 불굴의 의지를 가지고 있었다. 외모도 괜찮았고 책임감이 강했으며 무엇보다 한번 하겠다고 결심하면 끝까지 하는 아이였다. 지훈이는 돌아가신 아버지를 대신해서 어머니와 누나를 지켜주려고 애썼다. 그런 모습이 자신의 나이와 어울리지 않는 정서적 출혈로 나타날 때도 있어서 안쓰러웠지만, 지훈이는 끝까지 아르바이트를 하면서 가수가 되는 연습을 했고, 보란 듯이 대학 실용음악과에 진학했다. 돌아보면 지훈이에게 나는 형처럼 다가갔으면 좋았을 텐데 가수 하지 말라는 잔소리만 했다.

★

선아는 내가 만난 아이들 중에서 가장 눈물겹게 살았다. 하고 싶은 것이 많았고 무엇이든 한번 보면 똑같이 해내는 손재주가 좋았지만, 진득하게 시간을 투자하며 내공을 만들어야 할 단계에 가서는 휘청거렸다. 선아는 아르바이트를 그만둘 수 없었다. 자신의 자취 생활을 책임져야 했고 병이 난 어머니에게도 틈틈이 돈을 보내야 했다. 나는 언젠가 선아에게 어머니에 대한 경제적 배려를 어머니 당신이 간절하게 바라는 게 아니라면 그만 멈추고 네 자신에게 집중하라고 말했지만, 나는 그런 입바른 말만 했지 실제로 선아의 힘겨운 삶에 동참해서 눈물을 닦아준 적은 없었다.

★

승기는 휴학후 다시 학교로 돌아왔을 때 내가 처음 담임을 맡은 아이다. 시를 쓰고 어쿠스틱 기타를 쳤으며 그로테스크한 그림을 잘 그렸다. 승기는 대안 학교를 다니기에는 자신의 나이가 조금 많다고 생각했고, 곧 군대에 가야 할 것 같다고 걱정했으며, 대학에 가고 싶은데 그럴 수 있을까를 회의했고, 돈을 벌어야 하는데 아르바이트는 시간 낭비가 많다고 한꺼번에 많은 고민을 떠안고 있었다. 그런 승기를 붙잡고 나는 대안 학교를 그만두고 돈을 벌거나 입대하거나 공부를 해서 대학에 가거나 한 번에 한 개씩만 생각하고 행동하라고 독촉만 해대는 담임이었다.

은이는 생각과 말과 행동이 느린 학생이었다. 반면 작은 일을 해도 오래 묵히고 삭혀서 곰삭은 감수성을 피워내는 아이였고, 그만큼 깊고 넓게 내면의 세계를 가꾸어가는 아이였다. 나는 은이를 앞에 두고 속도가 나지 않는 것 때문에 곧잘 답답해했고, 그런 내 모습을 감추기 위해서 엉뚱한 농담만 많이 던졌다. 나는 한 학기 후 다른 교사에게 은이의 담임을 맡아달라고 부탁하고 다녔는데, 정작 은이는 다음 학기에서도 1순위 담임으로 나를 지목했다. 은이는 그때 나 같은 사람이 뒷받침하기에는 너무 광활한 우주였다.

해일이는 대안 학교에 입학한 남자아이 중에서 가장 길고 아름다운 자기 소개서를 써낸 아이다. 문학과 인문학에서 발군의 실력을 보일 것으로 기대됐던 해일이는 또래 누구보다 빨리 담배를 피웠고 자주 술을 마셨다. 마치 2000년대 사회를 1970년대의 청년이 비칠거리며 방황하는 것처럼 보였다. 나는 초반에 반짝 열정을 내비치며 해일이의 곁으로 다가갔지만, 정작 해일이가 나에게 다가오고 싶어했을 때는 데면데면했다. 그런 해일이가 어엿한 청년이 되어 반갑게 악수를 청해주면 그렇게 고마울 수가 없다.

★

영애는 다방면에 관심이 많았지만 무엇을 하든 자기 속에 있는 생각과 감정만큼 그것을 다 표현하지 못해서 늘 애태우곤 했다. 말을 시작은 했는데 끝맺지 못했고, 시작하지도 않은 말인데 말 다 한 거라고 해서 나를 황당하게 만들기도 했다. 하지만 그때마다 보게 되는 영애의 두 눈이 너무 웅숭깊어서 난 영애를 굳게 믿었다. 문제는 그런 내 태도가 관성이 되어 영애에게 있었을 작지만 중요한 변화의 계기들을 거의 포착하지 못한 채 담임을 그만두었다는 점이다. 영애는 나중에 따뜻한 남쪽 나라에서 살고 싶다고 했다.

★

정환이는 나에게 모닝콜 전화를 가장 많이 받았다. 아침 10시까지 학교에 나오는 약속을 두고 어머니와 나와 정환이 사이에 계약서를 쓰고 평가회를 갖기를 참 여러 번 했다. 그때마다 정환이는 어머니가 엉덩이로 자신의 얼굴을 눌러서 깨우는 것이 인격 모독이라거나 노래방에 갔을 때 자신이 불러야 할 18번을 엄마가 먼저 불렀다거나 하는 동떨어진 이야기를 늘어놓았다. 나는 웃었지만 정환이는 너무 진지해서 나는 한 번 더 웃어야 했고 그럴수록 정환이는 더 시무룩해져 있었다. 정환이는 줄곧 지각 대장이었고, 그 지각이 며칠씩 길어지더니 학교를 그만두었다.

★

주현이는 상대가 원하는 것이 무엇인지 기가 막히게 잘 알았다. 주현이는 누군가에게 도움이 되는 사람이 되려고 했다. 그럴 때 행복해 보였다. 이야기를 들어주고 공감하는 능력이 뛰어났지만 자신이 원하는 것이 무엇인지는 전혀 모르는 것 같았다. 무언가 내면에 답답하고 힘든 것이 있을 때도 직설적으로 그 느낌을 말하는 법이 없었다. 나는 주현이를 붙잡고 그것을 외부로 터뜨리려고 애를 썼다. 지금 생각하면 주현이는 나의 그런 행동 때문에 더 힘들어했던 것 같다. 그냥 지켜보면서 마음으로 지지해 주었다면 주현이는 더 빨리 더 쉽게 자기 자신이 되었을지도 모르겠다.

★

민영이는 무대 위에서 세상의 모든 것을 마음대로 표현하는 환상적인 배우가 되고 싶어했다. 그러나 홀어머니와 함께 스스로를 책임져야 했기 때문에 현실 속에서는 식당 배달을 하는 청소년으로 살았다. 몸에서 늘 음식 냄새가 났던 민영이는 또래 여자에게 애교 넘치는 이벤트로 사랑을 고백했다. 그러나 구애 경쟁을 벌이던 또래 남자아이의 당당함과 세련됨에 비해 민영이는 초라했고 위축되어 있었다. 그뿐이 아니었다. 한 아이 앞에 어쩌면 그렇게 많은 시련이 닥치는지 하늘이 원망스러울 정도였다. 그런 원망 말고 내가 민영이에게 해준 것이 뭐가 있을까 생각하면 창피하다.

★

민정이는 세상만사가 늘 불만스럽고 우습다는 말투였다. 해야하는 일은 다 하면서도 끝에 가서는 습관처럼 불평을 달았다. 아무 때고 입바른 소리를 잘한 민정이는 또래에 비해서 체구가 많이 왜

소했다. 그 때문인지 자기 방어가 강했고 동조 세력을 형성하는 일에 신경을 썼다. 때문에 많은 일에 관여했지만 그 중 무엇에든 눈치보지 않고 푹 빠져본 경험은 부족해 보였다. 나는 하는 일마다 대충 건드리기만 하는 민정이를 꼼짝 못하게 붙들어두고 한 가지라도 끝을 보게끔 압박한 고문관이었다. 민정이는 진저리를 쳤지만 내가 민정이를 우습게 보지는 않았다는 사실을 알아줬으면 좋겠다.

★

혜진, 동원, 혜교, 재용, 현정, 지훈, 선아, 승기, 은이, 해일, 영애, 정환, 주현, 민영, 민정. 여기에 후다닥 소개한 15명의 아이들이 만약 한때의 담임이었던 나에 대해서 쓴다면 결코 후다닥 쓰지 않았을 것이다. 또 나처럼 짧은 인상담으로 쓰지도 않았을 것이다. 아이들은 나의 말 한마디와 살짝 지어보이고 돌아선 표정 한 번과 별 뜻 없이 취한 동작 하나 때문에 내가 모르는 큰 영향을 받고는 했다. 실제로 나중에 몇몇 아이와 옛날 이야기를 하다보면 나로서는 전혀 기억나지 않는 장면들이 꽤 많이 등장했다. 그것이 나였다는 사실을 그 아이들의 이야기가 아니었다면 나는 전혀 모르고 살았을 것이다.

예나 지금이나 나는 아이들 앞에 서면 예리하고 똑똑한 척하지만 실은 여전히 어리버리하다. 다만 교사의 자리에서 아이들과 맺은 한 때의 추억은 내 속이 영글어가도록 그때그때 필요한 보물을 꺼내 주는 신기한 선물 상자로 남아 있다. 먼지가 앉았을 기억 속의 상자를 하나둘 열어보면서, 아이들의 이야기 속에 있는 내 것 같지 않은 나의 흔적을 지켜보면서, 그것이 무엇이고 어떤 의미이며 너와 나의 관계에 어떤 방식으로 작용한 것인지를 끝없이 재발견하고 있다. 그때마다 기억은 재구성되었고 과거는 미래로 넘어갔다. 나는 아직도 그 시절 그 아이들에게 배우고 있는 중이다. 그 아이들이 살아가는 한 나는 계속 배우게 될 것이다.

두고두고 민망한 일은 내가 그때 담임으로서 도와준 것이 너무 없었고, 점점 그 시절의 일상도 하나둘 가물가물해지는데, 그 아이들은 오가며 잠깐씩 스치는 순간에도 나에게 잘 대해준다는 점이다. 나를 보고 웃어주고 곁에 잠시 앉아주고 안부를 물어봐 주고 내 표정을 읽고 따뜻한 반응을 보여주고 무엇보다 내 어깨나 등을 다독이며 격려를 보내준다는 점이다. 정신없이 사느라 먹먹할 때마다 그런 잠깐의 돌봄들이 나를 다시 파릇파릇 살아나게 만들었다. 그 아이들에게 진심으로 고마울 따름이다. 그런데도 나는 여전히 어어어하다가 "잘 사니?" 하는 말조차 정겹게 건네지를 못했다. 너희들, 잘들 사는 거지?

뒷머리 어른
되기

★

- 아이를 자신의 동료로서 초대하기
- 아이와 고생하면서 서서히 친해지기
- 아이에게 친구와 협력하도록 장려하기
- 아이 앞에서 하기 싫은 일을 할 때 고백하기
- 아이가 길을 잃을까봐 두려워할 때 축하해 주기
- 아이가 순종적인 추종자로 자라는 것을 경계하기
- 아이가 감사할 일이 많아지는 인생을 깨우치게 돕기

여기에 적은 일곱 가지 '어른 되기'는 처음에는 '교사 되기'라는
제목으로 써두었던 것이다. '교사 되기'로 읽더라도 국가에서 발급

하는 교사자격증과는 상관없는 또 다른 자격에 관한 것이라는 점을 재차 밝혀둔다. 어른으로서 아이에게, 노인이 청년에게, 경험이 쌓인 이가 경험이 모자란 이에게, 조건을 가진 자가 조건을 준비하는 자에게, 희망을 가진 사람이 희망을 가지려는 사람에게, 다양한 실패를 겪어본 몸이 무수한 실패를 앞두고 있는 몸에게, 이렇듯 스스로를 교사로 자각하고 자신의 삶의 자리에서 십대 청소년과 관계를 맺고자 했을 때 필요한 자격 요건이자 방법 같은 것이다.

그래서 제목을 '어른 되기'로 바꿨다. 어른이라는 말을 네이버 국어 사전에서 찾아보니 네 가지 뜻풀이 중에서 1번 설명이 이렇게 나온다. "다 자란 사람." 예문으로 나온 속담 중에는 "어른 말을 들으면 자다가도 떡이 생긴다"는 말과 "어른도 한 그릇 아이도 한 그릇"이라는 말, 그리고 "어른 뺨치다"라는 말이 눈에 들어왔다. 어른이라는 말이 들어간 속담은 전부 아이와 짝을 맺고 있었다. 실상이 그렇다. 아이가 어른 흉내를 내면서 겉 자라는 법이라면, 어른은 아이라는 거울을 통해 속 자라는 것일지 모르겠다는 생각이 든다.

몸은 어른이 되었지만, 독신이든 가정을 꾸렸든, 자녀가 있든 없든, 내 피붙이가 아닌 십대 청소년 한 명과 동반 성장의 진솔한 관계를 맺을 때라야 이루어지는 진짜 '어른 되기'의 길은 늘 따로 있었던 것 같다. 그 '어른 되기'의 가장 매력적이고 행복한 체험의 하나가 바로 '교사 되기'라고 나는 믿게 되었다. 직장인도, 예술가도, 장사꾼도, 주부도 그 경험과 이야기로 '교사 되기'를 한다면 나이와 상관없이 진짜 '어른 되기'의 길로 잘 들어설 것이라고 생각한다. 해서 '어른 되기'라고 제목을 바꿔놓고도 각 항목과 설명글에서는 줄곧 교사라는 말을 썼다.

숫자를 매겨서 글을 쓸 때면 나는 버릇처럼 미리 몇 번까지 쓰겠노라 정하는 편이다. 대체로 3이나 5번까지, 아니면 10번을 채우거나, 많으면 13이나 15번까지 쓰는 경우가 많았다. 그냥 그 숫자들이 마음에 들기 때문이다. 그러나 이 뒷머리 글은 15명의 아이들 이야기를 쓰기로 정하고 10명의 이야기까지 쓰고 나서 불현듯 썼다. 써보니 5번을 넘기고서도 술술 나가서 꽤 쓰겠다 싶었는데 7번을 쓰고 나니 딱 그쳤다. 나중에 책의 본문을 마저 끝마친 다음 다시 쓰려고 했는데도 이 글은 더 써지지 않았다. 추가할 내용이 없는 것은 아닐 텐데 나의 짧은 2년 경험으로는 7번도 많이 썼다고 생각했다.

전국의 학교 현장에서 수고하고 있는 모든 교사들과, 사교육 시장에서 나름대로 애를 쓰는 학원 강사들과, 간디학교처럼 숲속에 있는 대안 학교에서 혹은 하자작업장학교처럼 도심 한복판에 있는 대안 학교에서 자신과 대면하고 있는 모든 교사들과, 저소득층 아이들을 위한 공부방에서 자원 활동을 하고 있는 선생님들과, 이른바

탈선이나 비행 청소년을 만나고 있는 특별한 현장의 어른들이 자신의 기막힌 경험을 살려서 '어른 되기'의 세세한 항목을 더 풍성하게 보태주면 고맙겠다.

★

아이를 자신의 동료로서 초대하기

교사가 교육 현장에서 행복해질 수 있는 가장 좋은 방법은 아이들과 동료 관계를 만드는 것입니다. 특히 선량하고 의욕 많은 초보 교사나 자기 확신이 분명해서 주도하기를 좋아하는 고참 교사는 자신의 좋은 계획과 아이디어를 쏟아놓기 전에 생각해야 합니다. 그것이 너무 훌륭해서 아이들이 어안이 벙벙해져 쳐다보기만 하는 사태를 만들지는 않을지 신중해야 합니다. 교사는 아이들이 호기심을 가득 품게 유도하고 그런 상태로 일에 뛰어들도록 솜씨 좋게 유혹하는 수단부터 잘 찾아야 합니다.

그러자면 교사와 학생의 자리를 나누는 무의식적인 설정이나 분위기를 의식적으로 해체해야 합니다. 아이들은 학생의 의무가 아니라 교사의 초대나 부탁을 받고 교사의 일에 '주제넘게' 참여할 때 동료라는 정체성을 갖게 됩니다. 교사가 아이들에게 자신과 동료가 될 기회를 더 자주 줄수록 교사는 아이들의 도움을 받아 일을 진행하기가 더 쉬워집니다. 또한 아이들의 자기 주도적 학습이 발동만 걸리면 얼마나 방향을 빨리 틀면서 스스로를 수정하는지, 얼마나 가속도를 내고 높이 뛰어오르는지 알게 됩니다.

아이와 고생하면서 서서히 친해지기

지혜로운 교사라면 아이들과 초기부터 급격하게 친해지지 않습니다. 처음에는 좀 거리를 두고 관계를 맺기 시작하고 차차 거리를 좁히면서 친해지는 것이 좋습니다. 의욕이 앞선 나머지 초반부터 아이들에 대해 모든 것을 알려고 하는 교사는 자신도 모르게 '나는 너에 대해 다 알고 있다'는 듯한 분위기를 자아냅니다. 이런 느낌은 아이로 하여금 경계심을 갖게 하거나 교사의 숨은 의도를 찾아 헤매도록 이끌기 쉽습니다. 아이들끼리 친해지듯 교사와 아이도 서서히 서로를 알아가며 친해져야 합니다.

초기에 급격히 가까워지면 교사와 아이는 서로를 동일시하게 되고 어느 순간 거리를 둬야 할 일이 생길 때 아이에게 의심과 불안감을 갖게 만들 수 있습니다. 서서히 친해지기는 같이 몸 고생을 할 때 한결 순탄해집니다. 하루 이상 걸리는 고생스러운 일을 같이 할 때 말없이 서로를 이해하게 되고 관심을 갖게 됩니다. 그런 몸 고생이 교육 현장에서 요청되는 생활의 일부이면 더 좋습니다. 이러한 친교 방식은 서로 물러서야 할 때 상처를 남기지 않게 해주고 관계가 실패할 수 있는 위험도 줄여줍니다.

아이에게 친구와 협력하도록 장려하기

교사는 아이의 타고난 재능과 선행된 학습을 존중해야 합니다. 아이가 그것을 더욱 잘 발전시키도록 격려해야 합니다. 그러나 교사는 아이들의 개성을 살리되, 이를테면 나서지 않는 아이와 물러서는 아이 앞에서 주도하는 아이가 자신을 뽐내도록 놔두거나 그 아이의 주장대로 결론이 나게끔 상황을 두고 보아서는 안 됩니다. 선과 악도 혼합되면 더욱 좋은 결과를 만들어낸다는 믿음을 아이들이 갖게 하려면, 주도하는 아이가 도망가는 아이를 도우면서 한 가지 이상 서로에게 배우도록 협력을 장려해야 합니다.

이 점에서 의무적으로 하는 지루한 토론이나 말 잘하는 아이가 이끄는 회의는 짧게 끝내는 게 좋습니다. 그런 순간에 교사는 잘 끼어들어 방향을 바꾸어야 합니다. 가만히 있던 아이들이 들썩이면서 활기를 찾을 수 있도록 역동적인 장면을 연출해야 합니다. 그리고 여럿이 함께 하기 때문에 더 많이 헤매더라도 단지 같이 한다는 것만으로도 많은 것을 얻게 되고 점차 헤매는 일도 줄어든다는 사실을 알아가도록, 교사는 협력의 과정을 재미와 매력이 넘치는 경험으로 꾸미는 일에 마술이라도 써야 합니다.

아이 앞에서 하기 싫은 일을 할 때 고백하기

교사가 해야 하는 업무들이 전부 좋기만 한 것은 아닙니다. 교사에게도 할수록 좋아지는 일과 시작부터 하기 싫은 일이 있습니다. 이 중에서 특히 하기 싫은 일을 할 때 교사는 '억지로 하게 되는 자신의 모습'을 아이들이 곁에서 지켜본다는 점을 생각해야 합니다. 원하지도 신뢰하지도 않는 일을 하는 어른들이 범람하는 사회에서 교사가 아이들에게 보여줄 모범은 '일을 즐기는 모습'입니다. 힘든 일이라도 회피하지 않고 낑낑대더라도 직면하는 모습이 얼마나 근사한지 관찰하게 하는 것입니다.

물론 하기 싫은 일을 하는데 미소를 짓기는 힘이 듭니다. 그렇다고 아이들이 볼 수 없는 곳에 가서 비밀리에 일하는 것은 더 좋지 않습니다. 그럴 때는 교사가 어떤 이유와 사명으로 그 일을 하는지,

그런데도 왜 하기 싫은지 솔직하게 고백해야 합니다. 교육 현장에서 교사가 하기 싫은 일도 전부 아이와 연결됩니다. 그 사이에 고리들이 많아서 멀게 느껴질 뿐입니다. 아이들은 교사가 하기 싫은 일이 무엇인지 그리고 그 일이 어떻게 자신과 연관되어 있는지 어렴풋하게라도 이해할 필요가 있습니다.

아이가 길을 잃을까봐 두려워할 때 축하해 주기

길찾기라는 말이 교육 현장에서 유행어가 되고 있습니다. 이 말은 사회에서도 어른에게도 절실한 개념입니다. 세상의 다양한 교육은 결국 내가 나의 길을 스스로 가기 위한 끝없는 길찾기 학습입니다. 문제는 오직 길을 찾아낸다는 목적만 강조되어서, 길찾기가 예컨대 길을 잃어버리는 법 없이 계획과 준비물과 일정대로 이루어지는 때입니다. 아이에 대한 애정과 아이디어가 많은 교사일수록 아이의 길찾기가 빈틈없이 예정된 코스를 따라서 길을 찾아가는 직선 단거리 경주가 되게 하려고 애를 씁니다.

그러나 길을 찾는 것은 길을 잃으면서 시작됩니다. 길을 잃어버리지 않는 사람은 어떤 길도 찾지 못합니다. 길을 잃을 때 우리는 선물처럼 길을 찾게 됩니다. 그 길은 기대나 예상과는 다른 길이지만, 그 길이 그 아이에게는 진짜 길찾기가 될 확률이 높습니다. 문제는 교사도 아이도 길을 떠나기 전이나 길을 찾는 도중에 길을 잃을까봐 두려워하는 것입니다. 두려워서 길을 잃지 않으려고 발버둥칠 때 교사는 길을 잃는 즐거움을 환기시켜야 합니다. 그것이야말로 진짜 길찾기이기 때문입니다.

아이가 순종적인 추종자로
자라는 것을 경계하기

교사가 느끼는 가장 큰 유혹은 총명하고 유순한 아이가 교사에게 순종하는 방식으로 성장할 때입니다. 심지어는 암시만 주었을 뿐인데도 세세한 것까지 정확하게 간파하고 그것을 고스란히 재현하는 아이를 볼 때 교사는 짜릿함을 느낍니다. 세상에 그런 제자를 아끼지 않을 교사가 있을지 궁금합니다. 문제는 그렇게 교사에게 순종하며 총애를 받고 자란 모범생 제자일수록 장차 가르침을 열심히 추종할 줄은 알게 되지만 자신을 위해 그 가르침을 활용하고 나누는 데서는 백치가 되기 쉽다는 사실입니다.

교사가 정열과 애정으로 아이들을 대하게 되는 순간에도 교사는 아이들이 교사에게 '일시적으로만 협력'하고 언제든 곧 독립할 존재라는 점을 명심해야 합니다. 때문에 교사는 자기도 모르게 아이들 앞에서 완벽한 연기를 선보였다면 이어서 허점투성이의 빈틈도 내보여야 합니다. 교사의 지침이기 때문에 저항하거나 굳이 다른 방식으로 하려고 드는 아이들의 활기를 교사라면 제대로 주목해야 합니다. 순종만 아는 아이에게 그런 활력을 갖게 하는 일이 제일 어렵습니다만, 그렇다고 그 순종을 사랑해서는 안 됩니다.

아이가 감사할 일이 많아지는 인생을 깨우치게 돕기

교사는 과거의 지혜를 가져다가 미래를 보듬는 사람입니다. 교사는 인류의 다양한 스승들이 이룩한 결실을 가져다가 나눠 쓰는 사람입니다. 아이들이 성장하는 것은 자신이 뛰어나고 특별해서가 아니라 과거의 유산과 여러 사람의 도움이 있기 때문입니다. 결국 제대로 성장할수록 아이는 과거와 타인에게 빚지는 것이 많아진다는 것을 알게 됩니다. 평생 학습하고 평생 성장할수록 우리는 점점 더 채무자가 되어갑니다. 아이들의 성장을 가까이에서 보살피는 교사는 그런 깨우침을 전하는 사람입니다.

이처럼 지식이 늘어나고 성취하는 일이 많아질수록 관계하는 폭도 넓어지고 도움도 깊어지기 때문에, 성장이라는 것은 감사해야 할 사람이 점점 늘어나는 것과 같습니다. 성장이란 자신의 배움에 참여해 준 수많은 이들의 인생이 내 안에서 통합되고 확장되는 것이라는 사실, 나도 그렇게 얻은 것을 다른 이들에게 나눠주는 것이 인생이라는 사실을 아는 것입니다. 교사가 아이들에게 가르칠 진리가 있다면, 그것은 '즐겁게 빚지는 인생'을 깨닫고 '돌봄의 릴레이'에 또 한 명의 행복한 주자가 되도록 이끄는 것입니다.

★

'어른 되기'의 한 방도가 '교사 되기'임을 경험하고서, 교사란 이름은 삶의 현장 어디에서나 열심히 사는 모든 어른의 본성이자 직분이라는 것을 깨닫고서, 교사의 상은 결코 통일될 수 없으며 사람의 얼굴만큼이나 다양하게 공존해야 한다고 느끼고서, 획일적인 시스템만 아니라면 이 세계는 100만 명의 서로 다른 아이들이 100만 명의 서로 다른 교사를 만날 수 있을 만큼 이미 풍부한 사례를 가지고 있다고 믿게 되면서, 나는 이 지구에 따로 존재하는 나라는 한 사람의 어른과 너라는 한 사람의 아이 사이에 무슨 인연이 있는 것일까 다시 생각해 보았다.

요즘 우리 사회의 어른과 아이를 보면 키덜트kidadult와 어덜키드 adultkid라는 신조어의 암시가 예사롭지 않다는 느낌을 갖게 된다. 물론 이 말들은 외모나 취향에 국한된 용도로 쓰이지만, 나는 그 한 쌍의 신조어가 우리 사회의 어른과 아이가 놓여 있는 극단의 모순을 잘 포착한 말로 읽혔다. 비유컨대 어른들은 점점 더 못된 아이(키덜트)처럼 살게 되고 아이들은 점점 더 되먹지 못한 어른(어덜키드)처럼 살게 되는 것인지도 모르겠다는 생각이 들어서다.

어찌 보면 우리 어른들은 아이들에게 행복과 성공에 얽힌 거짓을 가르치느라 진을 빼고 있다. 그 거짓말이 먹히지 않으니까 두려움과 불안을 조장해서 강요하게 된다. 세상이 온통 거짓이고 속임수라고, 너희는 그걸 아직 모르는 철부지라고. 그럴수록 어른들은 자기 내부의 못된 아이를 대면하게 된다. 어른들은 그런 자신의 모습에 문득문득 놀라고 허탈해진다. 아이들은 어른들의 거짓말을 뻔히 알면서도 두려움과 불안 때문에 슬슬 피하기만 하고 돼먹지 못한 어른 흉내를 내며 출구 없는 외로움을 달랜다.

한마디로 어른이 어른처럼 살 수 없고 아이가 아이처럼 살 수 없는 사회라고 해도 과언이 아니다. 어른은 '어른 되기'가 되고 아이는 '아이 되기'가 되는 온전한 사회가 되려면, 역설적으로 어른에게는 아이가 필요하고 아이에게는 어른이 절실할 수밖에 없지 싶다.

내 안에 숨어 있는 과거의 아이는 어느 날 우연처럼 내 앞에 등장한 어떤 아이의 현재의 삶을 통과해서만 불려나오고 완성될 수 있는 것 같다. 그렇게 자기 안에서 잠자는 아이를 일깨우는 어른 앞에서만 아이는 아이답게 자신의 삶에 충실해지며 성장할 수 있는 것 같다.

'어른 되기'를 위해서도 어른은 아이와 사귀어야 하고 '아이 되기'를 위해서도 아이는 어른과 친구가 되어야 한다. 이 두 가지의 문제는 세상의 어른과 아이가 저마다 진정한 일 대 일 관계를 맺을 수만 있다면 같이 풀릴 것이다. 내 짧은 경험에서 나는 내가 삼십대 중반의 어느 날부터 비로소 '어른 되기'의 길찾기를 시작했다는 사실을 알게 되었다. 그런 깨달음은 나중에 당시를 돌아볼수록 더욱 선명해졌고, 다시는 그 이전의 나로 돌아가기 어렵게 만드는 마력으로 남아 있다.

어색하고 더러는 자존심 상했지만 아이를 내 일의 동료로서 초대하면서, 아이와 같이 부대끼며 몸 고생을 할수록, 아이에게 친구와 협력하라고 나도 너에게 더욱 잘 협력하겠다고 서로 공감하면서, 아이에게 변명하지 않고 내가 하기 싫은 것들을 고백하는 순간에, 내가 길을 제시하지 못하면 어쩌나 두려워할 때 용기를 내서 아이와 같이 길을 잃어버릴 때, 누군가를 기쁘게 하는 일과 누군가에게 자신의 뜻마저 내어맡기는 일이 어떻게 다른지 경험하면서, 그러면서 내가 아이에게 아이가 나에게 감사하게 되는 변화가 바로 '어른 되기'의 길찾기였다.

아마도 우리 시대에 그런 '어른 되기'를 가장 힘겨워할 사람은 바로 부모일지 모르겠다. 내 피붙이가 아니라면 그 아이와 사귀면서 '교사 되기'를 통해 '어른 되기'는 상대적으로 더 쉬울 수 있다. 그러나 내 자녀라면 '어른 되기'를 위한 그 창조적 거리두기가 무척 어려워지는 것 같다. 부모로서 자녀에게 돌봄을 주고 사랑을 주고 배움을 주고 재산을 주고 미래를 주려는 그 훌륭한 계획이 내 아이의 '아이 되기'를 가로막는다 해도, 해서 부모와 자녀의 '어른 되기'와 '아이 되기'가 쌍으로 왜곡된다 해도 부모로선 마땅한 해결책을 찾기 어려운 것 같다.

그런 문제를 느끼는 부모라면 내 자녀를 품에서 떼어놓는 일부터 해야 한다. 부모의 계획에서 자녀를 분리시키는 것, 믿을 수 있는 어른 한 명을 내 아이의 친구이자 교사로 소개시켜 주는 것이 현명한 해법일 것이다. 그리고 부모 자신도 그렇게 같은 이치로 또 다른 아이의 친구이자 교사가 되는 편이 이 험난한 세상에 자녀를 낳아 기르는 모든 부모의 '어른 되기'를 위한 진정한 상호 협력이 아닐까 생각해 본다. 어쨌거나 칼릴 지브란이 《예언자》에 쓴 대로 내가 낳은 아이라도 내 아이가 될 수 없기 때문이다.

당신의 아이는 당신의 아이가 아니다.
그들은 그 자체를 갈망하는 생명의 아들딸이다.

그들은 당신을 통해 왔지만
당신으로부터 온 것이 아니다.
그리고 그들은 당신과 함께 있지만
당신의 소유가 아니다.

당신은 그들에게 사랑을 주어도 좋지만
당신의 생각을 주어서는 안 된다
왜냐하면 그들은 자신의 생각을 갖고 있기 때문이다.

당신은 그들을 좋아하려 애쓸 수 있다.
하지만 그들이 당신을 좋아하게 만들려고 하지 말라.

인생은 뒤로 가는 것이 아니며
어제와 함께 머물러서는 안 되기 때문이다.

샨티의 뿌리회원이 되어
'몸과 마음과 영혼의 평화를 위한 책'을 만들고 나누는 데
함께해 주신 분들께 깊이 감사드립니다.

뿌리회원(개인)

이슬, 이원태, 최은숙, 노을이, 김인식, 은비, 여랑, 윤석희, 하성주, 김명중, 산나무, 일부, 박은미, 정진용, 최미희, 최종규, 박태웅, 송숙희, 황안나, 최경실, 유재원, 홍윤경, 서화범, 이주영, 오수익, 문경보, 최종진, 여고운, 조성환, 김영란, 풀꽃, 백수영, 황지숙, 박재신, 염진섭, 이현주, 이재길, 이춘복, 장완, 한명숙, 이세훈, 이종기, 현재연, 문소영, 유귀자, 윤홍용, 김종휘, 이성모, 박새아, 문수경, 전장호, 이진, 최애영, 김진회, 백예인, 이강선, 박진규, 이욱현, 최훈동, 이상운, 이산옥, 김진선, 심재한, 안필현, 육성철, 신용우, 곽지회, 전수영, 기숙희, 김명철, 장미경, 정정희, 변승식, 주중식, 이삼기, 홍성관, 이동현, 김혜영, 김진이, 추경희, 물다운, 서곤, 강서진, 이조완, 조영희, 이다겸, 이미경

뿌리회원(단체/기업)

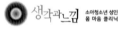

샨티는 만드는 사람과 읽는 사람이 직접 만나고 소통하기 위해 회원제도를 두었습니다. 회원제도에 대한 자세한 사항은 샨티 블로그 http://blog.naver.com/shantibooks를 참조하십시오.

회원이 아니더라도 이메일(shantibooks@naver.com)로 이름과 전화번호, 주소를 보내주시면 독자회원으로 등록되어 신간과 각종 행사 안내를 이메일로 받아보실 수 있습니다.

전화 : 02-3143-6360 팩스 : 02-338-6360
이메일 : shantibooks@naver.com